ライプツィヒの犬

乾 緑郎

祥伝社文庫

目次

一章

1

　緑色のペンキが塗られた両開きのドアを押し開き、アパートメントに足を踏み入れると、男は廊下の突き当たりにある階段の前で足を止め、階上を見上げた。

　一九七〇年十月。東ベルリン、プレンツラウアー・ベルク地区――。

　羽織《はお》っているオーバーの襟《えり》を直し、男は薄手の革手袋を着けた手で鉄製の手摺《てす》りを握りながら、ゆっくりとした足取りで四階まで上がる。調査対象者の部屋を通り過ぎると、その隣の部屋をノックした。

　覗《のぞ》き窓が開き、中から男の顔を確認する気配があった。すぐに内側から鍵が開かれる。出てきた若い職員と簡単な挨拶《あいさつ》を交《か》わし、男は奥へと進んだ。備え付けの家具以外は、これといって何も置いていない部屋。異様さを放っているのは、本来は食事に使われるテーブルの上に並んだ、盗聴のための通信機器や録音機材だった。

「つまらない夫婦ですよ。夜の営《いとな》みすらない」

肩を竦《すく》めて若い職員が言った。

男は仏頂面《ぶっちょうづら》のままで、下品な冗談にも表情ひとつ変えなかった。相手にはおそらく堅物《かたぶつ》だと思われていることだろう。

「ギジは？」

「帰宅していません。今は部屋に細君《さいくん》が一人です」

男は頷《うなず》いた。

「そのサンドウィッチ、食べかけでよければどうぞ」

そう言い残して若い職員が外套《がいとう》を羽織って出て行くと、男はヘッドホンを装着した。

サーッというごく小さなサンドノイズ以外は、何も聞こえてこない。

テーブルの上にある、ローストビーフとチーズをパサパサの黒パンで挟《はさ》んだサンドウィッチに手を伸ばしながら、男はデッキのスイッチを切り替え、オープンリールの再生ボタンを押した。聞こえてきたのは、録音されたギジの声だ。

それを聞きながら、机の上にあるタイプライターと、その隣に綺麗《きれい》に端《はし》を揃《そろ》えて置かれているファイルを確認する。昨晩は、ギジの友人が訪ねてきて、酒を飲みながら俳優の演技に関するちょっとした議論が展開されたらしい。ざっと目を通したが、男にとっては取るに足らない内容だった。

男は再び、音声をギジの部屋に戻した。ラジオ・カセットに仕掛けられた盗聴用のマイクから、ギジの妻の鼻歌が聞こえてきた。掃除《そうじ》でもしているのだろうか。

ギジ夫妻は、このラジカセで西側の放送を受信し、音楽を聴いたりそれを録音したりするのが趣味だった。

手首に嵌《は》めたGUB――グラスヒュッテ時計産業公社製の腕時計を男は確認する。「Q1」の印が入った高級仕上げのものだ。

ギジが帰ってくる時間までは、まだ十五分以上ある。手袋を外してテーブルの上に置き、今のうちにサンドウィッチを食ってしまおうと思ったが、飲み物なしでは、とても呑《の》み込めた代物《しろもの》ではなかった。

やがてヘッドホン越しに、ギジの帰宅が確認された。これは予定通りだ。

「新しい台本が書けた。読み合わせをしたい。手伝ってくれないか」

これは劇作家であるギジと、女優である妻との間では、よくあるやり取りだった。ギジは戯曲《ぎきよく》の執筆が少し進むと、そうやって科白《せりふ》の内容を確認する。

男はオープンリールのボタンに手を掛け、いつでも録音できるように用意した。

「盗聴しているのね？　わかってるわよ」

不意に、ギジの妻がそう呟《つぶや》いた。

男はどきりとしたが、構わず録音ボタンをオンにする。本当に気がついている筈《はず》がない。

「IMだってことも知ってる。たくさんの仲間を裏切ったこともね」

ギジの妻である彼女の不運は、その女優としての演技力の高さだろう。

「録音してるんでしょう？」

見えない相手に向かってギジの妻は言う。

「でも、お生憎《あいにく》さまだったわね。私を逮捕しようったって無理よ。もう私はDDRにさよならすることにしたの。永遠にね」

上出来だ。

男はオープンリールの停止ボタンを押した。途中で録音が途切れている理由など、後でいくらでもでっち上げられる。操作ミスでも、故障でもいい。何しろ実際に、この東ドイツ《DDR》製の録音機はよく故障するのだ。

隣の部屋に行く前に、男は腕まくりしてタイプライターに向かった。

『十月十二日、午後九時三十八分』

腕時計を確認し、いつもそうしているように正確な現在時間をタイプする。

『調査対象者に盗聴が察知された模様。録音する』

ヘッドホンからは、ごそごそと何かを運んだり動かしたりするような音が聞こえた。

『午後九時五十八分。調査対象者は、室内で何か作業を行っている。様子を見る』

「こんな感じかしら」

「うん、そうだね」

先ほどの緊張を孕《はら》んだ声とは打って変わった、ギジとその妻の朗《ほが》らかな会話が聞こえてきた。

「そこに立ってみて……」

「こう?」

そして、何かを蹴《け》るような、ガンッ、という音が聞こえた。

続けて、短い呻《うめ》き声が数秒。

その様子をヘッドホンで聞き、静かになるのを待って、男はタイプライターを打った。

『午後十時三十五分。ギジ帰宅』

ここからは自分の出番だ。

タイプライターで印字した、その一時間後の時刻までに何もかも済ませなければならない。

男は立ち上がり、再び革手袋を嵌《は》めた。

帰宅直後のギジが、自殺している妻の死体を発見し、通報するという筋書きだ。

同じアパートメントに住んでいる住人の誰かがギジの帰宅に気がついていれば、時間についての証言のズレが生じるだろうが、分刻みで記録を残しているこちらの方が信憑性《しんぴょうせい》が高いと判断されるだろう。録音されたテープもある。

――さあ、恐ろしい企《たくら》み事の介添《かいぞ》えをする精霊どもよ。

――頭の天辺《てっぺん》から足の爪先《つまさき》まで、酷《ひど》い、残忍な心で満たしてくれ。

己を奮い立たせるため、マクベス夫人の科白を頭に思い浮かべると、男は廊下に出て、合い鍵《かぎ》を使って隣の部屋のドアを開いた。

2

二〇一三年十一月、東京――。

品川《しながわ》駅を降りると、内藤岳《ないとうがく》はタクシー乗り場には向かわず、旧海岸《きゅうかいがん》通りを天王洲《てんのうず》に向かって歩き始めた。

橋を渡り、日の暮れかけたボードウォークから運河を見下ろすと、数日前の嵐の影響か、ひどく濁《にご》っていて白い泡が立っており、生臭い潮《しお》の香りが鼻腔《びこう》を刺激した。

正直、あまり気乗りのする用事とは言えなかった。

興味のない芝居を観に行くのは、金を出して退屈を買いに行くようなものだ。

人気《ひとけ》のないデッキで足を止め、岳は未来都市のようにライトアップされた近代的なデザインのビル群を見上げる。それはわざとらしく飾り立てられた舞台装置を思わせた。どんなに豪華に見えても、その裏側には何もないのだ。

四つ折りにして雑に上着のポケットに突っ込んでいたフライヤーを取り出すと、岳はそれを開いて劇場の場所を確認する。

タイトルは『機械仕掛けのマクベス』。

作者の名前はヘルムート・ギジとなっている。

フライヤーを裏返すと、神経質そうな丸い眼鏡《めがね》を掛けた白人青年のポートレートが載っていた。どこの大学の出身だとか、誰の師事を得たとかの、どうでもいい経歴が長々と記載されている。

演出家は日本人だった。こちらの名前は岳もよく知っていた。ここ数年、岳が候補になっては落ち続けている戯曲賞の選考委員をやっている人物だ。

アングラ演劇出身で、若い頃は露悪《ろあく》的で実験的な舞台で名を馳《は》せていたが、今はすっかり毒気も抜けて、こんな風に企業がメセナ事業で始めた商業演劇施設で、シェイクスピアを翻案した舞台の演出をやって先生などと呼ばれている。そんな輩《やから》だ。

暫《しばら》く歩いて行くと、運河沿いの道の先に倉庫を改装した巨大なロフトシアターが見えてきた。入口にはこけら落としを祝う花輪がいくつか並んでいる。

まだ少しばかり早い時間だからか、入口近くに溜《た》まっている客はまばらだった。

新しくオープンした劇場のお披露目《ひろめ》のために、シェイクスピアの有名作品を何人かの日本人演出家が連続して上演するというシリーズ企画が行われている。いかにも芝居とは無縁の企業側の人間が考えたような、つまらなそうな企画だったが、その中で唯一、異彩を放っていたのが『機械仕掛けのマクベス』の本邦初の上演だった。

作者のヘルムート・ギジは、旧東ドイツ出身の劇作家で、ベルリンの壁崩壊前は当時の社会主義政権への批判めいた芝居を上演して何度か逮捕され、作品集が発禁になったり、公演が中止に追い込まれる弾圧を受けている。

そのために食い詰めたギジが、当時、取った手段が、シェイクスピア作品の翻案という建前で作品を発表することだったらしい。

ハムレット、ジュリアス・シーザー、シャイロック……。

お馴染《なじ》みの登場人物たちの役名の皮を被《かぶ》り、舞台に登場する俳優たちは、しかしハムレットでもシーザーでもシャイロックでもない。ストーリーについても、殆《ほとん》ど原形も留《とど》めない形に解体されている。

『機械仕掛けのマクベス』は、その当時に書かれた戯曲の一つで、このテクストが、初めて雑誌に掲載され、高い評価を受けたのは西側に於《お》いてだった。

この件でギジは当局から事情聴取を受け、西側ではベルリンの壁の向こう側にいる正体不明の謎の劇作家として、ギジの評価はうなぎ登りとなった。

つまり、辛《から》い評価をするならば、作品そのものよりも作者の負っている背景や、時代との関わり方が評価されたような劇作家なのだ。

岳が「ヘルムート・ギジ」なる劇作家に抱いている印象と知識は、その程度のものだった。

現代の日本で、ベルリンの壁崩壊以前に東ドイツで書かれた当時の政府への社会批判の芝居を、日本人の演出家と俳優によって上演することは、無意味なことのように岳には思えた。シェイクスピアの作品を、べたべたの日本人がお互いに横文字の役名で呼び合って演じることと同じくらいに滑稽《こっけい》な試みだ。

それでも岳が、この公演に足を運んだのは、シリーズ中の他の企画に比べれば、いくらかマシに思えたからだ。

劇団の制作担当である戸丸慎也《とまるしんや》から招待券を渡され、くれぐれもこの企画が行われている最中に一度は客として足を運び、劇場の企業側マネージャーか芸術監督に挨拶をして来るようにと言われていた。

どうやら来年以降の公演で、この劇場を使うことを考えているらしい。企画の審査が通りやすくなるよう、名刺を渡して親しくしておけということだろう。

岳は溜息《ためいき》をついた。こういう大人のお付き合いというのが本当に苦手なのだ。必要なことなのだと我慢してはいるが、どうも慣れない。

劇団は生き物のようなものだ。

大学時代に友人数人と軽い気持ちで旗揚《はたあ》げした劇団だったが、今では生活や仕事、あらゆる面で芝居優先の日々を岳は強《し》いられている。職業と言えるほどの収入はないが、かといって趣味だとは割り切れないほどの経済的、時間的な圧迫があった。人からは楽しくやっていたり夢を追い掛けているように見えるのかもしれないが、長くやればやるほど、そういう面はすり減っていく。

劇団も観客動員数が増えて大きくなってくると、もはや誰か一人だけでは責任を負いきれなくなってくる。今となっては、劇作家、演出家である岳の意志によって劇団が動いているというよりも、劇団の都合によって岳が動かされているという状態になっていた。休むことも許されず、もっと言えば劇団を辞めたり解散したりする自由も岳にはなかった。そんなことをしたら劇団員を始めとした多くの人に迷惑を掛けることになるし、場合によっては恨みを買うことにもなる。儲《もう》からないからといって、簡単に会社や店を畳《たた》むわけにはいかない自営業者のような心理だ。

自分は疲れているのかもしれない。

岳はそう思っていた。芝居とは距離を置きたいと、ここ何年か、ずっと思っている。だが、相談できる相手もいなかった。

その時の岳は、到底、ギジの芝居を楽しめるような気分ではなかったのだ。

芝居が始まってから一時間ほどが経ち、いたたまれなくなった岳が逃げるようにホワイエに出ると、やはりというか人気《ひとけ》はなく、がらんとしていた。

このまま誰の目にも触れないよう、劇場を出て帰ろう。

そう考えてから、岳は困ったことに行き当たった。上着と荷物を預けたままだ。

真新しい群青《ぐんじょう》色のカーペットが敷き詰められたホワイエを岳は見渡したが、受付もすでに片付けられており、クロークになっているスペースにもスタッフの姿は見当たらない。

上演中の客席から退出するだけでも目立つのに、再び戻ったら顰蹙《ひんしゅく》の的《まと》だ。ミュージカルやコメディのような賑《にぎ》やかな内容ならともかく、物音や咳払《せきばら》いひとつしても周りから咎《とが》められるような空気の芝居だったのだ。岳は、それが息苦しくて我慢《がまん》ならず、他の客の痛い視線を背中に受けながら出てきたのだ。

スタッフを呼び出してクロークから上着と荷物を出してもらうことも考えたが、上演している真っ最中にそんな振る舞いをしたら、まるで嫌がらせだ。

一般の客なら、それでも別に構わないのだが、相手が自分のことを劇作家の「内藤岳」だと知っていたら面倒だった。戸丸からは、芝居が終わったら挨拶してこいと言われているのだ。

溜息をつき、岳は腕時計を見た。たぶん、終わるまでまだ三、四十分はあるだろう。他の客が扉を開けてホワイエに出てくるまでの間、なるべく目立たない場所に座ってやり過ごすことにした。

ぶらぶらと歩いて行くと、ホワイエの隅《すみ》にバーカウンターのようなものがあった。

上演が始まる前や中入《なかい》りの休憩中に、ちょっとした飲み物などを売るための施設だ。日本の劇場では、この手のものを作っても殆《ほとん》ど定着することがなく、大きな劇場に行くと、使われずに埃《ほこり》を被ったこういうカウンターを見かけることがある。

バーテンダーはいなかったが、客が二人、止まり木に座っていた。

岳はさりげなくその場から離れようとしたが、手前側に座っている青年と目が合ってしまった。

すらりと細く、椅子《いす》に座っていても背が高いのがわかる。岳よりも二つ三つ年上の、三十前後といったところだろうか。

質の良さそうなスーツを着ているが、ネクタイは締めていなかった。癖《くせ》のある髪を長く伸ばしており、面持《おもも》ちにはどこか中性的な雰囲気がある。

青年は苦笑いを浮かべ、背を丸めて座っている隣の老人の肩を叩《たた》いた。

厚手のコーデュロイのジャケットを着た、その銀髪の老人は、岳の方を見もしない。

青年が手招きしてくるので、岳は仕方なくそちらへ歩いて行った。

「何か飲むかい」

青年はそう言ったが、カウンターの向こう側には誰もいなかった。

「遠慮することはないよ。ここの酒は全部、自由に飲んで構わない」

岳が返事を躊躇《ためら》っていると、青年はさっさと立ち上がってカウンターの中に入った。

何となく断りづらい雰囲気になってしまったので、椅子に腰掛ける。青年は棚に並んでいるブランデーのボトルを適当に選んで手にすると、手早くグラスに注いで岳の前に差し出した。

青年が座っていた椅子の向こう側にいる、猫背の老人の姿を岳は眺めた。

こちらは純然たる白人《コーカソイド》だろう。丸い眼鏡を鼻の上に載せている。岳が会釈《えしゃく》をしても、手にしたグラスの中身を見つめているだけだ。

老人は、まるで岳などいないかのように、カウンターの中にいる青年に外国語で何か話し掛けた。

「何で君は、上演中に出てきたんだと彼は聞いている」

青年は可笑《おか》しげにそう言いながら自分の酒をつくると、再びカウンターから出てきて岳と老人の間に座った。

「だって、面白くないじゃないですか」

この二人がどういう人間なのかわからなかったが、岳は率直に感想を述べることにした。

「難解なのはいいとしても、元の台本を翻訳した人も、演出家も、何かしら自分なりの意図や解釈があってやっているとも思えない。ただもったいぶった言葉を羅列《られつ》して、佇《たたず》まいだけで演じた気になっているだけで……」

　言葉を選び、慎重に岳が言うと、青年が隣にいる老人にそれを通訳した。

　すると老人は、グラスを握りしめたまま低い声で笑い出した。

「他には？」

　再び青年が老人の言葉を岳に伝えてくる。

「何でみんな、わかったような顔をして大人しく客席に座っていられるのかなって……」

　青年を介してそれを聞いた老人は、今度は愉快《ゆかい》そうに声を上げて笑い始めた。

　老人が、初めて岳の方を向いて手を差し伸べてきた。

「君とは気が合いそうだと言っている」

　青年が言う。岳は、やや躊躇《ちゅうちょ》しながら差し出された老人の手を握った。

　大きな手だった。真ん中に青年がいるので、ちょうどその胸元で手を握り合う形となった。

「今日はプレビュー公演だから、客席にいるのはマスコミや関係者ばかりだよ」

「そうなんですか」

　それは岳は知らなかった。

　プレビュー公演とは、新聞や雑誌などの記者や、批評家向けに行われる上演のことだ。

たいていは初日の前日などに行われ、それを元に新聞などに紹介記事が載る。入場料を安くして一般の客を入れる場合もあるし、関係者や招待客だけでシークレットで行われる場合もある。

フライヤーをよく見ていなかったので、どうやら岳は、初日の日付を一日、間違えていたらしい。岳が持っていたのは招待券だったから、すんなりと入れたのだろう。

すると、この老人は外国語新聞の記者か何かだろうか。

ヘルムート・ギジは世界的な劇作家だし、日本でギジの戯曲が上演されるのは初めての筈《はず》だから、海外にニュースがリリースされたっておかしくはない。

「君、名前は」

青年が問い掛けてくる。

「内藤岳といいます」

「ふうん。劇場の関係者？　それとも、どこかの記者さんかな」

「いえ、まったくの部外者です。今日はたまたま……」

「へえ。何をやってる人？　少なくとも演劇関係者ではあるんだろう」

青年の向こう側で、老人は黙って静かに酒を嘗《な》めている。

これは青年自身が、興味本位で聞いているらしい。

「一応、僕は劇作家なんですけど……」

「なるほど。内藤……岳くんか……」

顎《あご》に手を当てて、青年は思い出そうとするような素振《そぶ》りを見せた。

「すまないね。僕はドイツ暮らしだから、最近の日本の演劇事情には詳しくないんだ」

肩を竦《すく》め、青年は心から申し訳なさそうに言った。気を遣《つか》ってくれている様子で、嫌味のようなものは感じられない。

「いえ……」

無理もない。岳がやっているような在野《ざいや》の小劇場演劇と、アカデミックな香りのするギジの翻訳劇では、同じ演劇でも殆どジャンル違いだ。音楽でいうなら、ロックとクラシックくらい違う。

「あの……まだお名前を伺《うかが》っていないんですが」

「ああ、これはうっかりしていた。失礼したね」

改まって青年は咳払《せきばら》いし、スーツの内ポケットから名刺を取り出して岳に差し出した。

蔦《つた》の模様が箔押《はくお》しされた凝《こ》ったデザインの名刺で、名前や連絡先も全て横文字で印刷されている。綴《つづ》りからいって英語ではなさそうだ。

「僕は桐山準《きりやまじゅん》という者だ。南郷《なんごう》大学の大学院に籍があって、現代演劇を専攻している。

研究対象はこの人」

笑いながら、桐山は隣の老人を指差す。

「はあ」

意味がわからず、岳は曖昧《あいまい》な返事をした。

「彼はヘルムート・ギジ。紹介は必要かな?」

そう言われて、岳は目を見開いた。

どこかで見た顔だと思っていたが、この人がギジか。

劇場に来る途中で見たフライヤーの写真は、若い時のものなのだろう。確かに面影《おもかげ》が残っている。

「しかし何故《なぜ》……まだ舞台は上演中ですよ」

失礼なことをいろいろと言ってしまった後だったので、狼狽《うろた》えた口調で岳が言うと、桐山は肩を竦《すく》めた。

「たぶん、君と同じ理由だと思うよ」

桐山がそう答えた時、客席へと続く扉が開き、葬式のように辛気《しんき》くさい表情をした客たちが、どやどやとホワイエに出てきた。

3

稽古場《けいこば》のフラットな床に並んでいる。

箱馬《はこうま》を脚代《あしが》わりにして、その上に平台を載せた即席のテーブルが、
ピザやサンドウィッチなどのケータリングで取り寄せた簡単な料理を並べながら、そう言ったのは野上真理恵《のがみまりえ》だった。

「ギジって変人だっていうからね」

「君はギジを知っているの？」

てきぱきと働いている野上を眺めながら、パイプ椅子に腰掛けた岳が言う。

「名前くらいは。芝居は見たことないし、戯曲も読んだことないけど、雑誌か何かでインタビューを読んだことがあるかな」

「ふうん」

あの後、岳は何人かにヘルムート・ギジと会ったことを話したが、そもそもギジを知っている人が少なかった。

この世界は、ちょっとジャンルを跨《また》いでしまうと、お互いに興味すら持たないことが多

い。岳も海外の演劇事情に詳しいわけではないし、歌舞伎《かぶき》や新劇やミュージカルについても同様だ。そのジャンルの人間なら知っていて当然のような人物すら、まったく知らないことだってある。

「どうせなら、ギジではなく劇場の関係者と知り合ってきて欲しかったがね」

スタジオの隅に机を出し、ノートパソコンを開いて何か資料らしきものを作っていた制作担当の戸丸が、嫌味まじりにそう言った。

「別にギジとも親しくなったわけではないよ。たまたま声を掛けられて、ちょっと一緒に飲んだだけで……」

「内藤さんって、外国語もいけるんですね」

野上を手伝っていた、若手の浅川菜摘《あさかわなつみ》が言った。彼女はまだ現役の大学生だ。

「いや、無理無理。ギジと一緒にいた人が通訳してくれて……」

いつもは稽古場として使っている西新宿《にししんじゅく》のスタジオを、今日は別な目的で借りていた。

夕方から、『日本戯曲文学賞』の選考会があり、劇団員やスタッフ、関係者などが集まって、いわゆる「待ち会」を行う予定だった。

最終選考会自体は、同じ新宿の大型書店の中にあるホールで一般公開で行われ、候補者たちは、そちらに行かなければならない。

関係者を何十人もぞろぞろ引き連れて行くわけにもいかないので、稽古でよく使っている、近くのこのスタジオを借りたのだ。

受賞すれば即祝賀会になり、落選すれば残念会になる。どちらにせよ宴会になるのだが、正直、もう二度も落ちていて今回が三度目になる岳にとっては憂鬱《ゆううつ》なだけだった。

「ギジって自分の作品の上演中でも、出来が気に入らないと途中で帰っちゃうって聞いたけど、本当なのね」

野上が再び口を開く。面白がっているみたいだ。

僕だって、自分が書いた芝居の上演中に何度も帰りたくなったことがある。

思わずそう口にしそうになって、岳は喉元《のどもと》で言葉を飲み込んだ。そうしないのは、単に自分が、ギジのような大物でも斯界《しかい》の権威でもないからだ。

「自分で演出した場合を除くと、ギジが最後まで客席で観ていたのって、一度だけだって話よ」

「その一度っていうのは？」

「イギリスで、男子高校生だけで演じられた舞台は最後まで面白がって観ていたみたい。かなりふざけた演出だったらしいけど……」

「職業俳優が嫌いだってことかな」

「たぶん、そうじゃないの」

腹式呼吸による、いかにもという発声や、メソッドなどで訓練された俳優の演技を嫌う演出家というのは意外に多い。何が良しとされるかは、演出家が何を求めているのかによって変わる。

あの日、桐山とギジは、ホワイエに客が溢《あふ》れ出てくると、関係者に捕まる前に宿泊先に戻ると言って席を立った。

ホテルで一緒に飲み直さないかと、ギジが桐山を通じて誘ってくれたが、岳は丁重《ていちょう》にそれを辞した。興味がなかったわけではないが、国際的に著名な劇作家を前に、何を話したらいいか、ちょっと思い浮かばなかったからだ。

二人は少し残念そうな顔をしたが、ギジを捜しに来たスタッフの姿を見かけると、まるで鬼ごっこで逃げる子供のように無邪気に笑いながら、二人して小走りに劇場から出て行ってしまった。

ギジが上演中に退出し、劇場からもすでに去っているのを知った関係者たちは青ざめていたが、そんな彼らを後目《しりめ》に、岳はクロークで荷物と上着を受け取ると、桐山たちに少し遅れて劇場を後にした。とても名刺を渡して挨拶するような雰囲気ではなかったからだ。

「そろそろ行ってくるよ」

スタジオの壁に掛けられた時計を見上げ、岳は言う。

選考会の会場になっているホールまでは歩いて二十分ほど。待ち会に集まっている関係者は、まだまばらだったが、ちょうど良い頃合《ころあ》いだった。

「健闘を祈るよ」

パソコンの画面から目も離さずに戸丸が言う。

「まあ、僕には何もできないけどね」

上着の袖《そで》に腕を通しながら岳は答える。実際、目の前で公開で行われている最終選考に、客席から意見などを差し挟めるわけでもない。

「付き添いは……」

「あの、私が……」

おずおずと浅川が手を挙げた。

誰も何も言わなかったが、空気がそれを肯定する。

一年ほど前、受付などの手伝いをきっかけに劇団に関わるようになった浅川と、最近、岳は付き合い始めたばかりだった。誰にも言っていないが、皆、何となくは察しているらしい。

スタジオが入っているマンションの地下から、空気の冷え切った表に出ると、岳は浅川と連れ立って成子天神《なるこてんじん》の辺りから大ガードに向かって歩き始めた。

金曜の夕方だからか、少しばかり人通りが多い。

「実はさ、落ちた方がいいなと思ってるんだ」

歩きながら、さりげなく岳は本音を口にした。

すぐ横を並んで歩いている浅川は無言のままだった。どう答えたらいいのか困っているようだ。

日本戯曲文学賞、略して日戯賞《にちぎ》は、演劇界の芥川賞《あくたがわ》などと呼ばれている。嘘か真《まこと》かは知らないが、受賞すれば一応は演劇だけで食っていけるようになるとも言われていた。現役で活躍している劇作家の多くが、この賞をきっかけに世に出ている。

もし受賞したら、ますます劇団を辞めにくくなる。

岳はそう思っていた。

本当は劇団を解散したかったが、それが叶わないなら自分だけが辞めてもいいし、暫《しばら》くの間、活動を休止するのでもいい。とにかく芝居と距離を置きたかった。演劇に対して以前のような情熱を、もう持っていないことを、岳は自覚していた。

「私は、獲《と》れたらみんな喜ぶし、その方がいいと思ってます」

たっぷり一分以上歩いてから、呟《つぶや》くように浅川はそう言った。

彼女は育ちも良く、岳の出身校よりも遥《はる》かにいい大学に通っている。今日は選考会を意識してか、羽織《はお》っているカシミアのコートはフォーマルなものを選んできたようで、よく似合っていた。量販店の安物のジャケットを着ている岳の方が、まるで付き添いのようだ。

大人しい印象の子で、積極的に人前に出て演じたりするような感じには見えないが、これが舞台に立つと、不思議な光を放つ。

ぎらぎらとしたものではなく、喩《たと》えるなら、ぼんやりとしたランプの明かりのような暖かみのある輝きを持つ子だった。他の役者が、必死になって物語を転がす科白を吐いている時も、気がつくと舞台の隅でにこにこと笑みを浮かべて立っているだけの浅川の方に目が向いている。そんな妙な存在感を持つ子だった。

それはおそらく、役者として経験を積んだり、演技法などのメソッドによって一律に訓練されると消えてしまうタイプの個性だ。

きっとギジは、そういうものの方が、人工的につくられた演技よりもかけがえのないものだと考えているのだろうと、岳は思った。

「ミステリーはねえ、演劇には向かないと思うんですよ」

シンポジウム風に壇上に並んでいる選考委員のうちの一人、老境を迎えたベテラン劇作家が、そう口を開いた。岳の作品に対する寸評だった。

客席の後ろの方に浅川と並んで座り、腕組みしてそれを聞いていた岳は、思わず舌打ちした。言った途端《とたん》に自分の言葉がスタンダードになったかのような口ぶりが癪《しゃく》に障《さわ》った。

「ほら、ここのト書きの部分に『ここで音楽』って書いてあるじゃないですか。テレビのサスペンスドラマみたいだなって、読んでいて思わず笑っちゃいましたよ」

お追従《ついしょう》するように、司会役をやっていた別の選考委員が言った。先日の、ギジの舞台を演出していた劇作家だ。ト書きに『音楽』と書いてあって、そんな曲調のものしか頭に思い浮かんでこないのなら、むしろその人間の演出家としてのセンスの方に問題がある。

実際、この人物が演出したギジの舞台は、旧東ドイツの国歌である『廃墟からの復活』を、わざと裏声で歌ってみせたりと、観に来ているギジに媚《こ》びを売るような底の浅い諧《かい》謔《ぎゃく》が多くて、とても見ていられなかった。

選考委員が何か言うたびに、浅川が心配そうに隣に座っている岳の顔を覗き込む。岳はもう三回目なのでいい加減慣れていたが、浅川はこの選考会に臨《のぞ》むのは初めてだった。

司会役の選考委員は、どういうわけか、岳の作品について特に辛辣《しんらつ》だった。

あれから気になって、岳は新聞に載った劇評とギジのインタビューを読んでみたのだが、ギジは「最低の出来だった」とコメントしており、公演の中日《なかび》に予定されていたシンポジウムもキャンセルして、数日早く帰国したらしい。

司会役を兼ねているこの人物が、そのことでかなり苛々《いらいら》きているということは聞いていた。もしかすると、岳が観に来ていたことや、芝居の途中で退出してギジと一緒にホワイエで飲んでいたのを、誰かが見ていて伝えたのかもしれない。

最終選考は、とりあえず選考委員がそれぞれ推《お》す作品に一票ずつを投じたところで中入りとなった。票は岳以外の作品二つに集中しており、早々に検討対象からは外されたようだった。落ちた方がいいとは思っていたが、それでも気分は落ち込む。

人もまばらなロビーに出て、トイレで小用を足すと、岳はスマートフォンの電源を切り、劇場の外に出た。営業中の書店の中を通って階段を下り、二階から表へと続く下りのエスカレーターに足を乗せようとした時、後ろから上着の裾《すそ》を摑《つか》まれた。

「内藤さん、もう後半が始まってますよ」

浅川だった。息を切らしており、顔が紅潮《こうちょう》している。

いつまで経っても座席に戻って来ない岳を、不安になって捜しに来たのだろう。

エスカレーターの乗り口を挟んでおり、後ろの人に迷惑だと思ったので、岳は浅川の腕を摑《つか》んで自分の方へ引き寄せた。

「あ」

浅川が短く声を上げる。そのまま二人は表に向かってエスカレーターに運ばれて行く。

「もう帰るよ。どうせあの感じだと落選だろ」

「でも……」

困ったような顔で浅川が言った。

こういうことのないように、彼女は付き添いで来たのだ。

「君は待ち会に戻ったら？　連絡はたぶん、事務局から戸丸の携帯電話にも行くだろうから、内藤は家に帰ったって……」

岳自身は待ち会の場所に戻るつもりはなかった。落選後の宴会などうんざりだった。

ベストセラーが山積みされている表の店頭ワゴンの前で、浅川は暫《しば》しの間、逡巡《しゅんじゅん》していたが、やがてポケットからキャスターの箱を取り出すと、それを口に咥《くわ》えて火を点《つ》けた。

「君、煙草《たばこ》吸うのか」

岳はちょっと驚いた。

稽古中の休憩タイムでも、芝居がはねた後の打ち上げでも、浅川が煙草を吸っている姿は見たことがなかった。

浅川は返事をせず、急《せ》くように煙草を四、五服して鼻から煙を吐くと、足元にそれを捨てて靴の裏で踏み消した。

それから、はっとしたように屈《かが》んで吸《す》い殻《がら》を拾い上げ、取り出した携帯灰皿に入れた。その時の慌てた表情だけが、岳が知っている浅川らしかった。

「私も帰ります」

「帰るってどこに」

「自分のマンションに」

浅川は下北沢《しもきたざわ》で独り暮らしをしている。

「僕も行っていいかな」

岳が高円寺《こうえんじ》に借りている自分のワンルームに戻れば、そちらにも電話が掛かってくるのはわかりきっていた。

「散らかってますよ」

上目遣いに見ながら、浅川は今日、初めて岳に向かって笑顔を見せた。

付き合い始めて日が浅く、浅川の住んでいるマンションには、まだ岳は行ったことがなかった。

「戸丸から電話があったら面倒だから、携帯の電源は切っておいてくれよ」

浅川が頷《うなず》く。二人は並んで、新宿通りを駅に向かって歩き始めた。

自分が受賞していたのを岳が知ったのは、翌朝になってからだった。あの後、どのような大逆転劇が選考会で起こったのかは、その場にいなかったのでわからなかったが、まさに寝耳に水の出来事だった。

浅川が淹《い》れてくれたコーヒーを飲みながら、岳がスマートフォンの電源を入れると、昨夜から未明にかけて、賞の事務局と戸丸から、数十件の着信が入っていた。

メールや留守電も十数件、入っており、たかが連絡が取れないくらいで面倒なやつだと思いながらそれを開くと、受賞したというのにどこにいるんだと、戸丸からの怒りのメッセージが入っていた。

慌てて電話してみると、ワンコールで出た戸丸は、口調は冷静だったが電話越しにも静かな憤《いきどお》りを湛《たた》えているのがわかった。

最終候補者は全員、会場にいることが前提で、受賞が決まった瞬間に壇上《だんじょう》に呼ばれて挨拶の言葉を述べるのが慣例になっている。だが、呼ばれても岳はその場におらず、浅川も連れて出てきてしまったので関係者すらもいなかった。

会場は笑いに包まれ、それに怒った司会役の選考委員から、受賞を取り消すかどうかの動議まで出されたらしい。

岳がスマホの電源を切っていたために連絡が取れず、事務局から知らせを受けた戸丸が、慌てて会場に赴《おもむ》き、選考を見守っていた観客たちや記者の前で代理で挨拶を述べたようだった。

選考委員のうちの何人かは、かんかんに怒っており、昨晩は戸丸が夜遅くまで説教を食らうはめになったという。

戸丸に呼び出され、岳は浅川と連れ立って新宿に出た。

指定されたホテルのラウンジにある喫茶店に赴くと、すでに戸丸が待ち構えており、岳が昨日と同じ服を着て、浅川を連れて現れたことで察したのか、大袈裟《おおげさ》なくらいに表情を歪めた。

「悪かった」

ひと先《ま》ずそう言って、岳は戸丸の正面に座った。

戸丸は無言で岳を睨《にら》みつけただけだった。

「その……前半の選考を聞いていて、これは落ちたと思って会場を出たんだ。迷惑を掛けてすまなかったよ」

言い訳を始めても、戸丸はひと言も発することなく、腕組みしたまま岳と浅川の顔を交互に睨みつけている。

鬱陶《うっとう》しいやつだと岳は内心では思ったが、悪いのは自分なので仕方がない。

たっぷりと五分ほど沈黙が続き、やがて苛々した調子で戸丸が口を開いた。

「途中で会場から出て行ったのは、ヘルムート・ギジの真似か？」

昨日、待ち会の会場から出る前に、そんな話をしていたから、戸丸としては精一杯の嫌味のつもりなのだろう。

「いや、そういうわけでは……」

「とにかく、今から選考委員の先生方に、一人一人電話をして謝ろう」

戸丸はテーブルの上に名刺を並べ始めた。いずれも昨日の選考委員のものだ。

「連絡先だけ教えてもらえば、後で僕が自分で掛けるよ」

「駄目《だめ》だ。今ここで掛けろ」

有無を言わさぬ口調で戸丸は言い、自分の携帯電話を岳に向かって突き出してくる。

「信用できない。うやむやにする気だろう」

「そんなことはない」

戸丸の言い方に、岳もつい強い口調になった。

「本人から謝罪の電話を掛けさせるって、昨晩、約束したんだ。適当にされたら、俺の立場がない」

「だったらもう、受賞は取り消していいよ。そういう話も出たんだろう?」

半《なか》ば投げやりに岳が言うと、戸丸は今度こそ怒りを顕《あら》わにした口調で言った。

「何だその態度は。逆ギレか。お前のやったことを取り繕《つくろ》うのに、俺が昨晩、どんな思いをしたと……」

怒りの矛先《ほこさき》は、傍らに座っている浅川にも飛び火した。

「君も君だ。何のためにこいつと一緒に会場に行ったんだよ。それどころか、二人して何してたんだ。馬鹿か、君は」

萎縮《いしゅく》した浅川が俯《うつむ》き、身を縮こまらせる。

「彼女は関係ないだろう」

「関係あるから言ってるんだよ」

そう言って戸丸は大袈裟《おおげさ》に溜息をついてみせる。

「劇団にとってもお前個人にとっても、大事なところなんだ。わかってるだろう」

「その劇団なんだが、実は、僕は辞めたいと思っている」

浅川が驚いたように顔を上げ、岳の方を見た。

「売り言葉に買い言葉はやめろ」

冷静な口調で戸丸が言う。

「違う。前々から考えていたことだ」

「受賞作は賞を主催している出版社から本になるし、受賞後の最初の公演は注目される。いつもより大きな会場でやれるよう、お前にも協力してもらうつもりだった」

先日、ギジの作品が上演されていた新しい劇場のことを言っているのだろう。結局、岳は誰とも伝手《つて》を作らずに会場を出てきてしまったが。

「まるで拗《す》ねている子供みたいだぞ。周りのことも少しは考えろ」

諭《さと》すような口調で戸丸が言うことは、いちいちもっともで、さらに岳を苛立たせた。

「うんざりなんだ」

「正式な授賞式が行われるのは一か月後だそうだ。それまでに必ず、選考委員一人一人に電話して衷心《ちゅうしん》から謝っておけ。俺はもう何も言わない」

戸丸は名刺の束の角を揃えてテーブルの上に置くと、伝票を手にしてラウンジから出て行った。

「いいんですか」

レジで金を支払い、振り向きもせずに出て行く戸丸の背中を目で追いながら、浅川が言った。

「ああ」

戸丸の怒りが本物なのは明らかだった。こういうふうに物事を投げ出すようなことは、普段の戸丸なら絶対にしない。

だが、岳の気持ちはもう決まっていた。

「君、ライター持ってるよな」

浅川からそれを受け取ると、岳は戸丸が残していった名刺を一枚一枚、丁寧に破り、テーブルの上にある灰皿で燃やした。

一か月後、神田神保町《かんだじんぼうちょう》にある会館で授賞式が行われたが、受賞者であるにも拘《かか》わらず、岳は挨拶に行った選考委員たちから悉《ことごと》く無視された。

会場には戸丸を始めとする劇団の関係者は一人も来ておらず、スーツの胸元に花のお飾りを付けられた岳は、終始、誰からも話し掛けられることもなく、手持ち無沙汰《ぶさた》に一人ぼっちで佇《たたず》むことになった。

代表でスピーチに立った、例の司会役をしていた選考委員が、にやにやとした顔で岳を見ながら「こんなに寂しく、盛り上がらない授賞式は前代未聞」とジョークを飛ばすのを、白《しら》けた気分で岳は聞くはめになった。

4

フランクフルト空港を出た、左ハンドルのマツダ社製のコンパクトカーは、ヘッセン州の小都市ギーセンを目指し、高速道路《アウトバーン》5号線を北へ向かって走っている。

その助手席に座り、岳は窓の外に広がる九月の田園風景をぼんやりと眺めていた。絨毯《じゅうたん》を思わせる緑色の穀物《こくもつ》畑の向こう側に、何の施設かはわからないが、茶色い倉庫のような建物が続いている。道路に沿って大きな鉄塔が等間隔《とうかんかく》に立っており、それに張られた太いケーブルを、岳は瞳を上下させながら、ずっと目で追っていた。ドイツという見知らぬ土地に降り立ったという実感は、まだ湧《わ》かなかった。

「煙草吸っていい?」

ハンドルを握っている桐山が声を掛けてきた。細身の体に、襟《えり》付きの白いシャツとジャケットを羽織っている。

「あ、はい」

車に乗った時から臭いはしていたから、それは予感していた。

煙草の臭いも煙も本当は苦手だったが、桐山の機嫌を損《そこ》ねて、言葉も満足に通じない異国で途方《とほう》に暮れることになるのは避けたい。

「悪いね。嫌いなんだろう？　表情に出ているよ」

そう言いながらも、桐山はお構いなしにポケットからジタンの箱を取り出して一本口に咥えた。ダッシュボードに置いてある紙マッチを手にして、指を鳴らすような動きで片手で器用に火を点ける。

「すみません」

「いや、いいんだ」

桐山は運転席の窓を少し開き、煙を鼻から吐きながら答えた。

「宿泊先は決まってるの？」

「ええ」．

当面の間、岳はホテル住まいをする予定だった。ドイツ滞在のための支給額が減る六十日後までに、これから一年近くを過ごす安いアパートメントを探さなければならない。その段取りも桐山に頼るしかなさそうだった。

助手席の窓に寄り掛かり、岳は車の揺れに身を任せて目を閉じる。

瞼《まぶた》の裏に思い浮かんできたのは、この十か月ほどの間の光景だった。

日戯賞の授賞後、どういうわけか、慣例である筈の受賞作が本になるという話はなく、岳の劇団は予定していた公演を全てキャンセルし、休眠状態になっていた。

劇作では食えず、普段は公立中学校の事務職員で生計を立てていた岳が、文化庁の『次世代芸術家海外研修システム』に応募したのは、ほんの気まぐれからだった。

いざ劇団から距離を置くと、生活の殆どを占めていた部分が空白となってしまった。

そんな折、浅川と一緒に、彼女の大学の知り合いがやっているという芝居を観に行った時、公演のパンフレットに挟み込まれている一枚のチラシが岳の目を引いた。

文化庁が行っている海外研修システムに関するもので、そういうものがあることを、岳はチラシを見るまで忘れていた。具体的な実績の報告や何かしらの成果のようなものを、これまで目にしたことがなかったからだ。要領のいい奴が、国の金を使って海外に遊びに行っているようなものだろうくらいにしか思っていなかった。

だが、一年間という時間と、海外という距離は、今の岳が欲しているものだった。

戸丸とはあれから、事務的なこと以外では連絡も取り合っていないが、頭を冷やすのにはちょうど良い方法だ。

対外的には、海外研修のための活動休止の形を取って劇団は休眠させ、いざ帰ってきた時に続けるかどうか決めればいい。

そう考え、早速《さっそく》、必要な書類を揃え始めたが、問題は申請書に添えて出す「研修計画書」と「受入承諾書」だった。

具体的に海外で何を学びたいかを提示しなければならないのだが、岳には行きたい場所も学びたいことも何もなかった。

悩んだ末、藁《わら》にも縋《すが》る思いで、岳は以前に天王洲の劇場でもらった桐山の名刺を頼りに手紙を出し、ヘルムート・ギジの下《もと》で、彼の劇作について学びたいと書いた。

テーマさえ決まってしまえば、それらしい言葉の羅列《られつ》で字数を埋める作業は、劇場に提出する公演の企画書を書く時の要領で慣れている。

実際のところは、ギジについて詳しく知っているわけでもないし、その劇作法に興味があるわけでもなかったが、他に何も思いつかなかった。海外の演劇関係者で顔と名前が思い浮かぶ相手がギジしかいなかったというだけだ。

桐山に書いた手紙も、十中八九、返事がないか、あったとしても断りの手紙だろうと思っていた。

だが、二週間後に戻って来た手紙には、岳のことを歓迎する旨《むね》が書かれた親身の情に溢れた手書きの便箋《びんせん》と、ギジが客員教授を務めているギーセン芸術大学の学部長のサイン、それに何よりも、ヘルムート・ギジ本人のサインが入った受け入れを許諾する書類が同封されていた。

手紙によると、全て桐山が周囲に根回しして用意してくれたらしい。

その親切さは、却《かえ》って岳を不安にさせた。

会話らしい会話など殆ど交わしておらず、気の利《き》いたことの一つも言った覚えはない。岳の何を気に入ったのか、思い当たることすらなかった。

国内での一次審査は、皮肉なことに日戯賞受賞の実績が効いたのか、簡単に通った。

実際には殆ど話せないし読み書きもできないのだが、大学時代に第二外国語でドイツ語を取っていたこともプラスに働いたらしい。

年明けにあった二次審査での面接でも、ギジのサインが入った受入承諾書を岳が用意してきたことに、文化庁の担当者の方《ほう》が驚いていた。

確認のためにギジに問い合わせたところ、逆にギジの方から、まさか自分が推薦した人間を審査で落とすことはないだろうね、と念を押されたと岳は聞いていた。

「マルセル・デュシャンの『泉』という作品は知ってる?」

「いえ……」

桐山の言葉に、まだ微睡《まどろ》んでいた岳は短くそう応えた。

車はアウトバーンを降り、シフェンベルガー通りを北東に向かっている。

幅の広い道沿いには、郊外向けの近代的なショッピングセンターが建っていたが、市街の中心部に近づくに従って、むしろ徐々に古い石造りの建物が増えてくる印象だ。どちらにせよ、岳が勝手に思い描いていたよりも、ギーセンの町はずっと都会的だった。

「ヘルムート・ギジが、何で評価されているか知りたいんじゃないの」

あれこれと話し掛けてくる桐山に、時差でぼんやりとした頭で生返事をしているうちに、話題はそういうことになっていたらしい。

「はい。日本語に翻訳されている作品は、一応、全部読んできましたけど、どうも理解できているかどうか自信がなくて……」

慌てて話を合わせ、岳は助手席の背凭《せもた》れから体を起こしてそう言った。

日本語で読めるギジの作品は少なく、全部でも三冊ほどだった。他には演劇や詩の雑誌に掲載されたインタビューや散文詩が数本程度。公立図書館に出掛ければ、一日で網羅《もうら》できる量だ。

「『泉』っていうのはさ、市販の便器にデュシャンがサインを入れただけの作品だよ。写真で見たことない？」

「ああ、それなら……」

何かで見たか聞いたかしたことがある。おそらく、かなり有名な作品だ。

「どう思う？　素直な感想でいいよ」

「えーと」

腕組みをして岳は考える。

桐山が、どのような答えを岳に期待しているのかもわからなかった。

何というか、こういう何気ないやり取りで、教養や知性の底を探られているような、油断のできない雰囲気が桐山にはあった。

「それが芸術だというなら、この世に芸術なんていらないんじゃないですかね」

考えた末、岳はそう答えた。求められていた素直な感想というやつだ。

桐山を相手に何かわかったようなことを言っても、見透《みす》かされるだけだと思ったからだ。

ハンドルを握っている桐山の横顔を、恐る恐る岳は窺《うかが》い見る。

運転し始めてもう三本目か四本目になるジタンの白いフィルターを口に咥え、桐山はそれを上下に動かしながら煙を吐いている。愉快げな表情だった。

「デュシャンがその作品で表現したかったのは、まさに今、内藤くんが言った通りのことだと思うよ」

「へ？」

意味がわからず、岳が裏返った声を出すと、桐山は声を出して笑った。

「君は天然なのかな？　それとも、わかっていて知らないふりをしているのか……」

何が可笑《おか》しくて桐山が笑っているのかすら、岳にはわからない。

「東京で初めて会った時、君が客席の扉を押し開いてホワイエに出てくるまで、ギジは実に不機嫌だった。もっともらしくお膳立てされたものを芸術だと思い込んでいる俗物ばかりだと、実に辛辣《しんらつ》だったね」

「はあ」

曖昧に岳は相槌《あいづち》を打った。

「ホワイエに出てきて、帰りたいという顔をしてうろうろしている君に、声を掛けろと言ったのはギジだ。ギジは君が、あの芝居をどう感じたのか興味津々だった」

「そんなふうには見えませんでしたけど……」

「シャイなんだよ、彼は」

再び桐山は笑う。

「デュシャンの『泉』はね、そこに込められた批判精神が作品なんだ。一種の皮肉なんだよ。『泉』は、デュシャン自身が委員を務める展覧会に偽名で出品され、展示を巡って物議を醸《かも》した。これを芸術と認めるのかどうかとね。結局、展示はされなかったが、デュシャンは自分の作品であることを伏せたまま、その『芸術作品』が展示されなかったことに対する抗議の評論を新聞に発表し、委員を辞職した。そこまで含めて作品なんだ」

「ああ、なるほど」

やっと意味がわかってきた。

「だから、デュシャンもサインを入れた便器自体には何の思い入れもない。実際、『泉』は、作品の写真が残っているだけで、便器そのものは展示が終わった後に紛失している」

「ギジの作品も、それと似たところがあるということですか」

「まあね。だから君が東京で観た、旧東ドイツ《DDR》に対して何ら政治的背景を持たない日本人俳優によって演じられた舞台は、ギジのテクストを使っていても、ギジ作品の本質はどこにも存在しない。意味がないんだ。だからギジは、芝居が始まった途端、観客たちがぞろぞろと舞台に背を向けて外に出てくるのを期待していた。もしそうなっていたら、ギジはあの舞台を絶賛していたと思うよ」

何というひねくれぶりだろう。岳は眉根を寄せる。

「まあ、そこまでいかなくとも、君のように企画内容に疑問を持って途中退出してくる客が、もう少し多いだろうとは思っていたみたいだね。でも、実際に出てきたのは君だけだった」

そう言われても、岳が途中で出てきたのは、深い考えがあったからではない。単に退屈したのと、個人的な事情が気持ちに影響しただけだ。

岳が気に入られた理由がそれなのだとすると、買《か》い被られているということになる。ギジという人物と、今後、付き合っていく自信がなくなってきた。

「感想は？」

「芸術って怖いとしか……」

岳がそう呟くと、桐山はぷっと吹き出し、その拍子に煙草を口から落としそうになった。

「僕、ギジさんの下でやっていけるんでしょうか……」

「大丈夫だと思うよ。自分の作品から離れれば、いち観客としてのギジはコメディとかミュージカルとか大好きだしね」

「そうなんですか」

「うん。機嫌がいいと、よくコーラスラインとか口ずさんでいるよ」

ますます摑みどころがない。岳にとっては、憂鬱《ゆううつ》が増しただけだった。

桐山の話をまとめると、ギジの作品の価値というのは、旧東ドイツ時代に、出版された戯曲が発禁になったり上演中止にされたりした、ギジの政治的、芸術的な立場や、新作を発表できなくなったことから、シェイクスピアの翻案劇であるという建前で作品をコラージュした手法こそが重要なのだということになる。

じゃあ、ギジのテクスト自体は、価値としては市販品の便器にサインが入ったようなものなのかと、ふと岳の頭に皮肉な考えが浮かび上がったが、口にするのは憚《はばか》られるので黙っていることにした。

「デュシャンの便器は紛失したって言いましたよね」

「うん。言ったけど、それがどうかした?」

「もし、その便器が見つかったら、とんでもない高値をつけてオークションに出したり、それを買ったりする人がいるんですかね」

「いるかもしれないね」

肩を竦めて鼻から煙を出しながら、桐山がそう言った。

市内にあるホテルに岳がチェックインして荷物を降ろすと、桐山が昼食に誘ってきた。

表に出て再び車に乗り込むと、少しだけ走って、すぐに外壁に赤い煉瓦《れんが》色のタイルが張られたアパートメントの前の路上に停車した。

レストランか何かで外食するものだと思っていた岳は、ちょっと意外に感じた。

「ご自宅ですか」

「うん。昼飯は僕が何かつくるよ」

車のキーを指に引っ掛けてくるくる回しながら、桐山が言う。

建物は古くてエレベーターもなく、階段を五階まで上がっていくだけで息切れがした。

廊下に並んでいるドアの一番奥まで進むと、桐山は鍵を取り出してそれを開く。

「靴のままでいいよ」

桐山が言う。

日本とは逆の内開きになっている玄関のドアに違和感を覚えながら、岳は桐山に続いて部屋の中に入った。

「食べられないものはある?」

「いえ、特には……」

一人住まいにしては広い部屋だった。建物自体は古いが、中はリフォームされており、クリーム色の壁紙は新しく、床も綺麗《きれい》に磨《みが》かれている。

桐山は上着を脱ぐと、癖《くせ》のある長い髪の毛をひっつめにして結んだ。キッチンの隅に掛けてあるエプロンに手を伸ばし、それを着ける。

アパートメントの備え付けと思われる大きな冷蔵庫を開き、鼻歌まじりで缶詰や野菜などを選んで取り出しているが、意外とそんな格好も様《さま》になっている。

クロスの掛かったダイニングテーブルに着き、手持ち無沙汰に岳は部屋の中を眺めた。

キッチンカウンターの向こう側で、何かを焼く音が聞こえてきた時、不意に奥の部屋へと続くドアが開き、誰かが入ってきた。

金色の長い髪をゴムで纏《まと》めながら入ってきたのは、二十代前半くらいの若い女性だった。

ひと目でルームウェアだとわかるボーダー柄のパーカーにショートパンツという姿で、寝起きなのか口に手を当てて大欠伸《おおあくび》をしている。

岳は思わず椅子から立ち上がった。どう挨拶したら良いのか迷っているうちに、女性は青い瞳で訝《いぶか》しげに岳を睨みつけると、ドイツ語で桐山に向かって話し掛けた。

桐山がキッチンから顔を出し、何か答える。すると彼女は、岳に一瞥《いちべつ》をくれて、出てきたドアの向こうに再び引っ込んだ。

「えーと、今の人は……」

「ごめんごめん。後で紹介するつもりだった。ニーナといって、同居している女性だ」

キッチンから出てきて食器などを並べながら桐山が言う。

「お付き合いされている方ですか」

「いや、違うよ。ルームシェアしているだけだ」

「はあ」

交際しているわけでもない男女が同じ部屋で暮らしているという状況が、岳には理解しがたかったが、もしかするとこちらでは普通にあることなのかもしれない。

「お互いの生活には干渉しないルールなんだが、起きたばかりのようだから食事に誘ってみようか。どうせ何度も顔を合わせることになるわけだし」

「そうなんですか」

そんなにしょっちゅう、自分はこのアパートメントに来ることになるのだろうか。

「彼女はギジが客員教授を務めているギーセン芸術大学の応用演劇学科の学生だ」

なるほど。

岳が納得して頷いた時、ドアが再び開いた。スキニーデニムに水色のTシャツというシンプルな装《よそお》いに着替えた先ほどの女性が出てくる。

岳はまた立ち上がり、不慣れなドイツ語で挨拶と自己紹介の言葉を述べた。

半年ほどの間、日本で付け焼《や》き刃《ば》にドイツ語の教室に通って勉強し直したが、こちらに来て使うのは初めてだった。

あまりにも緊張していて硬く、丸暗記した科白を下手な役者が棒読みするような調子だったからか、不機嫌そうな表情をしていたニーナというその女性は、握手のために差し出された岳の手も握らず、口元に手を当てて笑い出した。

サンダル履《ば》きのニーナの方が、岳よりも数センチほど背が高い。桐山と、ちょうど釣り合うような背丈《せたけ》だろう。

「日本語でいいわよ」

ニーナは驚くほど流暢《りゅうちょう》な日本語でそう言うと、テーブルに着席した。

「え……」

岳が戸惑《とまど》っていると、鶏肉をトマトスープで煮込んだ料理の入った鍋を手に、桐山がキッチンから出てきた。

「彼女は父方が日本人なんだ」

「ニーナ・イシハラでございます」

ふざけた感じでニーナは合掌《がっしょう》するように手を合わせ、岳に向かって頭を下げてみせた。

「小学生くらいまでニーナは日本に住んでいた。知り合ったのはギジを通じてだが、僕は君の日本語のおさらい相手でもあるのかな」

「そうね」

ニーナはそう答えたが、勉強が必要なのかと疑うほど、彼女の発音は完璧だった。

「だったら最初にそう教えてくれれば……」

抗議するように岳は言う。

「君のリアクションが見たかったのさ。期待どおりだったよ」

そう嘯《うそぶ》いて、桐山は笑った。

「もっと不機嫌そうな雰囲気を出して困らせようと思ってたんだけど、笑うの我慢できなくて」

ニーナのファーストネームしか教えてくれなかったのも、彼女が日本語を解することを言わなかったのも、わざとだろう。予《あらかじ》め打ち合わせていたのだろうか。二人ともいい性格をしている。

「これから学校？　それともジョブかな。時間があるなら一緒に食事はどう？」

日本で当たり前のように使われているアルバイトという言葉は、ドイツ語で「労働」の意味だが、当のドイツでは英語の「ジョブ」を使うらしい。

「お腹空《す》いてたし、いただくわ」

ニーナがそう答え、三人での食事が始まった。

「君は運がいいよ。ギジは近く、新作を発表する予定らしいんだ」

ひと通り食事を終えると、お湯を沸《わ》かしに席を立っていた桐山がそう言った。

「えっ、そうなんですか」

岳は驚いて答える。初耳だった。

「ギジさんは、三十年近く新作を書いていないって聞いてますけど……」

「だからラッキーだと言ってるんだよ」

カウンターの向こう側で、桐山はドリッパーに熱湯を注いでコーヒーの粉を蒸《む》らしている。

ベルリンの壁の崩壊後、ギジは評論やコラムなどの執筆や、インタビューを受けたり、演出やティーチングなどの仕事は行っているものの、劇作家としては、これといった作品は書いていない。

日本で予め岳が調べたところによると、東西ドイツの統一が、皮肉にもギジの創作のエネルギーやモチベーションを奪ってしまったというのが専門家たちの共通の見解のようだった。もはやギジには書くことがないとまで言う者もいるようだったが、そのことについてギジ自らは何も語っていない。

「来年の春に、ギーセン大学が所有する敷地の一角に大掛かりな野外劇場を仮設して、上演されることが決定している」

「そうなんですか」

「つい二週間くらい前までは、ギジ以外は桐山しか知らなかったことよ」

ニーナが苦笑を浮かべて答えた。

「私も新聞を見て、初めて知ったんだもの」

「ギジから口止めされていたんだ。僕も、実際の原稿はまだ見ていない」

抽出《ちゅうしゅつ》されたコーヒーをカップに注ぎ、桐山がそれぞれの分をテーブルの上に置く。

ギジに新作執筆の構想を打ち明けられていたというなら、桐山はどれだけギジから信頼されているのだろうか。

「こう言っては失礼だが、内藤くんはドイツ語があまり得意ではないよね」

急にそんなことを言われて、コーヒーから立ち上っている湯気を吹いていた岳は、肩を縮こまらせた。

「いや、責めているわけじゃないんだ。だが、それでは大学でギジの講義を聴講《ちょうこう》したり、稽古場でレッスンを受けたりするのは難しい」

それは、最初に手紙のやり取りをした時から桐山とは相談していたことだ。

文化庁に出した書類では、岳は名目上、ヘルムート・ギジの劇作と演出を学ぶためにドイツに赴いたことになっている。

　ギジが担当している講義やレッスンに限って、特別に大学で授業を受けることができる許可も得てはいるが、具体的に何をどうするかは未定だった。

「ギジとも相談したんだが、君には、新作上演のためのスタッフとして実地で学んでもらい、最終的にはその成果を日本に持ち帰って、発表してもらおうということになった」

　口に入れたコーヒーを、岳は噴き出しそうになった。

「それはつまり、僕の演出で、ギジの新作を日本で上演しろってことですか」

「そうだよ」

　飄々《ひょうひょう》とした様子で桐山が言う。

「おめでとう《Gratulation》」

　ニーナが、お気の毒にというような口調で拍手しながらそう言った。

　岳には荷が重すぎる話だった。

「資料で送ってもらった君のカンパニーでの作品の映像は、ギジに渡しておいた。君は劇作だけじゃなくて、演出もやるんだろう？」

「いや、まあ、確かにやりますけど……」

　自分の作品に、ギジがどんな感想を抱いたのかを想像すると、岳は冷《ひ》や汗が出そうだった。

「翻訳に関しては僕も手伝うよ。だが、僕は研究者だから演出やら何やらの実際的な仕事はできない。残念ながら、ギジも僕には無理だと思っているようだ」

「だからといって、僕に務まるのかどうか……」

天王洲の劇場で観た、日本人演出家によるギジの舞台を岳は思い出した。観るだけで、あれこれと勝手な感想を抱くのと、実際に自分がやるのとではわけが違う。

そういえば、あの時にも感じたことだが、桐山は、いち研究者にしてはプライベートでもかなりギジと親しいのだなと岳は思った。年齢差を考えると、ちょっと不思議にも思える。

「ギジと一緒に行動すれば、彼の考え方が掴めるんじゃないかな」

ドイツに到着して早々、憂鬱になってきた。

「ギジさんの新作っていうのは、どういう感じなんですか」

「お、やる気じゃないか」

そんな岳の気も知らず、桐山は愉快げに言う。

「タイトルは『Ｒ／Ｊ』だ。おそらく、『機械仕掛けのマクベス』などと同様、シェイクスピア作品の翻案の形を取った戯曲だと思う」

「『R／J』というと……」

すぐに思い浮かぶのは、世界的に有名なあの作品だ。

「『ロミオとジュリエット』ですか」

「たぶんね」

肩を竦めながら桐山が答えた。

その日は、それで終わりだった。

ホテルまで車で送って行くと桐山は言ったが、岳はそれを丁寧に辞した。来た時の感じからすると大した距離ではないし、これから過ごす町を少しでも歩いておきたかったからだ。

地図を頼りに、何とか歩いてホテルまで戻ると、早速、岳はノートパソコンを開いた。

東京の浅草《あさくさ》の近くにある団地で暮らしている両親には、無事にドイツに到着してホテルに落ち着いたことだけを知らせる短いメールを送る。

続けて浅川菜摘に宛《あ》ててメールを書いた。桐山とうまく合流できたこと、ギジとはまだ会っていないこと、それから、ギジが新作を発表するらしいというニュース。

少し迷った末、それを自分が日本で上演することになるかもしれないということ、桐山の家で知り合ったニーナのことは書かないでおいた。後者に関しては、自分でも何故《なぜ》、そうしたのかよくわからなかった。

明日は、朝から桐山がホテルに迎えに来て、部屋探しを手伝ってくれたり、ドイツ語学校を紹介してくれる段取りになっていた。夜には観劇にも誘われている。

桐山は本当に面倒見がいい。何か意図でもあるのではないかと勘ぐりたくなるような親切さだった。いや、海外に住んでいると、同胞にはお節介を焼いてあげたくなるものなのだろうか。

シャワーも浴《あ》びず、ベッドに横になってそんなことを考えているうちに、疲れていた岳は、知らぬ間に眠りに落ちていた。


「どうだった？　いつもの君の素直な感想が聞きたいな」

観劇を終えてロビーから出た途端、桐山が悪戯っぽい口調で聞いてきた。

ルードウィヒ通り沿いにある、ギーセン小劇場《Gießen Kleines Theater》という場所で上演された若手劇作家のブレヒトの翻案劇は、正直言って、あまり面白いとは思えなかった。

岳がドイツ語に堪能ではないということを差し引いても、良い出来でないことは一目《いちもく》瞭然《りょうぜん》だった。科白を聞き取れず、ストーリーを追うことはできなくても、客席に蔓延《まんえん》する弛緩《しかん》した雰囲気で、観客たちが舞台に集中しておらず、退屈しているのは察せられる。実際、舞台上の役者たちの動きの雑さというか、かけ合いの悪さは言葉がわからなくても伝わってくる。戯曲の出来は判断できないが、演出のまずさは明白だった。おそらく、稽古不足などの実際的な理由ではなく、演出家の資質の問題だ。

そんな感想が頭にすぐ思い浮かんだが、そのまま桐山に伝えていいものかどうか、岳はちょっと迷った。

にやにやと笑っている桐山の表情からすると、辛口の批評を期待しているようにも見える。

岳が口ごもっていると、客たちで賑わっている狭いロビーに、男が一人、現れた。金髪碧眼《へきがん》のゲルマン系だが、ひょろひょろとした体格で、顔はそばかすだらけだった。白人の年齢は見ただけではよくわからないが、たぶん、岳とそう変わらないだろう。

男は桐山の姿を見つけると、大袈裟《おおげさ》に両手を広げ、歓迎するような素振りを見せた。傍《かたわ》らに立っている岳を見て、男が桐山に何か問う。

桐山は頷いて、岳の方を見て言った。

「こいつはリヒャルト・ヴァイル。今上演していたひどい芝居の演出家」

何という紹介の仕方だ。

桐山の物言いに目を丸くした岳の表情を、リヒャルトはどう受け取ったのか、親しげに握手を求めてきた。

「感想を聞いているよ。言ってやれ」

「……ドイツでの初めての観劇で、感銘《かんめい》を受けましたと伝えてください」

「それでいいの？　がっかりだな」

「勘弁してくださいよ」

岳がそう言うと、桐山は肩を竦めて笑い、リヒャルトに向かって何か言った。二人とも早口で、岳は会話の内容についていけない。

桐山が変なことを相手に言っていないかと不安だったが、リヒャルトの表情や態度から、ひと先《ま》ずは大丈夫だろうと察せられた。

別の観客に挨拶するためにリヒャルトが去って行くと、桐山は岳を促《うなが》して歩き出した。劇場の外ではなく、奥へと向かう。

俳優かスタッフに知り合いがいて、楽屋に挨拶にでも行くのかと思っていたが、辿《たど》り着いたのは劇場の事務所らしきところだった。

親しげな様子で桐山は職員たちと挨拶を交わし、入口に突っ立っている岳を呼び寄せると、スタッフたちに紹介した。

「ギジの新作の稽古は、この劇場の地下にあるアトリエで行われることになる。早いうちに場所を覚えておいた方がいいと思ってね」

岳は頷いた。わざわざ今日、ここに連れてきた目的の半分はこれか。

二人して劇場を後にすると、もうすっかり夜も更《ふ》けていた。

「さっきのリヒャルトさんですけど……」

「ん？　ちゃんと君の言ったとおりに感想を伝えたよ」

「そうじゃなくて、お知り合いみたいでしたけど」

「ああ、彼はギジの教え子なんだ。新作の上演の際は、おそらく演出助手に就《つ》くことになると思う」

「若いのに立派ですね。僕と年齢もそう違わないみたいなのに」

「そう思う？　まさかさっきの感想、本音じゃないよね」

「……意地悪しないでくださいよ、桐山さん」

岳がそう言うと、桐山は声を上げて笑った。

「雑用の能力に優れていて、あれこれと気が利いて便利だから、ギジはやつを手足に使っているだけだ。演出家としても劇作家としても三流」

「そうなんですか」

「ブレヒト作品の翻案と解体なんて、まさに旧東ドイツ時代のギジの猿真似じゃないか。しかもスタイルだけで中身がない。昨日、デュシャンの話をしたけど、デュシャン以降のアーティストが、同じように便器か何かにサインをして芸術の解体だと言って発表したって、やり方を模倣《もほう》しただけで、まったく意味がないだろ」

岳は頷いた。わかりやすいたとえだ。

「でも、世間はやつをギジの秘蔵っ子と見ているからね。なかなか付き合いづらい相手だよ。君も気をつけた方がいい。フレンドリーに見えて、彼は嫉妬《しっと》深いからね」

言葉の端々《はしばし》から、桐山がリヒャルトのことを、あまり好ましく思っていないのが伝わってくる。

「リヒャルトさんが、僕の何に嫉妬するんですか」

「稽古が始まったらわかるよ。ギジは君に、日本での新作の上演を任せようとしている。一方の彼は、助手とは名ばかりの使いっ走りだ。ギジはそういうことには頓着《とんちゃく》しないから、扱いによってはリヒャルトは深くプライドを傷つけられるだろうな。東洋人の僕とギジが親しく付き合っていることも、やつは面白く感じていないと思うよ」

そういうものなのだろうか。

他のことが一杯一杯なので、どうもそんなところまで気を回す余裕が岳にはなかった。

午前中も、桐山に付き合ってもらって探し回ったが、こちらで住むアパートメントすら決まっていない。

劇団を離れて少し休みたいというのが、岳が海外研修を考えた最初の動機だったが、どうも真逆の方向に進んでいるようだ。

静かな通り沿いを、岳は桐山と肩を並べて歩いて行く。

ドイツは店が閉まるのが早い。ギーセンは観光地でもないから、この時間になると開いているのはガソリンスタンドくらいだ。

劇場を出て最初の角を曲がると、桐山はパブの看板が下がっている地下へと続く階段に足を踏み入れた。

食事でもしようということだろうか。どちらにせよ桐山に合わせるしかなく、岳に決定権はない。

「さあ、感動の再会だ」

桐山が呟く。

照明の暗いパブの隅のテーブル席で、一人、酒を飲んでいる老人の姿には見覚えがあった。

こちらを見て立ち上がり、人懐《ひとなつ》っこい笑顔を向けて手を差し出してきたのは、ほぼ一年ぶりに会う、ヘルムート・ギジだった。

「彼はうぶな感じがするところがいいな」

自分が所有するアウディに岳を乗せ、専属の運転手にホテルまで送るように言うと、ギジは走り去る車を見送りながらそう呟いた。

「どういう意味で？」

苦笑して桐山は言う。

パブで久しぶりにギジと再会した岳は、終始、緊張していてあまり喋《しゃべ》らなかった。まるでお見合いのような雰囲気の二人の間に入り、だいぶ桐山が気を遣って冗談などを言い、会話の橋渡しをした。

「人間としても、演劇人としてもだよ。苦労知らずで育ってきた無垢《むく》な感じがいい」

「褒《ほ》めてるようには聞こえませんね」

「羨《うらや》ましいのさ」

パブから電話で呼び出してもらったタクシーは、まだ到着していない。

アウディの運転手には、岳を送ったらそのまま直帰していいと指示していた。

桐山はポケットからジタンの箱を取り出し、火を点ける。

「ところで、新作の執筆の方は順調なんですか?」

「問題だらけだ」

ギジは肩を竦める。

「当初考えていたのとは、だいぶ趣向が変わりそうだ。まったく……こんなことになるなら、新作を準備しているなんて、新聞記者の前でうっかり漏《も》らすんじゃなかったよ」

愚痴《ぐち》るような口調でギジが言う。

まだ何も始まっていないも同然だったが、早くも難航しているようだ。

「だが、テクストがなければ稽古にならないからな。実は演出上、『ロミオとジュリエット』との連続上演を考えている」

「シェイクスピアのオリジナルの方ですか」

「そうだ。『ロミオとジュリエット』の後に、『R/J』を上演する」

何か特別な企《たくら》みがあるのか、それとも単に、元の物語を上演したうえで翻案を提示したいのか、その意図はわからない。

やがて通りの向こうから、クリーム色をしたメルセデスのタクシーがやってきた。

執事よろしく桐山は後部座席のドアを開き、先にギジを乗せると、続いて自分も乗り込んだ。

「今日は泊まっていくんだろう？」

ギジが桐山の耳元で囁《ささや》く。

「そうですね。もう遅いですし」

笑いながら桐山は言う。

「ゆっくりと、新作の構想を聞かせてもらいたいところですね」

「それはできない。何しろ……」

言いかけたまま、ギジは何やら考え込んでしまった。

桐山は話題を変える。

「僕が一番知りたいのは、何ゆえに三十年近くもの空白を経て、新作を書く気になったかですかね」

「私もそれを感じているよ」

まるで他人事のように言って、ギジは微《かす》かに笑った。

「いや……年を取ったからかな」

そしてふと、寂しげにそう呟いた。

5

襟元から風が入ってこないようにマフラーを巻き直すと、岳はダッフルコートのポケットに手を突っ込み、ラウイッシュホルツハウゼン城の敷地の中の道を、ギジの新作上演が行われる会場を探して歩き始めた。

冬を迎えて色の霞《かす》んだ、だだっ広い芝生《しばふ》の庭の向こう側に、トラックが何台か停まっている一角が見えた。

ギーセン市街の北東、十数マイルの距離にある、十九世紀末に建てられたこの城は、現在は公園になっており、ギーセン大学が所有している。

夕刻まではこれといった用事もなく、すでに始まっている舞台の設営準備を見るために、岳は足を向けた。

地図などを見て何となく予想はしていたが、城の周囲には駅もなく、車がなければかなり不便な場所だった。ギーセンの駅から快速電車《RE》を使ってキルヒハインの駅まで行き、そこからはバスの路線などがまったくわからず、仕方なく駅前からタクシーに乗って、何とか辿り着いた。

資材がぶつかり合って奏《かな》でる耳障《みみざわ》りな金属音が、現場に近づくに従って大きくなってくる。

安全のために張られたロープの手前で足を止めると、岳はポケットからスマートフォンを取り出し、その光景を撮影した。文化庁に毎月、提出しなければならない報告書に添付するためだ。

三十ヘクタール以上あるという城の敷地は、その殆どが平坦な芝生《しばふ》と植え込み、そして林になっている。野外劇を上演するには最適の場所のように思えた。

視界にうるさく入り込んでくるような近代的な高層ビルなども周囲にはなく、ギジがどういう演出を行うつもりなのかはわからなかったが、こぢんまりとした古城の風景はシェイクスピア作品を上演する際の借景としては、抜群《ばつぐん》のロケーションに見える。

こんな交通の便の悪い郊外の会場でも、ギジほどの人物ともなれば、観客の方が万難を排《はい》して足を運んでくる。

ラウイッシュホルツハウゼン城の建物は、今はカンファレンスホテルになっており、ギーセン大学で何かの学会などがある場合、会場として使われることもあるらしい。

来年の春に予定されているギジの新作の上演には、世界各地から評論家や記者、または大学の研究者や演劇関係者たちが招かれることになるだろう。芝居を観るという目的だけで客たちは何日かの間、滞在し、ホテルではレセプションやシンポジウムなども行われるに違いない。

岳は溜息が出そうになった。わかってはいたが、これが格というものだ。

ざっと現場の周囲を歩いてみたが、ヘルメットを被った仮設劇場設営のための作業員たちが働いている他には、演劇関係者らしき姿は見られなかった。

芝生の上には、当たりをつけるためのラインがスプレーで引かれており、すでに舞台の基礎となる部分がイントレで組まれている。

九月にドイツに到着してから、すでに三か月が経とうとしていた。

ドイツの冬は日が短い。時計を見ると、まだ午後の三時頃だったが、濁《にご》った灰色に曇《くも》る空には、すでに日暮れが迫りつつあった。

「ナイトー！」

不意に声がして、岳は振り向いた。

年季の入ったダブルのオーバーコートに身を包み、先端にポンポン飾りのついた毛糸の帽子を被ったギジが、口から白い息を吐き、手を振りながらこちらに歩いてくる。

まさかここでギジに会うとは思っていなかったので岳は少し驚いたが、笑みを浮かべて手を振り返した。

今日、この後は、ギーセン小劇場の地下アトリエで稽古がある。『R／J』と連続で上演される、ギジ演出による『ロミオとジュリエット』の稽古だ。

肝心の新作、『R／J』のテクストの方は、スタッフやキャストには、まだ一枚も配られていなかった。桐山の話によると、完璧主義者のギジは、戯曲が完成するまで、書きかけのものは一切、他人には見せないのだという。

上演は来年の春だから、まだ時間的には余裕があった。基本的な舞台機構や観客席、楽屋などの設置と同様、稽古の方も始まったばかりだ。

岳は身振り手振りに頼りながら、単語の羅列に近いドイツ語に多少の英語を交えてギジとの意思疎通を図った。思っていたよりもずっと規模が大きいですね、というような感想をギジに伝える。

劇場や稽古場以外の場所で会うギジは、桐山が言っていたように作品のイメージから思い浮かぶような神経質そうな雰囲気はあまりない。細かい会話は、桐山の通訳がなければできないが、岳と話す時のギジは、それを気に掛けて根気よくゆっくりとした口調で話し掛け、耳を傾けてくれる。

どうやらギジも現場の様子が気になって見に来たらしい。まだ材料を搬入した程度で作業も進んでおらず、拍子抜《ひょうしぬ》けしたとでもいうように肩を竦めてみせた。

岳の肩を軽くぽんと叩くと、こっちへ来いとでも言うように、ギジは岳の手を引っ張り、歩き出した。

車がある、と短い言葉で何度も繰り返す。夕方から控えている稽古に、どうやら一緒に車で送ってくれるらしい。

再びタクシーを呼び出し、電車を乗り継いで帰るのは億劫《おっくう》に感じていたから、これはありがたい誘いだった。車なら三十分足らずでギーセン市街まで戻れるだろう。

駐車場に入ると、まばらに停められた車の中に、見覚えがあるギジ所有のアウディが停まっていた。

ドイツに到着したばかりの頃、桐山も交えた三人で食事をした後、この運転手付きのアウディに一人で乗せられ、岳はホテルまで送ってもらったことがあった。

指先を唇に当て、ギジは静かにと仕種《しぐさ》で岳に伝えると、抜き足差し足で車に忍び寄った。よくわからないまま、岳もギジに倣《なら》って足音を立てないように車に近づく。

外からそっと車内を覗くと、ギジの運転手が仏頂面《ぶっちょうづら》を浮かべてノートにメモか何かを書き付けていた。この運転手にも覚えがある。前に乗った時、ホテルの前で降りた岳が気を遣ってお礼を言っても、返事をするどころか目も合わせてくれなかった。ただ、手振りでさっさとドアを閉めろと示されただけだった。

カーステレオで音楽を鳴らしているからか、ギジが助手席の窓をノックしても、すぐには気づかない。

岳の方を見て、ギジが悪戯《いたずら》っぽい笑みを浮かべる。

かけている曲は耳に覚えのあるメロディだった。たぶんビートルズだが、曲名まではわからない。

少し間を置いてから、もう一度、窓をノックすると、やっと運転手は車の外にいるギジと岳に気づき、一瞥《いちべつ》をくれた。

仮面のように固定された、むすっとした表情をしており、頬《ほお》から顎《あご》にかけて灰色の堅《かた》そうな髭《ひげ》が密生している。顔には深い皺《しわ》が刻み込まれていて、年齢はギジとあまり変わらないように見えた。どちらかというと、ビートルズというよりはワーグナーでも聴いていた方が似合いそうな雰囲気だ。

カーステレオを切り、運転手はわざわざ降りてくると、車を半周して回り込み、後部座席のドアを開いた。

ギジは当たり前のような顔をして乗り込んだが、岳は何だか申し訳ない気がして、運転手に一礼して挨拶の言葉を掛けたが、今度も見事に無視された。返事をするどころか頷きもしない。

どうやらこの運転手は、相手を選んでいるわけではなく、誰であっても同じ態度のようだ。

その証拠に、ギーセン小劇場へ向かうようにギジが指示し、アウディが動き出してからも、親しげに話し掛けるギジの言葉を運転手は悉《ことごと》く無視している。だが、どういうわけかギジは楽しそうだった。

運転手のつれない態度が可笑しくて、思わず頬を緩めた岳に向かって、こいつはいつもこうなんだというような表情で、ギジが運転手を指差しながらウィンクしてみせた。

ギーセン小劇場の地下《ケラー》にある稽古場に着くと、どうやら今日は取材が入っているようだった。

雑誌か新聞の記者と思われる数名に囲まれ、演出助手であるリヒャルトが、稽古場の真ん中で何やら気分良さそうにインタビューに答えている。

稽古は午前中から行われている筈だが、ギジは『R／J』の執筆もあるし老体なので、読み合わせや簡単な立ち稽古、振り付けの確認など、わざわざギジがやるほどでもないような部分はリヒャルトに任されている。作品の質や演技の根幹に関わるような指示やダメ出しは、ギジが稽古場にいる時だけ行われ、リヒャルトの役目は、ギジがいない間、忠実にそれをトレースすることだけだった。

　稽古場の中を見回すと、ダンス練習用の黒いレオタードにタイツを身に着けたニーナが膝《ひざ》を抱えてしゃがみ込み、床に置いた台本を読んでいた。口の中でぶつぶつと科白を反復している。

　顔を上げたニーナと、一瞬、岳は目が合ったが、すぐにニーナは台本に視線を戻した。稽古場では馴《な》れ馴《な》れしくしないで欲しいと言われていたので、気にせず岳も受け流す。

　ニーナが見ているのは、『R／J』の台本ではなく、シェイクスピアの『ロミオとジュリエット』の、ギジが翻訳したドイツ語版テクストだった。


　満足のいく物件を見つけられなかった岳は、結局、桐山とニーナが住むアパートメントに割り込む形でシェアさせてもらっていた。

　提案してきたのは桐山だった。クローゼットとして使っている部屋が一つ余っているから、狭いのを我慢できるなら、そこを片付ければ住めると言われた。

　岳も最初は遠慮したが、いつまでもホテル住まいを続けるわけにもいかず、一時のつもりで甘えることにした。

　ニーナも同意してくれたようで、桐山にシェア分の家賃を払い、週に三度のドイツ語学校や、ギーセン周辺で上演される芝居の観劇、大学で行われるギジの講義や稽古などの見学に、そこから通うことにした。

桐山もニーナも、親切ではあるが、何を考えているのかよくわからない二人だ。

引き続き物件は探すつもりでいたが、もう帰国までこのままでもいいかと、半分、岳は思い始めていた。

「私も出るのよ」

ふと、そんなことをニーナが言い出したのは、稽古が始まる数日前、アパートメントのダイニングで、桐山が淹れたコーヒーを三人で飲んでいた時だった。

「出演するってことですか」

「ええ、ジュリエット役でね」

ニーナはそう言うと、芝居がかった感じで胸の前で手を組み、瞳を閉じて、切なげな表情を浮かべて声を出した。

My only love sprung from my only hate!
Too early seen unknown, and known too late!
Prodigious birth of love it is to me

That I must love a loathed enemy.

話の流れからして、おそらくそれはジュリエットの科白なのだろうが、岳には意味はよくわからない。

「一幕五場の最後の方の科白だね」

ポケットからジタンの箱を取り出しながら桐山が言う。

「どういう科白なんですか」

「『一つだけの私の恋が、一つだけの憎しみから生まれるなんて。知らずに早く出会ってしまい、知った時には遅かった。生まれた時から因果《いんが》な恋。憎き敵を愛さなきゃならないなんて……』みたいな感じかな」

有名な科白なのか、割合にすらすらと桐山は口にする。上演はドイツ語だが、原文を諳《そら》んじているところを見ると、ニーナのお気に入りの科白なのかもしれない。

「ちなみに、さっきの科白は、それぞれのセンテンスの末にくる『hate』と『late』、『me』と『enemy』が韻《いん》を踏んでいる。これは二行連句《ライミング・カプレット》といって、シェイクスピアの書く科白にはこういうものが多いんだ」

ニーナが軽く咳払いをし、桐山は口に咥えた煙草に火を点けると、自分から話を打ち切った。

「ま、そういう話は今度にしよう」

「主役じゃないですか。すごいですね」

素直に岳はそう言った。

実際、ニーナのジュリエット役は絵になりそうだった。

「ところが、そうでもないのよ」

ニーナが笑って答える。

「ジュリエットが何人もいるの」

「どういうことです？」

ニーナの代わりに、桐山が口を開く。

「ちょっと特殊な演出をするつもりらしいんだ。場面ごとに、ロミオもジュリエットも、ころころ役者を入れ替えるらしい。飽くまでもオリジナルに忠実なテクストを使いながら、役者を不定にすることで、ロミオやジュリエットという人格を異化するつもりなんじゃないかな。僕にもオファーがあったよ」

「桐山さんに？」

「役者は学生と素人しか使わないみたいだよ」

岳が抱いた疑問をいち早く察し、桐山はそう答えた。

そういえば日本で、劇団員の野上真理恵と、ギジは職業俳優を嫌っているのではないかという話をしたのを、岳は思い出した。

「やっぱり、ロミオ役ですか」

「いや、僕もジュリエット。ギジは人種や性別も無視したいみたいだね。僕は断ったけど」

そう言って桐山は笑った。

狙《ねら》いはわからなくもないが、ギジがどんな舞台を構想しているのかは、うまく思い浮かばない。

「まあ、今、話しているのは、新作に先立って上演される『ロミオとジュリエット』のことで、『R／J』の方は、どんな内容になるのかもまだわかっていない。そういう妙な演出も、『R／J』への伏線になっているのかもしれないね」

桐山はそう言っていた。

改めて稽古場に集まっている役者たちを見回してみると、桐山が言っていたとおりの素人ばかりだった。八割はギーセン芸術大学の学生のようだったが、人種は雑多で、岳と同じ東洋系や、黒人などもいる。

リラックスした雰囲気だったが、さすがにギジが姿を現すと、緊張した引き締まった空気が流れた。

リヒャルトを囲み、公演の内容についてあれこれと質問していた記者たちが、そちらを切り上げてギジの方へと近づいてきた。

一瞬で稽古場の主役の座を奪われ、一人きりになってしまったリヒャルトと目が合った。

背後から、ナイトー、ナイトーとうるさくギジが呼んでくる。

リヒャルトが舌打ちし、目を逸《そ》らして床に視線を移した。

ギジに袖口を摑まれ、岳は記者たちの前に引っ張り出される。

どうやらギジは、日本で『R／J』が翻訳上演される際の演出家であると岳を紹介しているらしく、わざわざギジの演出を学ぶためにドイツに研修に来ているのだと説明しているようだった。

あまり要領を得ない感じで、必死になって記者たちの質問に答えているうちに、リヒャルトは稽古場の外に出て行ってしまった。

やがて記者たちが帰ると、準備されている長机の中央にギジが着席し、立ち稽古が始まった。

他のスタッフたちにまざり、岳も何となく場違いで肩身の狭い思いをしながら、ギジの隣に着席する。

持参してきたノートパソコンを開き、録音のためにスマートフォンをテーブルの上に置いた。

さすがに稽古中に横からあれこれと質問するわけにもいかないし、ギジが俳優に対して使う言葉はボキャブラリーが豊かすぎて、すぐその場では理解しきれない。

後になってから、ノートパソコンで取ったメモを参照しながら、ゆっくりと演出内容を吟味《ぎんみ》して理解する必要があり、その作業の方が、稽古をしている時間よりも、遥かに長かった。稽古があった日の夜は、殆ど明け方まで掛かってそれをまとめ、整理している。日本で自分の芝居をやっていた時の方が、余程《よほど》楽だった。

ギジは、上着のポケットからダイスを二つ取り出すと、それを机の上で何度か転がし、今日、稽古をするテクストのページナンバーを決めた。

適当に何人かを選んで指差し、用意されているワイヤレスマイクを手にして唇に近づけ、ぼそぼそとした口調で、そのシーンを即興で演じることを指示する。

誰がどのシーンを演じるかは、まだ、はっきりとは決まっていなかったが、俳優たちは予め自分たちが演じる役の科白を丸暗記するように言われているのか、ほんの数分の打ち合わせの後、さっそく、その場面が演じられ始めた。

かなり独特というか、癖のある演出方法だったが、岳はどちらかというとギジよりも、集まっている役者たちの方に感心した。これで職業俳優ではない素人だというのだから畏《おそ》れ入る。ろくに科白も入っていないうちから不満ばかり口にしてくる自分の劇団の連中にも見せてやりたいくらいだった。無論、それはギジの放っている威光のようなものが自然とそうさせているのであって、岳が同じことをやろうとしても無理がある。たぶん誰もついてこない。

短いシーンを次々に俳優を入れ替えながら繰り返し、その都度、ギジはマイク越しに意見を述べた。

あれこれとウィットに富んだ冗談を交えながらダメ出しをしているらしく、ギジが何か言う度に笑いが起こり、良い感じに稽古場の雰囲気が解《ほぐ》れてくる。こういうところはやはりベテランだ。厳しいだけの稽古は何も生まないし、声を荒らげたりするのは、能力の低い演出家の押しつけがましい自己満足に過ぎない。稽古場が無駄な緊張感だけに支配されていたら、演技も硬くなり、役者も自由に動けず、アイデアも試せなくなる。

雰囲気に合わせるため、意味もわからないままに岳も他のスタッフや出演者と一緒に笑っていたが、ふと、目の端にニーナの姿が映った。

他の役者たちのように笑ってはおらず、いつの間にか稽古場に戻ってきて隣に座ったリヒャルトを、ニーナは気にしていた。

リヒャルトは、ギジが言葉を発する度に、長い金髪を後頭部でシニヨンに纏《まと》めたニーナの顔に唇を近づけ、耳打ちするように小声で囁きかけている。

明らかにニーナはそれを迷惑がっており、リヒャルトが顔を近づけてくる度に体ごと引いて眉根を寄せ、指先で追い払うような素振りを見せていたが、リヒャルトは鈍感なのか、お構いなしに同じことを繰り返していた。

ギジが不在の時は、リヒャルトが長机の中央に陣取り、あれこれと俳優たちに上から指示をしているのだろうが、稽古場の本当の支配者が現れると、リヒャルトにはスタッフが座る席すら与えられず、俳優たちからも殆ど存在を無視されていた。

ギジが稽古場にいる時間は短く、一時間ほどで稽古はお開きになった。

稽古が終われば、ギジはぐずぐずと役者やスタッフと余計なコミュニケーションを図ったり、飲みに行ったりするようなことはしない。そんなことは無意味だというのがよくわかっているのだ。もっと言えば、役者やスタッフ個人の人間性やプライベートなど、まったく興味がないのだろう。

逆にリヒャルトは、稽古場以外でのこういう付き合いに熱心なようで、三々五々集まってパブにでも繰り出そうかという相談をしている俳優たちに、次々に声を掛けているが、誰からも相手にされていないようだった。

残念ながら、岳の稽古場での立場もリヒャルトと大差なかった。

ギジが稽古場を出て行き、岳が机の上に広げたノートパソコンなどを片付けている最中も、声を掛けてくる者は誰もいない。ギジの隣に座っている東洋人が何者なのか、理解していない関係者もいるに違いない。何しろ岳自身からして、よくわかっていないのだ。

頼りはニーナだけだったが、帰り支度を整えた岳が、ざっと稽古場を見渡すと、すでにニーナの姿もなかった。

稽古場の中から、暖房の入っていない寒くて空気の乾燥した廊下に出ると、岳は身震いし、小用を催《もよお》した。

廊下の奥の突き当たりにあるトイレに入って用を足し、手を洗って外に出ようとしたところで、リヒャルトとばったり出くわした。

目で挨拶し、そのまますれ違って廊下に出ようとしたが、その時、リヒャルトが何か、吐き捨てるような言葉を投げつけてきた。

背筋がざわつき、岳はトイレの中に入って行くリヒャルトの方を振り向く。

岳が聞き取れないように、おそらくはわざと早口のドイツ語で発せられた言葉の意味はわからなかったが、強い悪意と侮蔑《ぶべつ》が含まれていた。負の感情は、言葉の壁を容易に乗り越えてくる。

「気にすることないよ」

逃げるようにトイレから出てきた岳に、耳慣れた言語で声を掛けてくる者がいた。考えるまでもない。ニーナだ。

着替えを終え、髪を下ろしたニーナが、廊下の壁に背を預けて腕組みして立っていた。トイレの入口でのリヒャルトとのやり取りが耳に入ったのだろう。

「帰ろう」

ニーナは先に立ち、劇場の外へと向かう階段に向かって大股で歩き始めた。歩調から、苛々しているのがわかる。

「誰かと飲みにでも行ったのかと思ったよ」

追い掛けるように歩きながら、岳は言った。

「お金ないし、もう日が暮れているから男の人と一緒に帰った方がいいし」

桐山と三人で食事をしている時に岳が何となく口にした、小学生の頃に空手を習っていたという話を、どうやらニーナは過大に評価しているようだ。

ギーセン小劇場の裏口を出ると、アパートメントを目指して肩を並べて歩き始めた。少し遠いが、歩けない距離ではない。

見上げると、空の色合いは重く、今にも雪がちらついてきそうな雲行きだった。

岳は傘を持っておらず、早く帰りたいと思っていたが、まだぎりぎり開いている時間だからクリスマス市に寄って行きたいとニーナが言い出した。

閉店法によって、ドイツでは各州ごとに店を開けていい時間が決まっている。

ギーセンのあるヘッセン州は、どちらかというと規制は緩い方だが、それでも昔からの名残《なごり》で早めに閉める店が多い。日曜ともなれば、多くの店がシャッターを下ろす。

待降節《アドベント》に入っていたので、街はクリスマスのオーナメントや電飾で彩られていた。

百貨店へと続く大通りは歩行者天国のようになっていて、この時期だけに出る、木製の柱に支えられた屋台のようなテントが並んでおり、キャンドルやクリスマスの飾り物、プレゼント用の品々や焼き菓子などが売られていたが、店の半数はもう閉まっており、残る半分も、店じまいを始めていた。

急ぎ足で市を見て回るニーナに、岳は声を掛ける。

「誰かへのプレゼント?」

「うん。ママに」

手作りのブローチが並んだ屋台で、それを手にして見比べながらニーナが言う。

「どっちがいい？」

ニーナが最終的に選んだのは、青い鳥の絵柄が入った陶製のブローチと、雪の結晶を象《かたど》ったビーズ刺繡《ししゅう》のブローチだった。

「お母さんへのプレゼントなら、こっちの方がいいんじゃない」

順番に胸の辺りに翳《かざ》してみせるニーナに、岳は陶製の方を勧《すす》めた。

いずれもいいデザインだったが、年輩の女性が身に着けるなら、そちらの方がよさそうに思えた。

「そう？　だったら、そうしようかな」

ニーナはドイツ語で、屋台の主に声を掛ける。包んでくれとでも言っているのだろう。

「ああ、そうだ」

不意に岳は声を出した。

「もう片方は僕が買って、ニーナにプレゼントするよ」

完全に思いつきだった。何となく、ニーナに似合いそうな気がしたのだ。

「えっ、何で？」

驚いたような声を上げて振り向き、訝《いぶか》しげな表情をニーナは浮かべる。

「いや、こちらに来てからニーナにはいろいろお世話になっているし、お礼というか何というか……」

それに、屋台売りのハンドメイドの品だから、さして高価なものでもない。

本当に軽い気持ちだったが、考えてみると、何の理由もなく女の子にプレゼントを買うなんて、今までもしたことがなかった。

「お世話なんかした覚えないけどなー」

口ぶりとは裏腹に、ニーナは手袋を嵌《は》めた手を口元に当てて嬉しそうに笑っている。

吐く息は白く、寒さのせいなのか白い頬は赤く染まっていた。

「ありがとう。でも嬉しいわ。男の人にクリスマスプレゼント買ってもらうなんて、パパ以来かも」

ちょっと意外な感じがしたが、岳は財布を取り出すと、ブローチを包んでほしいと、たどたどしいドイツ語で屋台の主に伝えた。

アパートメントに辿り着くと、桐山は出掛けているようだった。

じゃあ、と声を掛け、岳は自分の部屋に入る。

部屋が別々だとはいっても、同じ屋根の下に女性と二人きりというのは、どうも落ち着かなかった。ニーナの方はどうなのだろうか。こちらに対して不安はないのだろうか。

ノートパソコンを起動させ、岳は毎月提出しなければならない文化庁への報告書の作成を始めたが、すぐ嫌になってしまった。

書くことはたくさんあるが、どうも気分が乗らない。

代わりに浅川菜摘宛てにメールを書き始める。

今はSNSなどのインターネットを通じたコミュニケーション手段がいくらでもあり、日本との距離は驚くほど近く感じられる。ドイツ語学校に通っていても、その傾向は顕著《けんちょ》だった。

やはり異国にいる不安からか、同じ国、同じ言語を話す者同士で群れやすく、そうなるとドイツ語でのコミュニケーションを捨ててしまう。中には語学留学に来ているにも拘《かか》わらず、殆ど誰とも付き合わず、自室に引き籠《こ》もって母国の友人たちと、ネットでどっぷりという者もいるらしい。

だから敢《あ》えて岳は、日本との連絡には便利なSNSは利用せず、専《もっぱ》らメールを使っていた。海外で最先端の演劇を学びたいなどという殊勝《しゅしょう》な気持ちは岳には一ミリもなかったが、それでも折角の機会にそんな毎日を送るのは避けたかった。

幸いにというか何と言うか、桐山から紹介してもらったドイツ語学校には岳以外に日本人や日本語を話す者はおらず、そちらでは適当に孤独に過ごしている。

最初のうちは、二、三日置きに届いていた浅川からのメールも、このところは一週間に一回とか、十日に一回くらいまで間隔《かんかく》が空くようになっていた。

岳も自分のことで精一杯だし、浅川にしても、メールで知らせるような話題がそうあるわけでもないだろう。岳が主宰《しゅさい》していた劇団は現在休眠中だが、メンバーたちは、それぞれ付き合いのある劇団やプロデュース公演に客演するなどして、それなりに過ごしているようだった。

制作の戸丸がどうしているか気になっていたが、日本を去る前の一件のことを気遣っているのか、浅川はメールでも戸丸のことについては一切触れてこない。

当事者である岳もイメージできていないが、一年の研修期間が過ぎて帰国したら、本当に日本で『R／J』を上演しなければならない事態になるかもしれない。

制作を戸丸に頼むなら、早めにそのことを伝えて根回しを始めてもらわなければならないのだが、どんなきっかけで切り出したら良いかわからなかった。

戸丸にまだ、岳と組もうという気持ちが残っているかどうかもわからない。だが、最初に声を掛けるのが仁義だし、袂《たもと》を分かつにしても、知らせないわけにはいかない。

まだ返信を書いていない、浅川からの最新のメールを岳は開く。

最初の頃は長文だったメールも、このところは必要事項と、近況を簡単に伝える数行程度のことが多かった。メールを送ってくる頻度《ひんど》と、文章の量も比例している。

やり取りの内容は、浅川がこちらに遊びに来る日程と段取りについてだった。

大学を卒業する浅川が、来年の春先に卒業旅行がてら、こちらに来たいと言っているのだ。

本当は岳の方が年末年始にでも日本に一時帰国したいところだったが、生憎《あいにく》、研修中は勝手な帰国が許されておらず、あれこれと手続きの書類を用意して文化庁から許可を得なければならないので、それが面倒で断念した。

岳がシェアしているアパートメントに浅川を宿泊させようと思ったが、桐山に相談するとNGを出されてしまった。友だちを家に招待するのは構わないが、泊めるのはルール違反のようだ。

それによく考えると、岳が借りている部屋は本当にクローゼット並みに狭くて、浅川を泊めるには窮屈《きゅうくつ》すぎた。

それらのことを、丁寧にメールに書く。

歓迎していないというわけではなく、それがルームシェアのルールなのだと書きかけて、ふと、同じ屋根の下にニーナという女性が一緒に住んでいることを、まだ浅川に伝えていなかったのに岳は気がついた。

どちらにせよ、浅川が来たら紹介することにはなる。

誤解されないよう注意しながらニーナの存在も書き、日程が決まったら近くのホテルを押さえると浅川には伝えた。

メールを送ると、岳はごろりと横になった。

ベッドを置いたら他には家具を置くスペースもないほど部屋は狭い。

壁一つ隔《へだ》てた向こう側にあるニーナの部屋から、微かにハード・ロック調の音楽が聞こえてくる。彼女も部屋でリラックスしているのだろう。

ふと、今日の稽古場での、ニーナに対するリヒャルトの馴れ馴れしい態度や、トイレの入口での一件が思い出された。

リヒャルトは、ニーナに気があるのではないだろうか。何となく、そう思った。

桐山がリヒャルトを嫌っているのも、案外、そんな単純な理由からかもしれない。

そんなことを考えながら、疲れていた岳は、そのまま瞼《まぶた》を閉じて眠りに入った。

6

「絶対に誰にも言わないって誓えるかい」

スプーンの先でジャガイモの団子《クネーデル》を潰《つぶ》しながら、桐山がそう切り出した。

岳はニーナと顔を見合わせる。

「何をです」

「だから、『R／J』に関することだよ」

テーブルの上には、桐山が腕を振るった料理が並んでいた。

赤キャベツを煮込んだものや、鰊《にしん》の酢漬けが入ったサラダ。

中央の皿には七面鳥の丸焼きまである。クリスマスに七面鳥を食べるなんて、まるで映画か漫画か小説の中の出来事みたいだなと岳は思った。

キッチンに立って料理の準備をしている最中も、桐山はずっとそわそわしていた。この話題を切り出すタイミングを窺《うかが》っていたのだろう。

「戯曲が完成したんですか」

岳が問うと、桐山は首を横に振った。

「いや、僕が目にしたのは、ノートに書かれたほんの草稿だ。ギジの書斎の机の上に無造作に置いてあったのを、それと知らずに開いて、見てしまったんだ」

桐山は稽古場には殆ど来ないが、ギジの自宅には頻繁《ひんぱん》に足を運んでいる。泊まり込むことも多い。

「今の僕は、ミダス王の髪を切った理髪師のような気分だ」

「えーと……」

要するに、王様の耳はロバの耳だと、誰かに言いたい気分だということだろうか。

桐山らしい持って回った言い方だ。

「話したいんでしょ。言いなさいよ」

面倒くさそうにニーナが促す。

「ギジには、僕がノートを盗み見たってことは内緒だぜ」

唇の前に人差し指を立て、桐山はそう言った。

岳は頷く。どちらにせよ、人に言いたくても話す相手がいない。

「舞台はやはりというか、旧東ドイツ《DDR》だ」

それは岳にも予想できたが、果たしてギジは、今さら旧東ドイツに関して何を書くことがあるのだろうか。

「僕が見たのは断片的なメモのようなものだが、冒頭はシュタージ職員らしき男が、ギジと思われる人物の部屋を盗聴しているシーン。それからホーエンシェーンハウゼン勾留《こうりゅう》所らしきシーンも書かれていた」

「『シュタージ』って何ですか」

聞いたことのない言葉だった。岳はぴんと来なかったが、ニーナは意味がわかっているのか、眉根を寄せている。

「説明が必要だね。シュタージというのは、旧東ドイツの国家保安省のことだ。まあ、要するに……」

「諜報機関か何かですか」

桐山やニーナの表情から、何となくそう感じて岳は言った。

「察しがいいね。『R／J』は、やはりシェイクスピアの『ロミオとジュリエット』の本歌取りだが、西側に亡命を図るロミオと、シュタージの関係者であるジュリエットの物語になるようだ」

ほんの少しだけ、岳は違和感を覚えた。こういう場合、普通は男役であるロミオの方を諜報機関の職員なり何なりの設定にした方が自然なのではないだろうか。

いや、自分のような平凡な書き手とは、発想から違うのだと言われればそれまでだが。

「戯曲は、以前のギジの観念的な作風に比べると、驚くほどリアリズムに寄っている。少なくとも僕が目にした部分はね。だが、紛《まご》うことなきギジの筆致《ひっち》だった。少しも衰《おとろ》えていない」

喉を潤《うるお》すためか、クリスマスのために用意したグリューワインに桐山は手を伸ばした。カップから漂う、香辛料を入れて温めたワインの湯気を口で吹いて冷まし、それを口に運ぶ。

「でも、それだけだと……」

テーブルに身を乗り出してニーナが口を開く。議論するような体勢だ。

「君が何を言いたいかはわかる。ちょっと待ってくれ」

桐山がニーナを制す。口には出さなかったが、正直、岳も疑問に感じていた。

旧東ドイツを舞台に、当時の政治的な状況をシェイクスピアの戯曲にオーバーラップさせたところで、今さらそれに何の意味があるのか。

もし本当にそれだけだったら、ただのセルフパロディだ。筆致が冴《さ》えているどころか、衰え以外の何物でもないだろう。

「ギジは今回の戯曲を通じて、何かしらの秘密を告白しようとしているらしい」

「秘密？」

「どうやらギジは、シュタージと関わりを持っていたらしいんだ」

「それは矛盾していませんか。ギジさんは、旧東ドイツでは、どちらかというと反体制的な立場で芸術活動をしていた筈では……」

「だから問題なんだよ」

　桐山は肩を竦める。

「シュタージには、ＩＭという非公式協力者……まあ、密告者のようなものが存在していたんだが、もしかすると、ギジはそういう立場だったのかもしれない」

「だったらスキャンダルじゃないの」

　ニーナが口を挟む。

「そうなんだ。内容によっては、これまでのギジの評価が百八十度覆《くつがえ》ってしまう可能性すらある。ギジはベルリンの壁が崩壊する半年ほど前に西側に亡命しているが、それすらも下手をするとスパイ活動だった可能性が……」

「そう書いてあったんですか？」

「いや、さっきも言ったように、僕は草稿のほんの一部を見ただけだ。だが、そのレベルの話が出てくるかもしれない。以前から不可解に思っていたことがあるんだ。ギジは旧東ドイツ時代に何度も逮捕されているが、その都度、軽い罪で釈放されている。よく考えてみれば妙なんだ」

彼らしくない饒舌《じょうぜつ》さで、桐山は捲《まく》し立てた。

「この戯曲を書くかどうか、ギジはおそらく三十年近くもの間、迷い続けてきたんじゃないかな。発表されたら、僕も書きかけのギジに関する論文の原稿を半分以上捨てて、差し替えるはめになるかもしれない」

そう語る桐山は、どちらかというと楽しそうだ。

「どちらにせよ、『R／J』のテクストが完成したら、ギジの最高傑作になるか、そうでなければギジが自らの息の根を止める作品になるだろうね。楽しみだよ」

「頑張ってね、ナイトー」

岳にプレッシャーを掛けるように、涼しい顔をしてニーナが言う。

「僕に振らないでください。逃げ出したい気分ですよ」

岳はすっかり冷めてぬるくなったグリューワインを呷《あお》った。

テーブルの上の料理を片付けると、午前中にニーナがクリスマス市で買ってきた、ドライフルーツやナッツをたっぷりと練り込んだ、シュトレンという菓子パンだかケーキのようなものを、桐山がブレッドナイフで切り分け、並べ始めた。

ニーナがコーヒーの用意を始める。

　岳の分担は、食事が終わった後の皿洗いだから、手持ち無沙汰《ぶさた》に窓の方を見ると、雪が降り始めていた。

　椅子から立ち上がり、岳はそちらに歩み寄る。

　窓に貼りついた雪のかけらが、結晶をつくっていた。

7

「久しぶり。お腹空いてる？」

　不安そうな面持《おもも》ちで、きょろきょろと辺りを見回しながらフランクフルト空港のミーティングポイントに姿を現した浅川に、迎えに来ていた岳はそう声を掛けた。

「ひと言目がそれですか」

　ほっとしたような表情を浮かべ、浅川が手を振りながら近づいてくる。

「そうですね、ちょっとだけ空いています」

「じゃあ、何か食べてから行こう」

　そう言うと、岳は浅川が引っ張ってきたキャリーバッグを手にして歩き始めた。

　岳が初めてここに降り立った時のように、桐山に車を出してもらえたら良かったのだが、生憎、桐山は忙しい様子だった。車だけ借りても岳は運転ができない。

空港内のレストランで軽く食事を済ませると、券売機で二人分のギーセン駅への切符を買い、そのままホームから直接、列車に乗り込んだ。

浅川は不思議そうな顔をしている。改札がないからだろう。岳も最初はこのシステムに慣れず、落ち着かなかった。

「みんな、どうしてる?」

フランクフルト中央駅でギーセン方面行きの特急列車《インターシティ》に乗り換え、二等席の狭いシートに並んで座ると、岳は浅川にそう問うた。

劇団のメンバーたちの様子は、メールで大体は把握していたので改めて聞くまでもなかったが、何となく話題の取っ掛かりがなかったのだ。

「はい。元気ですよ。内藤さんに会ったらよろしくって、野上さんが」

野上真理恵は、劇団の初期の頃からのメンバーだったが、最近はプロダクションにも所属していて、たまにバラエティ番組の再現ドラマなどの些末《さまつ》な仕事をしている。

女優は、二十二、三歳までに芽が出なければ、次にチャンスが巡ってくるのは四十を過ぎてからだ。理由は簡単で、その年齢まで売れないまま女優を続けている人は稀《まれ》だからだ。

男の場合は、四十五十になっても芝居の世界にしがみついているやつがいくらでもいるが、女性は現実的なので、三十歳辺りを境に、結婚などをしてどんどんやめていく。どんな舞台やドラマでも、端役《はやく》に至るまでギャラの高い有名女優ばかりで固めるわけにはいかないから、安く使えるこの年齢層の女優は品薄なのだ。要するに需要と供給のバランスだ。野上の場合は、まだ当分の間は辛抱が続くだろうが、本人は案外何も気にしていないかもしれない。そういう性格もまた才能といえば才能だ。

「戸丸には、例のことは話してくれたかい」

「え……はい」

浅川が暗い表情を浮かべる。

「引き受ける気はなさそうか」

とりあえず戸丸にだけは、問題の『R／J』の日本での上演企画について伝えてくれと浅川にメールでお願いしていた。戸丸さえその気なら制作を任せて、帰国する前に、公演を行う劇場や稽古に使うスタジオの手配などを頼もうと思っていたのだが、やはり難しいか。

「そうじゃなくて……」

言いかけて、浅川は語尾を弱めた。

「何？」

岳が問うと、少し考える素振りを見せてから、浅川は頭を微かに左右に振った。

「やっぱり、後で話します。大事なことなので」

奥歯に物が挟まったような言い方が気になったが、そう言われると、しつこく聞き返すわけにもいかず、岳は話題を変えた。

「疲れているだろうから今日はゆっくりして、明日はラウイッシュホルツハウゼン城に行こう」

言いながら岳は舌を嚙《か》みそうになる。

「ラウ……えーと、お城？」

一度聞いただけでは覚えきれず、浅川が言った。

無理もない。ちゃんと城の名前を覚えて暗誦《あんしょう》できるようになるまで、岳も二、三日掛かったのだ。

「ギジの野外劇が行われる予定の場所なんだ。いいところだよ。緑が多くて」

もっとも、城の建物以外には緑しかないのだが。

「もうリハーサルに入っているんですか」

「うん。『ロミオとジュリエット』の方は、殆どゲネプロに近い稽古をしている」

ゲネプロとは『ゲネラルプローべ《Generalprobe》』の略で、本番を想定したリハーサルのことだ。日本でも、舞台の世界では一般的に「ゲネプロ」という言葉が使われているが、こちらに来て初めて、岳はそれがドイツ語の略だということを知った。

連続上演される『ロミオとジュリエット』は、着々と稽古が進んでいるが、一方で『R／J』の方は、テクストは一枚もキャストやスタッフに配付されていない。海外などから招待客を迎えて行われる公演は三週間後に控《ひか》えている。通常の感覚なら、もうぎりぎりのスケジュールだった。台本の一部でも出てこないと、稽古が間に合わなくなる。

当然ながら稽古場もぴりぴりしていた。いつ出てくるかもわからないテクストを我慢強く待つ出演者たちと、苛立ちを隠せないスタッフたち。ここまで押してしまうと、ギジが出すプランの内容によっては、美術も照明も音響も衣装も、不眠不休で初日に間に合わせなければならなくなる。

それでもギジに対する不平や不満を表立って漏らす者が一人もいないのは流石《さすが》だった。同じことを自分がやったらと思うと、岳は背筋が寒くなる。

代わりに矢面《やおもて》に立たされているのはリヒャルトで、これは彼に対して好感を持っているわけではない岳でも、見ていて気の毒になるくらいだった。

稽古が始まったばかりの頃は、ギジがいない間は先生のように振る舞っていたリヒャルトが、このところはスタッフに囲まれて詰《なじ》られたり、役者へのダメ出しの最中に鼻で笑われたりする光景が目についた。

ギジが稽古場に姿を現す頻度《ひんど》は、『R／J』の執筆が佳境《かきょう》に入っているのか、一日置き、二日置きとなり、来る予定だった日にギジが姿を現さないと、責められるのは、いまや不満をぶつけられるのが仕事のようになってしまったリヒャルトだった。

だが、リヒャルトは何もできない。能力の問題ではなく、演出家はギジなので、勝手に内容を変更したりスタッフに指示を出したりするわけにはいかないのだ。必然的に稽古では、同じことばかりが繰り返され、うんざりした空気が蔓延《まんえん》する。

岳がリヒャルトの立場だったら、叫び出したくなるだろう。

ギジのいない稽古場では、岳はでくの坊のような存在だったから、誰からも意見は求められない。最初の頃はそれを歯痒《はがゆ》く感じていたが、今となってはむしろ幸いだった。

そんな話を、少々大袈裟に、冗談を交えながら話しても、浅川はうわの空で心ここにあらずといった雰囲気だった。その時は、久々に顔を合わせたからだと思っていた。

浅川がこちらに来る頃には『R／J』のテクストも上がっているだろうと思っていたのだが、当てが外れた。浅川は五日間しかいない予定だから、これといったものを観ることもできず、手ぶらで日本に帰ることになりそうだ。

ドイツに来たばかりの時に自分が宿泊していたのと同じホテルに浅川をチェックインさせると、早速、岳は浅川を誘って表に出た。

二十分ほどかけて、ぶらぶらと岳がシェアしているアパートメントに向かって歩いて行く。

階段を五階に上がり、合い鍵を取り出してドアに差し込むと、思い掛けず鍵は開いていた。ニーナは稽古だろうし、桐山も不在だと思っていたが、どちらかが帰ってきているようだ。

「靴はそのままでいいよ」

浅川にそう言い、ドアを内側に開いて中に入る。

奥のダイニングに進むと、不機嫌そうな顔をした桐山が、テーブルいっぱいに資料を広げ、それに目を通しながら煙草を吸っていた。

「桐山さん、帰っていたんですね」

岳がそう声を掛けると、桐山は座ったまま顔だけを向けてきた。

「ああ……そうか。お客さんが来るって言ってたな。忙しくて忘れてたよ」

岳の背後で、かしこまって立っている浅川を一瞥して、桐山は咥え煙草のまま面倒くさそうに言った。舌打ちでも聞こえてきそうな口調だった。

「浅川菜摘といいます」

桐山の態度に、やや緊張気味に浅川が会釈《えしゃく》した。

「ついさっき、到着したばかりなんですよ」

場の雰囲気を取り繕うつもりで、岳は努めて明るい口調で言う。

「こちら、僕がお世話になっている桐山さん……」

岳がそう言い終わらないうちに、桐山は煙草を灰皿で揉み消して立ち上がると、浅川をじろじろと眺め始めた。長身の桐山に上から見据《みす》えられ、浅川はやや肩を強《こわ》ばらせる。

「ふーん」

まるで値踏みでもするように顎《あご》に指先を当て、桐山は言う。

「……君が岳の恋人か」

年が明けた頃から、桐山も岳のことをファーストネームで呼ぶようになった。

戸惑っているのか、浅川は首を縦にも横にも振らず、じっと桐山の顔を見つめ返している。

岳は少し、桐山の態度を不快に感じた。

そんな感情を桐山に抱くのは、おそらく初めてのことだ。

桐山が自分に対して向けてくる親切さが、万人に対して平等に発揮される類《たぐ》いのものでないのはわかっていたし、気まぐれで皮肉屋めいた面があるのも理解している。リヒャルトの件を思い返すまでもなく、桐山は他人に対する好き嫌いがはっきりしているタイプだ。

もしかしたら、本当に苛々していて機嫌が悪いだけなのかもしれないが、それにしても、もう少し接し方があるだろう。

「ギーセンへようこそ」

とってつけたような口調で言うと、桐山は浅川に握手を求めた。躊躇《ためら》いながら、浅川がその手を握る。

「悪いが、僕はもう出掛けなければならない」

さっさと握手を済ませると、桐山はテーブルの上に広げている原稿や書類の束を、掻《か》き集めるようにして片付け始めた。

「稽古も佳境に入っているから、ニーナも今日は帰って来ないと思う。残念だが、浅川さんの歓迎会は岳が一人でやってくれ。たぶん、帰るまでに一度くらいは、一緒に食事する時間も取れると思うが……」

「お構いなく。何だか忙しい時にすみません」

気を遣ってそう言う浅川を無視して、桐山は原稿や資料を詰め込んだ鞄《かばん》を抱えて部屋から出て行った。

「何だか想像していたのと違っていました。ちょっと怖い感じの人ですね」

桐山が出て行ったところで、ほっとしたように息をつき、浅川が言った。

メールでは、桐山がいかに親切で気さくで頼りになる人物か繰り返し伝えていたから、イメージと違っていても無理はない。

「素《そ》っ気《け》ないだけだよ。急いでいたんじゃないかな」

浅川が気にするといけないので、そう言って岳は誤魔化した。

「ニーナさんとも今日は会えないんでしょうか」

「うーん、たぶんね。でもどうせ明日か明後日《あさって》には顔を合わせることになると思うよ」

ギジの台本が遅れているせいで、当初、予定されていたよりも稽古の拘束時間が長くなり、ニーナはジョブの方のシフトを減らすことになって、こちらも最近は不機嫌だった。

あまり込み入った話をしたことはないが、ニーナの両親は離婚しており、ドイツ人である母親はベルリンに住んでいるらしい。ドイツの大学は、それほど学費が高いわけではないが、母親と離れて自立して暮らすため、ニーナは学生生活を送る費用の大半を自分の手で稼《かせ》いでいるようだった。

国の金を一日あたり一万円以上も支給されて遊学している自分の立場が申し訳なく感じられてくる。もっとも、この研修制度では、岳は修学と関係のないアルバイトなどは禁止されているのだが。

ベッド以外には殆ど空間もない、クローゼット同然の狭い自室に岳が案内すると、浅川はちょっと驚いたような表情を見せた。狭い狭いとメールで伝えてはいたが、ここまでとは思っていなかったのだろう。

ベッドをソファ代わりに並んで腰掛けると、浅川は持ってきたバッグから、数冊の本や雑誌、記事などのコピーを取り出した。

「ネットとか図書館でいろいろと調べてみましたけど、日本語で読める資料はあまりないみたいで……」

浅川が取り出したのは、以前に桐山が言っていた『シュタージ』、つまり旧東ドイツの国家保安省について書かれたものだった。

「ナチスの秘密警察だった『ゲシュタポ』についてなら、いくらでも資料があったんですけど、『シュタージ』っていうのは、私も初耳で……」

申し訳なさそうに浅川は言ったが、岳も同じようなものだ。

浅川は元々、劇団では制作のアシスタントのような役回りで、戯曲の執筆に必要な資料を探したり、コピーを取りに行ったり、まとめたりという仕事も以前からよく頼んでいた。その点では浅川はかなり優秀な助手だった。こちらに来る時についでに調べて持ってくるよう、お願いしていたのだ。

「これって、ギジさんの新しい戯曲と関係があるんですか」

「よくわからないんだけど、そうらしいんだよね」

ギジが発表する戯曲に、シュタージのことが直接、または暗喩《あんゆ》などの形で登場するなら、知らないままでいるわけにもいかない。ドイツ語の専門的な文献を読み解くのは岳には厳しいいし、そんなことをやっていたら研修期間の方が先に終わってしまう。

ひと先ずベッドの上に立ち、受け取った資料を天井近くに自分で作った吊り本棚に立てかけた。劇団では芝居の大道具の建て込みなども自分たちでやるから、こういう大工仕事はまあまあ得意なのだ。

あまりたくさん本を置いてはおけないので、棚にはギジに関連した本と、語学関係の本が合わせて二十数冊、並んでいるだけだ。

「新作は書いていないんですか」

「うーん、ちょっと余裕がないかな」

日本を発つ前は、一年の研修期間中に、気が向いたら新しい戯曲の執筆でもしようかと思っていたが、生憎《あいにく》、暇な時間など存在しなかった。

ベッドから降りて、再び岳は浅川の傍《かたわ》らに腰掛ける。部屋が狭いので、必然的に体を寄せ合うほど近い。

浅川の体からは、微かに汗の匂いがした。十二時間近く飛行機に乗ってきて、まだシャワーも浴びていないのだから仕方ない。だが、不快な匂いではなかった。

数か月ぶりなので上手いタイミングが見つけられず、岳は少し緊張しながら浅川の肩を抱いて自分の方に引き寄せた。

浅川の髪を撫《な》で、頰に手を触れて自分の方を向かせたが、口づけは拒否された。

「ここじゃ嫌です」

確かに、こんな押し入れのような場所で、ルームシェアしている同居人がいつ帰ってくるかもわからない状況では、落ち着かない。

「わかった。ごめん」

紳士的にそう言って、岳は紳士的ではない欲望を抑えた。

「明日はギジの芝居の稽古を見学に行こう」

アパートメントを出て、近所のパブで食事をしながら、岳は浅川に言った。

「さっき言っていた、ナントカ城ですか？」

「うん。明日はパブリシティ向けの公開稽古で、衣装なんかも着けて本番同然にやる予定なんだ」

本当はもう少し気の利いたところに連れて行ってあげたかったが、ギーセンには、これといった観光地もない。

浅川は仕事ではなく、旅費は自腹で、大学の卒業旅行でドイツに来ているわけだから、ちょっと申し訳なく岳は感じた。もっとも、ギーセンの周辺でゆっくりと過ごしたいというのは、昨年の暮れ頃に浅川から言い出したことだった。

「就活はどうなったんだっけ？」

それについては、メールでも詳しいやり取りはしていなかった。

これはあまり一般的な感覚ではないのかもしれないが、芝居をやっている人間たちにとっては、学生であったり仕事をしている時の自分の方が、かりそめの姿なのだ。だから、長い付き合いで親しい間柄であっても、お互いの職業や私生活については何も知らないままということも、よくある。

「四月から普通に勤め人です」

浅川は誰もが知っている有名大手ＩＴ関連企業の名前を言った。

「ふーん。芝居は？」

「これからも、お手伝いでいいから、私なりに、できる範囲で関わっていこうとは思ってますけど……」

ああ、この子も芝居の世界から離れていくのだなと岳は感じた。

そして十年も経てば、楽しかった青春の思い出の一つくらいに心の中で消化されるのだ。

「そうか。頑張《がんば》らないとな。おめでとう」

皮肉な意味ではなく、殆どの人間にとっては、その方が幸せで充実した人生を歩める。

「ところで大事な話ってのは、そのことだったのかな」

不意に岳は思い出して、そう問うた。

「え……？」

「いや、だから、大事な話があるって言っていたじゃないか」

空港からインターシティでギーセン駅に向かっていた時の会話を岳は思い出す。

軽い気持ちで話題を振ったのだが、浅川は手にしていたナイフとフォークを置き、口元をナプキンで拭《ぬぐ》うと、深呼吸をした。

「本当は、帰国する時に言おうと思っていたんですけど……」

じっと岳を見つめながら、改まった様子で浅川が言う。

「何だよ急に」

「ごめんなさい。私、今、戸丸さんと付き合っています」

一瞬、何を言っているのか意味がわからなかった。

「このまま黙っているのは心苦しくて、けじめをつけなきゃと思って」

「……そうか」

十数秒の沈黙の後、やっとそれだけ、岳は口にした。

「まさか君は、別れ話をするためにわざわざこっちまで来たのか」

不思議と怒りのような感情は湧いてこなかった。

「ちゃんと会ってお話がしたかったんです」

「メールで良かったのに」

うんざりした気分で岳は呟く。それはどちらかというと、岳へのけじめというよりも、浅川自身の後ろめたさを払拭《ふっしょく》するためだろう。

岳が研修を終えて帰国するのを待っていたら、半年も先になってしまう。一日も早く、心の中の澱《おり》のようなものを綺麗にしてさっぱりしたかったというところか。

「戸丸さんは悪くないんです」

事実がどうかよりも、その科白の方が岳の気に障った。

「ギジさんの新作の翻訳上演についても乗り気でした。内藤さんさえ構わないなら……」

「それについては、今は何とも返事のしようがない」

いろいろと割り切って、ビジネスライクに物事を捉えられるかどうかは、岳自身にもわからなかった。少し時間が必要だ。

食事は途中だったが、岳は会計を済ませることにした。

「内藤さん……」

今にも泣き出しそうな潤《うる》んだ目で浅川が岳を見上げる。

態度は殊勝だが、心から馬鹿にされているような気分だった。

「折角来たんだから、楽しんでいけよ。明日からは普通に接するようにするけど、今はちょっと無理だ。悪いね」

「……わかりました」

そう言って浅川は俯《うつむ》いた。

宿泊先のホテルの前まで送って行き、翌日の午前中に迎えに来る約束をすると、岳は大通りを、とぼとぼとアパートメントまで歩き始めた。

ほんの半年ほどの間に、日本ではどんどん事情が変化している。岳の時間の方が止まっているかのようだ。

浅川の心変わりについては、実を言うと、岳はさほどショックではなかった。薄々勘付いてはいたが、自分はおそらく、あまり浅川のことを愛してはいなかったのだろう。ドイツに行くことを決めた時、浅川を置いていくことに迷いがなかったのが、その証拠だ。

何となく身近なところにおり、仕事上のパートナーとしても優秀で、成り行き上、適当だったからそういう関係になった。浅川にとっても、おそらく岳はその程度の存在だったのに違いない。

むしろ、岳の気持ちを憂鬱にさせていたのは、その相手が戸丸だったことだ。戸丸とは友人というような感じではないが、物別れが感情的だったことを別にすれば、お互いの才能や手腕に対する信頼によって結ばれている関係だと思っていた。そちらの方が、遥かに裏切られた気分で、喪失感が大きかった。


「おや、早かったじゃないか。今日は泊まりかと思っていたよ」

アパートメントに帰ると、桐山は戻ってきていた。

ダイニングのテーブルに着いたまま、少し意外そうな顔で岳を迎える。

「彼女と一緒だったんだろう?」

「ええ、まあ」

岳の様子から、何かあったと桐山は察したようだった。

「喧嘩でもしたのか」

同情的な口調だったが、口元には笑みが浮かんでいる。

桐山が勧めるので、岳はその正面に座った。

「彼女……浅川、えーと、菜摘さんだっけ」

「はい」

「なかなか曲者《くせもの》っぽい子だったな。岳はうぶだから手に負えないだろう」

ジタンの青い箱から、一本取り出して火を点けると、桐山はそう言った。

「浅川がですか?」

桐山がそんなふうに感じていたのが意外だった。

「僕はわりとそういうところは鼻が利くんだ」

煙を吐きながら桐山が言う。先ほど浅川同伴で会った時とは違い、どういうわけか機嫌が良さそうだった。

「明日は、ラウイッシュホルツハウゼン城に行く予定です」

「浅川さんを連れて？」

桐山の言葉に岳は頷く。

「やめておいた方がいいと思うよ」

「どうしてですか」

「岳が、ちゃらちゃらと女連れで稽古の見学なんかしていたら、ギジは不機嫌になる」

「でも、浅川は僕のカンパニーのメンバーですし、日本でいずれ『R／J』を上演するなら、スタッフとして重要な立場で関わることになると思います」

戸丸とのことを聞いてしまった後では、浅川がその公演に関わることになるかどうかは不明だったが、一応、岳はそう言った。

「彼女が大学の卒業旅行にわざわざドイツまで来たのも、半分は視察のためです」

「なるほど」

あまり納得してはいないようだったが、桐山は頷いた。

「わかった。ギジにはそう伝えておくよ。岳は日本から呼び寄せた彼女に、いいところを見せたくて稽古に連れてきたわけじゃないってね」

「ちゃんと伝えてください。それから、僕の友人を侮辱《ぶじょく》するのはやめてもらえませんか」

桐山の皮肉な口の利き方も、たまに度を過ぎた感じになることがある。

普段はあまり怒ることもなく、桐山の皮肉にも困ったような顔を浮かべるだけのことが多い岳が、真剣な面持《おもも》ちで言い返したせいか、桐山の方が慌てた様子を見せた。

「いや、すまない。そんなつもりじゃなくて……」

視線を逸らし、桐山は落ち着かない様子で何度も煙を吸ったり吐いたりした。

「浅川さんが来るからって、岳はこのところ妙にそわそわして嬉しそうだったじゃないか。だからつい、からかいたくなったというか、意地悪したくなったというか……」

ごにょごにょと弁解するような口調で桐山が言う。こんな反応は意外だった。

「悪かった。明日からは浅川さんに対しても、ちゃんと紳士的に接するよ」

「そうしてください。せっかくドイツまで来たのに、桐山さんがずっとあんな態度だったら、きっとがっかりして帰ることになると思います」

釘を刺すように言うと、桐山はダイニングテーブルの前に座ったまま、しょんぼりと項《うな》垂《だ》れてしまった。

8

「ギジの車が見当たらないな」

ハンドルを握っている桐山がそう言った。

マツダ社製の車の後部座席に浅川と並んで座っていた岳は、窓から外を見た。

ラウイッシュホルツハウゼン城の駐車場は、以前に来た時は閑散としていたが、今日は半分ほど埋まっている。公演の関係者や、公開稽古を見学に来た記者たちの車だろう。

ウィンカーを出して駐車場に入り、空いているスペースを見つけて停車すると、車から降りた桐山は、早速、辺りを見回した。

「困ったな。君たちの帰りは、イエーガーにお願いして送ってもらおうと思っていたんだが……」

「イエーガーって誰です」

岳が問う。

「会ったことあるだろう。ギジの運転手だ」

すると、あの仏頂面の男か。

桐山は、何かこの後に用事があるらしく、城まで送ってくれたのはいいが、帰りは彼に任せるつもりだったようだ。

「まあいい。行こう」

そう言うと、桐山は先頭に立って歩き始めた。

岳と浅川も、その後に付いて行く。

会場に辿り着くと、景色を見回しながら浅川が言った。

「広いですね」

前に来た時とは違い、舞台機構は、ほぼ完成している。

イントレが複雑に組まれた屋根のないステージの上には、銀色のアルミ製トラスが何列かに組まれ、すでに照明機材も仕込まれていた。

離れた場所に停めてある、荷台が巨大な発電機《ジェネレーター》になっている電源車からは、子供の腕ほどの太さがある黒いキャプタイヤケーブルが何十本も這《は》い出して芝生の上をうねり、照明や音響のオペレーティングブースや、舞台の裏手へと続いている。

客席には一応、仮設の天幕が張られており、雨には濡れない構造になっていたが、座席の搬入はまだのようで、衣装の入ったケースや作りかけの小道具などが、それぞれ作業用のスペースを占有《せんゆう》していた。

ステージは予想していたよりも遥かに大きかった。フラットなスペースだけでも、幅は三十メートル、奥行きも十五メートルはあるだろう。奥の方は城塞《じょうさい》のようなデザインの高見になっており、これも高さは十メートル近くありそうだ。舞台美術に使われているマテリアルは金属やビニールが多く、全体のデザインも無機質で抽象的な印象で、これはおそらくギジの好みによるものだろう。

地面から一・五メートルほど高くなったステージの手前で、リヒャルトが他のスタッフと口論になっているのが見えた。

手にしている演出で使うワイヤレスマイクのスイッチを切り忘れているのか、稽古用に仮設されたスピーカーを通して、苛ついたリヒャルトとスタッフの声が、あらゆる方向から聞こえてくる。

ステージ上にも、客席になる予定の場所にも、衣装を着たまま困惑したような顔で突っ立っている俳優たちの姿があった。

「何だろう」

「舞台監督と揉《も》めているようだな」

桐山が言った。

「ギジに浅川さんを紹介しようと思っていたんだが、どうも来ていないようだ」

岳の方を見て桐山が肩を竦める。

「申し訳ないが、僕はこれで失礼するよ」

「稽古は観ていかないんですか」

岳がそう言うと、桐山は袖を捲って腕時計を見た。

「ちょっと時間がないな。公開稽古が終わる頃に、また迎えに来るよ。ギジには、岳が日本側のスタッフを連れて見学に来ると夕べのうちに電話で伝えておいたから、承知していると思うよ」

それだけ言い残すと、桐山は踵《きびす》を返して岳たちの元から離れて行った。

遠目に舞台を眺めながら、仕方なく岳は手近なパイプ椅子に、浅川と並んで腰掛けた。リヒャルトは、まだ舞台監督と台本を手に何か言い合っている。

「ガク、来たのね」

声がした方を見ると、肩と胸元が大きく開いたレース地のベージュ色のドレスを着たニーナが、大股《おおまた》で歩み寄ってくるところだった。衣装の裾《すそ》を引き摺《ず》って汚さないためか、スカートを摑んで持ち上げている。

中世風の衣装の下に着込んでいるのは膝丈のスパッツで、足下は稽古用のスニーカーだったから、何だかちぐはぐに見えた。

「そちらがアサカワさん？」

浅川が椅子から立ち上がる。

「ニーナさんですね。浅川菜摘といいます」

二人がお互いに挨拶を交わすのを待ってから、岳は口を開いた。

「稽古は中断してるの？」

「リヒャルトが配役を変更するって言い出したのよ」

「えっ、何で？」

驚いて岳は思わず声を上げた。

当初聞いていた通り、『ロミオとジュリエット』は、場面ごとにロミオ役とジュリエット役がどんどん違う俳優に入れ替わる特殊な演出で上演される予定だったが、どの場面を誰が演じるかは、さすがにもう固まっていた。

「リヒャルトはギジから電話で指示されたって言っているわ。ギジが到着する前までに、段取りを確認して場面を固めておけって」

「でも、今さら……」

「だから揉めてるのよ。いくら何でも、大事な公開稽古の日に、そんな無茶な指示をギジが出すわけないって」

ちょうど、スピーカーから舞台監督の怒号が聞こえてきた。

「どうせお前の聞き間違いか勘違いだって言われてるわね。ギジが来ないと埒《らち》が明かないかも」

リヒャルトは今や、舞台監督だけでなく、大道具の裏方や照明や音響のスタッフと思《おぼ》しき者たちにも囲まれてしまっている。お願いだから演出代理の自分の言うことを聞いてくれと懇願《こんがん》するような感じになっているが、スタッフにしてみれば聞き入れられない話だろう。これでギジが現れて、リヒャルトの勘違いだったとなれば、もう立場がない。

「どっちでもいいけど、あまり時間ないから早く決めて欲しいわ」

ニーナは、まだ揉めているリヒャルトの方を見て溜息をついた。

「メインのテクストだって一枚も出てないのに……」

ニーナが愚痴りたくなる気持ちもわかる。ここ数日、彼女はアパートメントにも帰っておらず、ステージの裏手にプレハブで仮設された楽屋で寝泊まりしている。他の出演者も、いつ台本が出てきてもいいように、殆どカンヅメ状態で待っている。

今日の公開稽古も、マスコミ向けには、建前上、『R／J』の方は未公開ということになっていた。実際には未公開どころか、何も仕上がっていない。

話がついたのか、リヒャルトがマイク越しに出演者の名前を呼び始めた。

「一応、リヒャルトの意見を聞くことになったみたいね」

溜息をついてニーナが言う。

ニーナも呼ばれ、またスカートの裾をたくし上げて、ばたばたと走って行った。

「何だか大変そうですね」

やり取りを聞いていた浅川が呟いた。

「うん」

岳と浅川は、また隣り合って椅子に座り直した。

二人きりになってしまうと、浅川と話すことは何もなかった。

退屈な一日になりそうだった。岳のそんな気持ちを察しているのか、それとも同じように感じているのか、浅川も何も話し掛けてこない。

聞きたいことはいろいろあった。例えば、戸丸とはいつ頃からなのかとか、きっかけは何かとか、聞いても詮《せん》ないというか意味のないことばかりだ。

無言のまま時間が過ぎるうちに、ステージ上にいる役者やスタッフたちに動きが出てきた。どこかのシーンの稽古が始まるようだ。

黒の上下を着たスタッフたちの手によって、袖からキャスター付きの引き枠に載った天《てん》蓋《がい》付きのベッドが、ごろごろと音を立てながら運ばれてくる。

舞台上にニーナと、他の女優がもう二人、現れた。

客席から見守っているリヒャルトに、ステージ上にいるインカムを付けた舞台監督が指示を仰《あお》いでいる。お互いに気持ちを切り替えたのか、冷静な口調でやり取りしている。

立ち位置や段取りを俳優たちに伝えると、今度は無線越しに音響か照明のスタッフとキューの確認を始めた。

ステージ前面の床下には、何か所かプロンプターボックスが設置されているようだった。プロンプターというのは、科白や段取りを忘れた役者に、客席からは見えないところから、こっそりとそれを教える黒子のような役割のことだ。日本ではあまり馴染みがないし、普通に稽古していれば必要ないのだが、もう初日が差し迫っているというのに新作のテクストも出ていない状態では、配置せざるを得なかったのだろう。

ニーナは、天蓋付きベッドの前で、動きや段取りを確認している。

何かを飲み干す仕草をし、パターンを変えて繰り返し倒れる演技をしている。

動きや照明の当ての確認が済むと、ニーナは再びドレスの裾を膝まで持ち上げ、舞台監督の手に預けていた自分の台本を引ったくるように手にすると、眉間に皺を寄せて何かぶつぶつと呟きながら袖に引っ込んだ。おそらく、新たに与えられたシーンの科白を覚え直しているのだろう。気の毒なことだ。

「今のシーン、ジュリエットが仮死の薬を飲むところですよね」

手持ち無沙汰な様子で浅川が呟いた。

「たぶんね」

それは四幕三場のラストシーン、『ロミオとジュリエット』の中でも指折りの有名な場面だ。

ジュリエットは、ロミオと駆け落ちするために、僧ロレンスから与えられた四十二時間だけ仮死状態になれる薬を飲み、墓場でロミオと落ち合うことにする。だが、うまくそのことがロミオに伝わらず、ロミオはジュリエットが本当に死んだものと思い込んで嘆《なげ》き、自殺してしまう。

本来は、このシーンはニーナではなく、他の役者が演じる予定だった。

ニーナが演じる予定だったのは、五幕三場、ジュリエットがロミオの死を知り、短剣で自殺するクライマックスシーンだった。

事件が起きたのは、夕食を兼ねた休憩が終わった後、すっかり日が暮れた野外劇場で本番同様の公開稽古が始まってからだった。


「ギジさん、来ませんでしたね」

宣材写真を撮るカメラマンや、新聞や雑誌の記者、それに評論家と思《おぼ》しき人たちの後ろで、岳と並んで稽古を見学していた浅川が呟いた。

「うん」

いくらギジが気まぐれだとはいっても、これはちょっと異常事態だった。

公開の通し稽古が始まる時間になっても姿を現さず、連絡も取れない。

開始を一時間近く遅らせて始まった稽古は、本来の配役に戻されていた。おそらく、スタッフ同士でミーティングがあり、それで行った方がいいということになったのだろう。ギジがいない上に、始まる数時間前に大急ぎで段取り替えしたガタガタの舞台の仕上がりでは、公演前にどんな悪評が立つかわかったものではない。賢明な判断だ。

ジュリエットが『仮死の毒』を飲むシーンはどうなるかと思っていたが、本来の配役の女優が出てきて演じ始めた。するとニーナの出番も従来通り後半になる。

何というか、そつのない感じの芝居だった。

決してつまらないわけではないのだが、登場人物を演じる役者がころころ替わるという点を除けば、特に斬新《ざんしん》な演出や設定の変更があるわけでもなく、科白なども基本的には原作に忠実に作られている。そのオーソドックスさは、もしかすると続けて上演される予定の『R／J』への布石なのかもしれないが、今のところは何とも言えない。

「何だ?」

様子がおかしいのに気がつき、腰掛けていたパイプ椅子から岳が立ち上がったのは、芝居が佳境に差し掛かった時だった。

仮死から目覚めたジュリエットを演じているのは、予定通りニーナだった。

霊廟《れいびょう》で目を覚ましたジュリエットは、傍《かたわ》らに倒れているロミオの死体を発見する。本当は二人で手に手を取り合って逃げる筈だったものが連絡がうまくいかず、ロミオはジュリエットが本当に死んでしまったものと早合点《はやがてん》して、毒を飲み干して死んでしまうのだ。ジュリエットはロミオの後を追うため、彼の短剣を使って自殺する。

出会ってからたった数日で、よくそこまで決意できるものだと、いつ観ても岳は思ってしまうのだが、原作の台本では、単に「胸を刺す」とだけ書かれているこの部分に、ほんの少しだけ工夫のある演出がされていた。

舞台上に仰向けに倒れているロミオ役の手に短剣を握らせ、それにジュリエット役のニーナが手を添え、勢いよく折り重なるように体を預けるのだ。

台本通り、すぐに夜警役と小姓役の俳優たちが数名、舞台に入ってきて二人の死体を発見するのだが、どうも演技がおかしい。

科白回しはたどたどしく、視線も散漫で、ちらちらと救いを求めるように袖やプロンプターボックスの方を見ている。

事故か？

岳は直感でそう思った。

客席には、まだ雛壇《ひなだん》も設置されておらず、視点が低くて倒れている役者の様子はよくわからない。

舞台上の俳優は、明らかに芝居を続けるべきかどうか迷っている。

傍らに座っている浅川を見ると、彼女も何か勘付《かんづ》いたのか、不安そうな面持ちで舞台上と岳を交互に見比べていた。

舞台上の芝居は、それでも進行している。

演出家のギジが不在で、誰にも途中で止める権限がないからだ。

やがて僧ロレンス役の俳優が舞台に入ってきて、「手短に申しましょう」と前置きした後、領主エスカラスに事の経緯を説明する、ちっとも手短とはいえない長科白を語り始める。

だが、舞台前面に設置されたマイクが、苦しげな呻き声を拾い始めた。

やがて死んだ筈のジュリエット……ニーナが、ゾンビさながらに起き上がった。

まだ異変に気づいていなかった客席の関係者や、取材に来ていた記者たちなどは、それを何かの演出と思ったのか、行儀良く鑑賞している。

立ち上がったニーナの腹部には、短剣の先端が突き刺さっていた。

血糊《ちのり》を使う演出はない筈だが、刺さっている部分の周りが、衣装を通してうっすらと赤く滲《にじ》んでいる。

思わず岳は、浅川を置いて舞台に向かって走り出していた。

一度立ち上がろうとしていたニーナが、足を縺《もつ》れさせて仰向けに倒れそうになる。

背後に立っていた僧ロレンス役の俳優が、それを抱き止めた。

プロンプターボックスから、何者かがステージに這い上がってくるのが見えた。

リヒャルトだ。

ロミオ役の俳優も、もはや芝居を捨てて起き上がってしまっている。

舞台上にいた俳優たちが、僧ロレンスに抱えられたニーナを囲むように集まり、袖からもインカムを付けたスタッフが慌てた様子で舞台中央に駆け込んできた。

さすがにここまでくると、客席も不穏な空気を感じ取り、ざわざわとし始めた。

舞台前面のステップを踏み、岳も舞台に飛び乗った。

ロミオ役の俳優が、何か泣き叫んでいる傍らで、抱えられたニーナは顔面蒼白で、浅く呼吸をしていた。

腹部に刺さった短剣をリヒャルトが引き抜こうとする。日中、彼と口論になっていた舞台監督が、その首根っこを摑んで、力まかせに放り投げた。

賢明な判断だった。抜いたら一気に大出血する可能性がある。

「ニーナ、大丈夫か、ニーナ」

思わず日本語で岳はそう声を掛けたが、ニーナは虚《うつ》ろな目をしたまま、返事をするどころか岳の方に顔を向けもしない。

　やがて、ニーナは静かに目を閉じた。

9

　それから三週間が経った。

　本来だったら公演の初日を迎えていた筈のその日、岳はニーナが入院している病院を訪れた。見舞いに来るのは二回目だった。

　あの後、ニーナは医師同乗の救急車《NAW》で、ギーセン市内にある病院に搬送された。緊急手術が行われたが、幸いに刺傷は臓器などには達しておらず、深刻な後遺症などが残る心配もなさそうだった。

　事件があった翌日に、一度、病院には来ていたのだが、その時はニーナと会うことはできなかった。

　ニーナの体調の回復を待っていたヘッセン州の地方警察《LaPo》が来ていたのと、岳が事件現場にいた関係者であった点、そして語学力のせいで、自身の身分や立場をうまく説明できず、叶わなかったのだ。

本当なら今日も、桐山に同伴してもらいたかったのだが、この数日間、桐山は声を掛けるのも憚《はばか》られるほど不機嫌か、そうでなければ放心したようにぼんやりとしていることが多かった。約束をしても待ち合わせの場所に現れなかったり、お願いした時間にアパートメントにいなかったりで、どうも当てにならない。

桐山がそんなふうになっている原因は考えなくてもわかる。

ギジだ。

あの日、ギジは結局、公開稽古が行われている現場には現れなかった。それだけではない。ギジが大学から借りている教職員用の集合住宅にもおらず、携帯電話やメールでも連絡が取れない。完全に姿を消してしまったのだ。当然ながら警察も、ギジが何らかの事情を知っている可能性があると見て行方を捜している。

舞台上で本物の短剣を使うことは、もちろんない。ジュリエット自殺のシーンも、稽古ではゴム刃の小道具の短剣を使っていたが、これがロミオがティボルトを殺害するシーンに使われている短剣とすり替わっていた。

いずれも小道具係が用意したもので、柄《え》と鞘《さや》は同じものが使われているので、抜かなければ見た目には違いがわからない。ロミオとティボルトの決闘のシーンでは、剣の刃と刃が合わさった時に金属の音が欲しいというギジの指示により、ジュラルミン製の剣が使われていた。刃は研《と》がれていないが、先端が尖《とが》っているので、その上に倒れ込めば刺さる。

あのシーンでは、死んだロミオに握らせた短剣にジュリエット役のニーナが手を添え、倒れ込むような動きをしていたから、力の加減ができない。

小道具の取り違えは起こりうるミスだったが、安全管理面で問題があったと言わざるを得ない。加えて日中に一度、配役替えがあったせいで混乱が生じ、それらの管理が雑になっていた。

ニーナは稽古中から何度も同じシーンを演じており、慣れから注意が足りず、いつもの調子で無防備に体ごとロミオ役に覆《おお》い被さり、短剣が腹に突き刺さったのだ。

ニーナの身に起こったことは、事件と事故の両面で調べられているようだった。

意図的に小道具がすり替えられていた可能性も高いが、そうなると被害に遭ったのがニーナであることが偶然なのか必然だったのかが焦点になる。

日中、ギジから指示があったとリヒャルトは配役替えを主張していたが、結局は却下され、公開稽古は本来の配役で行われた。加えて、何者かがニーナを殺すつもりだったのなら、確実な手段とはいえない。残るのは、単に公開稽古中に事故が起こるのを狙ったものだという疑いだったが、そうだとしても理由がわからなかった。

病院の広い車回しを歩いて行くと、日本のそれとは少々雰囲気の異なった白地にオレンジ色のラインが入った救急車両が、音を鳴らしながら敷地内を走っていくのが見えた。

前に来た時とは違い、ひと先ず目につく範囲には警察関係者と思しき姿はなく、あっさりと岳はニーナがいる病室に辿り着くことができた。

清潔を通り越して無機質にすら感じられるリノリウムの床と、装飾の一つもないのっぺりとした白壁の病室に入ると、そこは四人部屋のようだった。がらんと感じられるのは、ベッドを仕切るカーテンなどが一切ないからだろう。

窓際にいるニーナは、リクライニングベッドを少し起こして、窓の外を眺めていた。金色の髪は三つ編みにしている。

耳にはイヤホンが押し込まれており、下半身を覆うブランケットの上に置かれた小さなデジタル・オーディオ・プレーヤーに繋《つな》がっていた。音は漏れ聞こえてこないが、ニーナがいつも控えめなボリュームで部屋で流しているハード・ロック調の曲でも聴いているのだろうか。どちらにせよ、ニーナは病室に入ってきた岳には気づいていない。

ベッドの傍らには年輩の女性が座っていた。

ひと目見て、ニーナの母親だと岳は確信した。

ニーナと同じ金髪と碧眼。体つきはふっくらとしていたが、ニーナが年齢を重ねれば、きっとこんなふうになるのだろうなというような、どことなく品のある雰囲気があった。薄紫色のニットの胸元には、以前、待降節《アドベント》の時にニーナが屋台で買った、陶製のブローチを着けている。

その年輩の女性が、パジャマを着ているニーナの肩に触れるようにして、病室に入ってきた岳の存在を知らせた。ニーナは振り向くと、コードを引っ張って耳からイヤホンを外す。

「やあ」

岳が声を掛けると、ニーナは困ったような笑みを浮かべた。

少しやつれたように見えるが、顔色は想像していたほど悪くはない。

「調子はどう」

「あんまり」

そう言ってニーナは弱々しく微笑んだ。

「これ、お見舞いなんだけど……」

岳は病院の近くにあった露店の花屋で適当に見繕ってもらった見舞いの花束を渡した。

女性の友だちの見舞いに行くと説明したのだが、うまく伝わったのかどうか、赤いバラを中心にしたアレンジになっており、何だか気障《きざ》な感じがして自分でも恥ずかしかった。

受け取ったニーナの方も、微妙な表情を浮かべている。

ベッドサイドの年輩の女性が、何やら嬉しげに笑いながら、ドイツ語でニーナに声を掛けると、花束を受け取って病室から出て行った。

「ありがとう。嬉しいんだけど、ここ、病室に花を飾るのはダメなのよ」

「ああ、そうなんだ」

岳は頷く。アレルギーの関係などで、生花を病室に飾るのを禁止にしている病院が増えているのは知っていたが、ニーナが通常の食事が可能な状態なのかもわからず、手土産《てみやげ》に食べ物は避けたのだ。

「今の人は、お母さん？」

岳がそう問うと、ニーナは頷いた。

「花を預けてくるって」

「近くに住んでるの？」

「全然。ベルリンから」

そういえば、前にそんなことを聞いた覚えがある。

母子家庭だとニーナは言っていた。入院したニーナの身の回りの世話をするために、取るものも取りあえずこちらまで飛んできたのだろう。

「今日は初日だったんじゃないの」

ベッドの傍らに置いてある椅子に岳が腰掛けると、早速、ニーナが口を開いた。

「まあね」

リハーサル中に起こった事件と、肝心のギジの失踪《しっそう》で、公演は延期が決定していた。だが、すでにドイツ以外の各国にも広く招待状が送られてしまっており、延期をアナウンスするにしても時間的に遅かった。

公演を主催するギーセン芸術大学は、関係者向けにアリバイ的に数度に分けてプレビュー公演を行うことでお茶を濁すことにし、結局はリヒャルトに演出代理を任せ、『ロミオとジュリエット』のみの上演を行うことにした。

これをリヒャルトはチャンスだと前向きに捉えたようだったが、招待された客たちは事件があったことは承知していたものの、肝心《かんじん》のギジの新作が一ページどころか一行も発表される予定がないことを知ると、はるばるやってきて観るべきものが何もないことに不満を顕《あら》わにした。

事件のせいで、プレビュー公演には劇評家や芸術関係の記者たちの他に一般マスコミも多数詰めかけ、話題性だけ見れば盛況だったが、リヒャルトの代打による凡庸《ぼんよう》な演出と、モチベーションが下がった俳優たちの無気力な演技で、評判は散々だった。

新聞などでも酷評されているらしく、ギジは実は新作を一行も書いていないのではないかという臆測も飛び交っているようだった。期日までに新作を書けない苦し紛《まぎ》れに、ギジが公演を中止にするために事件を起こして失踪したなどと、ちょっと飛躍したことを考えている者もいるらしい。

岳自身も、プレビュー公演を観る必要はないと判断していた。

「アサカワさんは、もう帰ったの」

「うん」

岳は頷いた。

事件があったせいで、浅川をもてなしてやることができなかった。どこも案内できず、彼女は予定の日まで殆どホテルの部屋で一人で過ごした後、帰国することになった。

戸丸の件もあって、元々、気まずかったのだが、帰りに空港まで送っていった時も、お互いに会話らしい会話もなく、わだかまりだけが残ってしまった。それから一度も浅川からメールなどは届いていない。

「キリヤマは」

「ぼんやりしていたり、かと思えば妙に苛々していたり……。今日も連れて来ようと思ったんだけど……」

「別にいいよ。きっと忙しいんでしょ」

「それにしたって……」

ニーナは気にしていない様子だったが、桐山が見舞いにも来ようとしないことに、岳は不満を感じていた。

「桐山さんとニーナは、恋人同士ではないの」

「私とキリヤマが？　何で」

ニーナが目を丸くする。

「何というか、僕が割り込むような形で一緒に住み始めちゃったから、遠慮しているのかもしれないけど……」

「ちょっと待って」

言いかける岳を遮《さえぎ》り、ニーナが言う。

「私はガクとキリヤマが恋人同士なんだと思ってたんだけど」

「何の冗談だよ。僕も桐山さんも男だぜ」

だが、ニーナは真剣な面持ちで眉根を寄せている。

「だからよ。本当にあなた、何も知らずにこの何か月もの間、一緒に暮らしてたの？」

今度は岳が眉根を寄せる番だった。ニーナの口調や、話している内容から、薄々、雲行きが察せられたが、確認せずにはおれなかった。

「それはつまり……」

「キリヤマがゲイじゃなかったら、私だって男女でルームシェアなんてしてないわよ」

岳は戸惑った。桐山は軽口も叩くし、機嫌さえ良ければ態度もフレンドリーで親切だが、振り返ってみると、あまりお互いに深いところまで踏み込んだ会話はしたことがない。

それらしい素振りがあったような気もするが、自分の周囲には、そういった友人がいなかったから、岳は考えてもみなかった。いや、単に鈍感すぎるのだろうか。

「じゃあ、ガクはストレートなの？」

「まあ、そうだと思うけど……」

困惑しながら岳は返事をした。少なくとも、これまで同性と恋に落ちた経験はない。

「ガクが日本から女の子の友人を呼ぶっていうから、何か変だとは思ってたのよね。キリヤマはそのことが気に入らないみたいだったし……」

ニーナが入院してから、ずっと桐山とはアパートメントで二人きりだった。

干渉しないのがルールなので、たまに一緒に食事したりする以外は、お互い勝手に生活している。

　大抵の場合、岳はクローゼットのように狭い自室で一人で過ごしており、桐山は外出していることが多かった。ルールについて口うるさいニーナがいないので、桐山が共有スペースであるダイニングのテーブルを占拠して仕事をしていることも、最近は多かった。

　今日は桐山は帰ってきているだろうか。

　次に顔を合わせた時に、いつもと同じように接することができるだろうか？　岳はちょっと自信が持てなかった。

「ギジもまだ、行方不明のまま？」

「うん」

　岳は頷く。

「警察は、ニーナには何て言ってた？」

「さあ……。少なくとも、私を狙ってやったものではないと思っているみたい」

　公開稽古が始まる前でも進行中でも、舞台袖なり楽屋なりに置かれていた小道具をすり替えるような隙《すき》はいくらでもあった。

　本番さながらの状態でリハーサルが進行している最中は、着替えなどで楽屋への出入りは激しいし、キャストもスタッフも自分の抱えている出番や段取りのことで手も頭も一杯だから、人に目を向けているような余裕はない。自分の出番ではないシーンを、他の役者が見学したりするのもよくあることだから、舞台袖に誰が出入りしていても気にする者はいないし、怪しまれることもない。

短剣からは、ニーナの他にも、ロミオ役を演じていた俳優や、持ち道具を管理するスタッフなど、十数名の指紋が検出されたらしく、あまり参考にはならないと警察は判断しているようだった。

「不思議よね。お腹に変な感触があって、まずいなって思ったんだけど、舞台上だから我慢しちゃった」

その感覚はわからなくもなかった。役者とは不思議なもので、客前で芝居が進行している最中だと、舞台上で起こることは、たいがい許容してしまう。映像での演技とは違い、NGにしてやり直すということが舞台ではできないからだ。

「でも、だんだん痛くなってきて……」

ニーナがそんなことを話している時、先ほど出て行ったニーナの母親が、人当たりの好さそうな笑みを浮かべて病室に戻ってきた。

おそらく五十代半ばといったところだろう。年相応の年輪を感じさせる風貌《ふうぼう》ではあったが、ニーナと共通した雰囲気があり、美人だった。

「紹介してって言ってる。いい？」

ニーナの母親がドイツ語で何か語り掛け、それを受けてニーナが岳にそう言った。

いいも悪いもない。岳は頷く。

ニーナが、ガクとかヤーパンとかの聞き覚えのある言葉を差し挟みながら岳を紹介する。

「ママよ。名前はヘルガ」

比較的長めだった母親への岳の紹介に比べると、その逆は簡潔だった。

拙《つたな》いドイツ語で自己紹介しながら、岳はヘルガと握手を交わした。

頃合いだと思ったので、その流れで病室から辞すことにする。

入院生活で退屈しているのか、ニーナが引き止めようとしたが、母親のヘルガに何か言われ、諦めたようだった。

10

アパートメントに戻ると、浅川からメールが来ていた。

浅川自身のことや戸丸の件などについては意識的にか触れられておらず、事件後の様子やニーナの容態《ようだい》を気に掛けているような内容だった。

メールによると、ギジの失踪や新作の公開稽古中に起こった事件については、日本では報道されていないらしい。

これは予想していた。世界的には著名人でも、日本とは特に深い縁もない劇作家の失踪や、ドイツの片田舎で起こった事件などを、わざわざ日本のマスコミが報道するわけがない。

文化庁がギジ失踪のことを把握しているかどうかはわからないが、少なくとも岳のところに担当者から問い合わせなどは来ていなかった。

狭い部屋で岳がメールの返事を書いていた時、玄関のドアを鍵で開く音がし、桐山が帰って来る気配があった。

キッチンやダイニングを行ったり来たりする靴音が聞こえる。昨日までは気に掛けもしなかったが、何だか妙な緊張を覚えた。

岳も桐山も、そして今はここにはいないがニーナも、誰かが帰宅したからといって、わざわざ顔を出したりはしない。共有するスペースで行き合ったら軽く声を掛ける程度だ。

気配からすると、どうやら桐山はダイニングの広いテーブルを占拠して、何やら仕事を始めたようだった。ニーナがいないと遠慮がない。

どうも桐山という人物は雲のように掴みどころがない。

一応、東京都下にある南郷大学の大学院に籍があるようだが、ドイツでの生活は、殆ど遊学と言っていい暮らしぶりだ。桐山がやっている研究や著述などの仕事が、まとまった収入になっているようにも思えない。もしかしたらとんでもない素封家《そほうか》の御曹司《おんぞうし》だったりするのかもしれないが、またそれが桐山の場合はイメージにしっくりきてしまう。

一時間ほどの間は何も起こらないままに過ごしていたが、やがて岳は小用を催してきた。

ノートパソコンの画面にある時計を見ると、時刻は午前一時を回っている。

少し迷ってから、岳は腰掛けていたベッドから立ち上がり、ダイニングへと続くドアをそっと開いた。

天井の明かりは消えており、デスクライトの暗い光の中で、ノートパソコンに向かって咥え煙草で何か書き物をしている桐山の姿が見えた。換気扇《かんきせん》を回していないのか、うっすらと煙が漂《ただよ》っている。

キーボードを少し打っては画面を睨んだまま腕組みして鼻から煙を出し、パソコンの傍らに置かれている陶器製のカップに手を伸ばすというのを、桐山は繰り返している。

画面のバックライトの青白い光が、下から桐山の顔を照らしていた。口と顎の周辺にうっすらと無精髭《ぶしょうひげ》が生えており、着ている白いシャツの襟や胸元も、よれよれだった。

静かにドアを開き、遠慮しながらトイレに向かおうとすると、桐山が画面から顔を上げ、岳に声を掛けてきた。

「何だ、起きてたのか」

「あ、うん。邪魔はしないから、気にせず仕事を続けて」

そう言うと、岳は逃げるようにトイレへ向かった。

用を足して出てくると、さっきまで消されていたダイニングの天井の照明が点いていた。

キッチンで、桐山が何かをミルクパンで温めている。生姜《しょうが》の風味が混ざった、甘酸っぱい匂いが漂っている。

「眠れないんだったら、ちょっと付き合えよ。今、グリューワインを作っているから」

先ほどまで開いていたノートパソコンの蓋《ふた》は閉じられており、傍らの資料の山の上に重ねて置かれていた。

仕方なくというか、誘われるままに岳はテーブルに着く。

ニーナに桐山がゲイだと教えられたせいで、必要以上に意識してしまう。

湯気の立っている陶器製のカップを二つ手にして持ってくると、桐山は片方を岳の前に置く。

表面に息を吹き付けて軽く冷ますと、岳はそれに口を付けた。甘く味付けされた温かいワインが、滲《し》み込むように食道を通り抜け、胃を温める。舌にほのかな苦みが残り、続けてワインの芳醇《ほうじゅん》な香りが鼻から抜けていく。

「岳は今日、来ていなかったな」

自分も席に着くと、桐山も容器を口に運び、さっそくそう切り出した。

「桐山さんは行ったんですか」

ラウイッシュホルツハウゼン城で行われた『ロミオとジュリエット』のプレビュー公演のことだろう。桐山が足を運んでいたことが、むしろ意外だった。

「もしかしたらギジが姿を現すんじゃないかと思ってね」

なるほど。

「それに、出来が悪いのはわかっていても、さすがに気にはなる。その点、岳は人が好さそうでいて、僕よりもクールだよな。観る必要なしと判断したんだろう」

それはその通りだったので、無言で岳は頷いた。

桐山が微かに笑う。

「日本で初めて会った時から君はそうだな。実にいいよ」

「舞台の方は、どうでした？」

聞かなくてもだいたいは予想がつくが、一応、問うてみた。

「ジュリエットが自殺するシーンだけ、舞台上にも客席にも変な緊張が走っていて、それがちょっと面白かったくらいかな……」

事件が起きたのと同じ場面でそうなるのは仕方がない。

「面白かったなんて……」

「そうだな。不謹慎《ふきんしん》だった。すまん」

桐山は咳払《せきばら》いする。

ニーナの演じていた部分は代役を立てて公演が行われ、自殺のシーンも、ジュリエットが自ら短剣を手にして胸に刺す演技をする安全な方法に変更された。

それだけでなく、リヒャルトによる演出は、とにかくアリバイ的に公演を成立させるための無難な内容に徹していたようだった。

桐山の話によると、客席にも舞台裏にも警官が配備されており、その他に大学側が雇った民間の警備員なども多数いて、少々物々しい雰囲気ではあったようだ。

終演後にはホテルになっている城の建物でレセプションやシンポジウムが行われたらしい。だが、ギジ抜きでは作品内容を検討したり議論したりする意味もなく、リヒャルトはまるで糾弾会《きゅうだん》のように吊《つる》し上げを食らっていて、重くいたたまれない空気のその会場から、桐山は早々に引き上げてきたらしい。

「今日、ギジの自宅にも寄ってきた」

「『R／J』の原稿を捜すためですか」

岳がそう言うと、桐山が少しだけ深刻そうな顔をして頷いた。

すでにギジの自宅にもギーセン芸術大学の研究室にも警察の手は入っているし、桐山も何度か足を運んでいるようだ。

「どうでした」

結果は桐山の態度を見ればわかるが、一応、岳は聞いてみた。

「たぶん、原稿はギジと一緒だ」

「警察はどう考えているんでしょう」

「『R／J』の原稿の存在自体を疑っているんじゃないかな」

事件との関連を考えて、警察も原稿は捜している筈だった。

「何しろ、誰も見たことのない原稿だからね」

「でも、桐山さんは読んだって……」

「読んだとはいっても、ノートに書かれた草稿を盗み見たっていう程度だけどね。ギジ本人以外で、実際に原稿を目にしたのは知っている限りでは僕だけだ。そして僕は警察からは何も聞かれていないし、何も答えていない」

病室で警察からの事情聴取を受けた際、ギジの新作戯曲の内容についてニーナが何も聞かれていないか、答えていないなら、『R／J』がどのような原稿なのかも明らかにはなっていない筈だ。

「やっぱり旧東ドイツ時代のことをギジが書こうとしていたのが……」

岳はそう考えていた。誰かにとって知られてはまずいことを、ギジは書こうとしていたのではないか。

「それは何とも言えないが、可能性としてはありだな」

頷いて、桐山は言う。

「ギジはあの年齢だから、原稿はパソコンなどを使わずに、全て手書きし、タイプライターで清書していた」

すると、データのような形で出てくる可能性も低い。

「自宅へ行ってきたということは、ギジさんのご家族に会ってきたんですか」

「いや、ギジは独り暮らしだよ。僕はギジの部屋の合鍵を持っている」

「それは、ギジさんが大学から借りている部屋のことですか?」

「そうだが……」

ギジは教職員用の集合住宅から、講義や稽古のために出掛けていたが、てっきり別の場所に自宅があるのだろうと思い込んでいた。

桐山がその部屋の合鍵を持っている理由には敢えて触れず、岳は質問を続ける。

「ギジさんは結婚していないんですか」

「いや、以前は奥さんがいたらしいんだが……」

何やら奥歯に物が挟まったような言い方だった。

「離婚したということですか」

「死別なんだ」

そう口にしてから桐山は少し考える素振りを見せ、続けた。

「……いや、はっきり言おう。ギジの奥さんは自殺している」

「えっ、そうなんですか」

驚いて岳は声を上げる。

「いつ頃の話です」

「ベルリンの壁が崩壊するずっと前だよ」

何だかきな臭い話になってきた。

「原因は何なんです」

「それは僕も知らない。ギジはそのことについてはあまり話したがらないんだ。聞いても不機嫌になる」

「それ、今回のことと何か関係があるんでしょうか」

「さあね。何十年も前の話だし……」

そうは言うものの、桐山もどこか引っ掛かっているらしい。

「ギジさんは、亡くなった奥さんの他に家族はいないんですか」

「少なくとも、子供がいるって話は聞いたことがないな」

腕組みして桐山が答えた。

「おそらく今のギジは天涯孤独だと思うよ」

「そうですか……」

「ところで今日は、公演も観ずにどこに行ってたんだ。もしかして、ニーナの見舞いか」

ふと、桐山が話題を変えてそんなことを言い出した。

「ええ、まあ」

岳は短く答える。

「どうだった」

「だいぶ調子は良くなったみたいです。後遺症の心配もなさそうだし……」

「そうか」

「それから、ニーナのお母さんに会いましたよ。ヘルガさんといって、ベルリンから来たって言ってました」

「肉親が来ているなら、ひと先ずは安心だな。ところで……」

じっと岳の目を見据えて桐山が言う。

「……ニーナから何か吹き込まれたか」

「吹き込まれたって、何をです」

慌てて岳はそう言った。

「昨日までと、どうも様子が違う。そわそわしているね」

早速、見透かされたと思い、岳は返事に窮《きゅう》した。

「……まあいい。岳はこれから、どうするつもりだ」

意識的にか話題を変え、桐山はダイニングテーブルの上に肘《ひじ》をついて手を組み、その上に顎を乗せて、じっと岳を見つめた。

「どうするって……」

「つまり、ギジがこのままずっと行方不明だった場合のことだよ」

一応、岳はギジの下で演出と劇作を学ぶという前提でドイツに来ている。文化庁からの受け入れを承認したのもギジ個人であり、ギーセン芸術大学やギーセン小劇場ではない。桐山も仲介を手伝ったに過ぎない。

研修期間は、まだ半年近く残っていた。こういうケースは前例がないだろうが、このままだと場合によっては研修は中止となるかもしれない。

「僕は明日からベルリンへ行く」

不意に桐山がそんなことを言い出した。

「ギジの消息も、新作戯曲の行方もわからないが、ちょっと詳しく調べてみたい事柄ができた」

「何ですか」

「旧東ドイツ時代のギジの足跡だよ。僕は戯曲の一部しか見ていないが、それを無視して『R／J』は論じられない。ギジへのインタビューだけでは不十分なんだ。それに今回の件で気掛かりがいくつかある」

少しばかりの間を取ってから、桐山が言う。

文化庁から、岳に帰国を促すメールが届いたのは、翌日の朝のことだった。

二章

1

——彼はストレートではなく、ましてや同性愛者《ウールニング》でもない。

失踪する前、ギジはそんなふうに岳を分析していた。

——あれは自己愛主義者だ。男でも女でもなく、自分しか愛せないタイプの人間だよ。

そして、そのことにまったく無自覚なところが面白い。

本当にそうなのだろうか。

ミューレン通り沿いに残るベルリンの壁の前に立ち、おっさん二人がうっとりと目を閉じて熱い口づけを交わしている壁画を見上げながら、桐山は考える。

桐山が立っているのは、かつて東ドイツ《DDR》と呼ばれた側だ。

壁をカンバスに見立て、いくつもの「アート作品」がその表面に描かれている。作品の多くは、上からスプレーなどで落書きやサインがされており、ものによっては作品と落書きの境目が不明瞭《ふめいりよう》なものもあった。

桐山には壁に作品を描いてアートにしようとする側の意図も、それに落書きをする者の気持ちも、両方ともわからなかった。理解しようという気にすらならない。

ベルリン東駅《Berlin Ostbahnhof》構内のスタンドで買ったチキンのサンドウィッチを齧《かじ》り、それを桐山はコーラで喉に流し込む。

広い二車線の通り沿いに、一キロほどに渡って残っている壁の周辺は、平日で午《ひる》過《す》ぎの中途半端な時間のせいか、観光客と思《おぼ》しき人の姿は少なかった。

ベルリンの壁が崩壊したのは、一九八九年の十一月九日のことだ。

建国四十周年の祝典がベルリンで行われてから、僅《わず》か一か月ほど後の出来事だった。

ライプツィヒでの月曜デモから火がついた市民運動と、当時の書記長だったホーネッカーの失脚により、ドイツ社会主義統一党《SED》は揺らいでいた。

ホーネッカーが汚職により裁判にかけられた翌日、党は市民の不満への対応策として、旅行に関する規制緩和の法案を決定した。これは申請が必要な外国への旅行に関して、従来のように目的や親戚関係などの諸条件の提示の必要をなくし、遅滞なくビザを発給するというもので、国外旅行や移住などを無条件に認めるという類《たぐ》いのものではなかった。

ところが、定例記者会見に現れた、党のスポークスマンであるギュンター・シャボウスキーは、会議で決定した内容をあまりよく把握していなかった。

渡されたメモを読み上げるだけで終わる筈《はず》だった記者会見は、「それはいつから実施されるのか」という記者からの質問で、流れが変わった。

シャボウスキーは困った顔をして右のこめかみを指先で掻《か》き、外していた眼鏡《めがね》を掛けると、答えを探すように頻《しき》りに会見用のメモを表裏に返しながら、こう言った。「私の知る限りでは、遅れることなく今からです」と。

数時間後、各検問所は、会見の内容を誤解し、東西の出入りが自由になったと思い込んだ一万人を超える人々で埋《う》め尽《つ》くされた。国境警備隊は当然ながら何の指示も受けておらず、やがて押し寄せた人々の数に対応しきれず、なし崩しに国境は崩壊した——。

桐山はギーセンから列車を乗り継ぎ、数時間掛けてベルリンに辿り着いたばかりだった。

壁画の中で口づけを交わしているのは、旧ソ連のブレジネフ書記長と、旧東ドイツのホーネッカー書記長のカップルだ。

三十年近くに亘《わた》って東西のベルリンを分断していたその壁は、現物は拍子抜けするほど頼りない。高さは四メートルほどで、梯子《はしご》でも掛ければ簡単に乗り越えられそうだ。厚さもせいぜい二十センチといったところだろう。

統一前、壁は数メートルを隔てて平行に二列で建てられていたそうだ。その狭間には、場所によって軍用犬が放たれたり地雷が仕込まれたりしていた。監視所がいくつもあったらしいが、周囲の様子もすっかり変わってしまった現在からは、往時のことはなかなか想像しにくい。

ベルリンの壁が崩壊した当時、桐山はまだ三、四歳の幼児だった。

東西ドイツの統一も、ベルリンの壁崩壊も、過去を振り返るニュースの映像や、本の中で知るばかりで、実感を伴った記憶として覚えているわけではない。この感覚は必ずしも桐山が日本人だからというだけではないだろう。

ドイツの若い世代にとっても、もはや「ＤＤＲ」こと東ドイツは見知らぬ遠い昔の国、お伽《とぎ》の国のような扱いなのだ。オスタルギー《ostalgie》といって、旧共産圏への一種の懐古趣味のようなものも巷《ちまた》では芽生《めば》えている。

ギジが西側に亡命したのは、壁が崩壊する、ほんの半年ほど前だった。

インタビューでギジが答えたところによると、初めてギジが当局に逮捕されたのは大学時代。当時はカール・マルクス大学と呼ばれていたライプツィヒ大学で、仲間を集めて学生演劇の公演を行ったが、その内容はドイツ社会主義統一党《SED》への批判や皮肉に満ちていた。ギジ本人は、軽い気持ちで行った若書きの悪ふざけだったと振り返っているが、出演予定だった学生に密告され、台本を書いたギジが取り調べを受けた。ギジは大学を放校され、それが後々まで彼の演劇人生に影響することになる。

二度目の逮捕でギジは東ドイツの作家同盟を除名され、長い困窮《こんきゅう》生活に入ることになる。だが、苦し紛《まぎ》れに始めたシェイクスピア劇の翻案の仕事が、その後のギジの評価を高めることになった。

そんなことを頭に思い浮かべながら、桐山はコーラの缶を飲み干して手で握《にぎ》り潰し、指先についたマスタードを嘗《な》めた。

ベルリンの壁が途切れた向こう側に、幅の広いシュプレー川の流れが見えた。川岸には青々と芝生《しばふ》が生《お》い茂《しげ》り、立木が植樹され、一部は綺麗《きれい》に護岸されてテラスのようになっている。壁の向こう側にも、肩を並べて歩いている男女や、ベンチに腰掛けて休む人の姿がまばらに見えた。かつて西側と呼ばれた対岸には、中層のマンションやホテル、オフィスビルと思われる建物が、水際まで迫るように建っている。

岳は無事に日本に帰り着いただろうか。

ふと桐山はそんなことを思った。

再び岳が研修でドイツに戻って来られるかどうかはわからない。

ニーナには、岳に貸していたクローゼット同然の狭《せま》い部屋は、当分の間は、そのままにしておこうと提案していた。

どうも自分は、昔からストレートの相手にばかり惹《ひ》かれる傾向がある。そのために友人だった相手との関係を壊してしまったことも何度かあり、すっかり臆病《おくびょう》になってしまった。気に掛かる相手に議論を吹っ掛けたり皮肉な口を利《き》いたりするのも、余裕のなさの裏返しだ。

帰国してからも、岳とはお互いの状況をまめに連絡し合おうと約束したが、果たしてそうしてくれるだろうかと、ふと桐山は不安になる。このまま関係がフェードアウトになってしまう可能性もあった。

たぶん岳の方は何とも思っていないだろう。そんなことを気にしている自分の卑小《ひしょう》さが嫌になった。岳と一緒にいる時は、目上の者のように振る舞っているというのに。

壁沿いを東に向かって歩いていた桐山は足を止め、スマートフォンを取り出して地図を確認した。

次の目的地まで、歩こうと思えば歩けない距離でもなさそうだ。実際、早く着きすぎて時間調整に難儀していたのだ。

ぶらぶらと桐山は歩き始める。

考えてみると、『シュタージ・ミュージアム』に足を運ぶのは初めてだった。待ち合わせの相手が、その場所を指定してきたのだ。

そこはかつて東ドイツの国家保安省、通称シュタージの本部があったところで、現在は博物館になっている。ドイツ人以外には、殆《ほとん》ど縁のない場所だ。

団地のような白い建物が通りに沿《そ》って延々と連《つら》なっている区画を歩き、その一角を通り抜けると、広い中庭があり、その向こうが目的地だった。

質実で直線的な、旧東ドイツ時代を思わせるデザインの建物。いかにもお役所といった感じの造りだ。

入口から少し離れた場所に、日除けの赤いパラソル付きの丸テーブルが並んでいたが、誰も座っていなかった。待ち合わせの相手もいない。

腕時計を見ると、約束の時間まで、それでもまだ三十分以上も余裕があった。

周囲にはこれといった店もなく、仕方なく桐山は時間を潰《つぶ》すために入口で六ユーロを支払い、ミュージアムの中に足を踏み入れた。

見学している人の姿はまばらだった。閑散と感じられるのは、共産圏らしい実用重視で媚《こ》びたところのないデザインのせいもあるだろう。

なるべく当時のままに残しておく方針なのか、展示用に改装されたような様子はない。解説用の写真パネルや、ガラスケースに入れられた各種の盗聴器や盗撮カメラなどが展示されている廊下や部屋を、桐山はぶらぶらと眺めながら歩いて行く。

エレベーターは動いておらず、人が乗れないように封鎖されていた。ゆっくりとしたスピードで観覧車のようにキャビンが止まらずに回り続ける仕掛けで、人間の方がタイミングを合わせて、ひょいっと乗るタイプのエレベーターのようだ。解説パネルによるとパタノスター式というらしい。

ほんの二十数年前まで日常的に使われていたというのが不思議に感じられた。まるで百年も前の遺物を見るような気分だ。これが旧東独懐古主義《オスタルギー》の感覚というものなのだろうか。

大きさや形は全然違うが、何となく桐山は、フリッツ・ラング監督の映画『メトロポリス』に出てくる、労働者を運ぶエレベーターを思い出した。

そういえばあれも、ワイマール共和国時代、ナチスが政権を握る以前のドイツで製作された映画だ。管理社会とエレベーターは、どういうわけかよく似合う。

上階に行くため、桐山は建物の中央にある吹き抜けの階段へと向かった。螺旋《らせん》階段のように、手摺《てす》りに沿ってぐるぐる周りながら上に行く構造だ。

途中で足を止め、手摺り越しに階下を見る。

壁崩壊の翌年一月、この建物は市民のデモ隊に囲まれた。バリケードが破られ、シュタージ本部を占拠しようと外から市民たちが入ってきた時、ここから階下を見下ろしていたかもしれないシュタージの職員の気分は、果たしてどんなものだったのだろう。

暫《しばら》くの間、桐山は思いを巡らせてみたが、もう一つ、その気持ちは摑《つか》めなかった。


「それで、誰と会ったんです」

ホテルのベッドの上に置いたノートパソコンの画面の中で、岳がそう言った。

シーツの上に横になり、肘《ひじ》を突《つ》いて頭を支える姿勢のまま、桐山は返事をする。

「ミハエル・ハーゼという人物だ。旧西ドイツの新聞記者だった人だよ。今はもう引退しているけどね」

ゆっくりとミュージアムを見て回り、表に出ると、赤いパラソルの下で居心地悪そうに浅く椅子に腰掛けていたハーゼ氏の姿を桐山は見つけた。

襟付《えりつ》きのシャツの上に薄手の黄色いセーターを着ており、銀色の髪は薄かった。黒縁の野暮《やぼ》ったい眼鏡を掛けており、桐山が想像していたよりも小柄な男だった。ギジと同じ世代だから、年齢は七十代半ばの筈だ。

「ギジが旧東ドイツから西側に亡命する際に手助けした人物だよ」

岳があまりぴんとこないような顔をしていたので、桐山はそう付け加えた。

ディスプレイの中で岳が頷《うなず》く。インターネットを経由したビデオ通話システムを使用していたが、通信状況があまり良くないのか、画像での岳の動きはカクカクしている。

「旧東ドイツ時代のギジのことを聞いてみたいと思って、以前に何度かメールでのやり取りはしたことがあったんだが、会ったのは初めてだ。ニュースで知って、ギジの失踪を心配していた」

「その人が亡命の段取りをつけたということですね」

「うん。当時は西側への亡命は犯罪組織のビジネスにもなっていたらしくてね。プロを雇って、だいぶお金も使ったようだ」

好々爺然《こうこうや》としたハーゼの雰囲気からは想像しがたかったが、元新聞記者だけあって顔が利いたのだろう。ギジが頭の上がらない、数少ない相手のうちの一人だ。亡命のためだけでなく、西側に移ってからの生活資金など、一時期、ギジはハーゼにかなりの額の借金をしていたらしい。ギジはそれを、ハーゼが記者をしていた新聞に記事やコラムを書くことで返済していたが、結局はその原稿料の取り分などで揉《も》めて疎遠《そえん》になり、この二十年ほどは交流がなかったそうだ。

荷台の底を細工してスペースを作った自動車に潜《ひそ》み、ギジが検問所を越えて東ベルリンを出たのが一九八九年の春だった。

まさかその半年後に壁がなくなり、東ドイツという国家自体が地図から消えるとは、ギジも思っていなかっただろう。

「亡命が失敗していたら、どうなっていたんです」

途切れ途切れの音声で、岳が問うてくる。

「わからないが、たぶん裁判を受けて一年半から二年の懲役ってところだったんじゃないかな」

それはハーゼ自身から、今日、桐山が聞いた見解だった。

「意外そうな顔をしているね」

「ええ、まあ」

岳が首を傾《かし》げる。

「想像していたよりも軽いんだなって。何というか、国境越えというと逮捕されたら裁判も受けられず、拷問《ごうもん》とかの非人道的な扱いを受けて、行方や生死もわからぬ彼方《かなた》へと連れ去られるようなイメージが……」

そう考えるのも無理はない。

「東ドイツの崩壊後に明らかになった資料からだと、案外、公正に裁《さば》かれていたようだよ。もちろん、犯罪者として扱われるわけだから厳密には公正とは言えないだろうし、取り調べに於《お》いても初期には拷問《ごうもん》めいたこともしていたらしいが、組織が成熟するに従い、シュタージでは、精神的、心理的に追い詰める方法が主になった。自白するまで何十時間も寝かせないとか……」

「それはそれできつそうですね」

肩を竦《すく》めて岳が言う。暴力を振るっていないだけで、それも肉体への拷問には違いない。だが、相手の体を直接、傷つけたり、肉体的苦痛を与えるような真似を避けたのには理由があるのだろう。

「やはりナチス時代の影響ですか」

「うん。支配する側にも、その反省とトラウマがあったんだと思う。初期のシュタージには、ゲシュタポの出身者が、かなり採用されたっていうからね」

イデオロギー的には正反対だが、極右と極左はどこか似通《にかよ》ったところがあるのだろう。

だが、それは東西統一後に出てきた過去の資料によって初めてわかったことで、取り調べを受ける側にとっては、当時は飽くまでもブラックボックスだった。捕まったら何をされるかわからない。自白を拒否したら、自分の身や家族に何が起こるかわからない。それに勝る恐怖はないだろう。

強靭《きょうじん》な意志の持ち主でなければ、心が折れてしまう。

「釈放の交換条件によく使われたのが、ＩＭへの転向だったようだ」

「ＩＭっていうと……」

「インオフィツィエル・ミットアルバイター、つまり非公式協力者、密告者だよ」

ギーセンのアパートメントで、以前にその話題に触れたことがあった。

「前にも言ったが、ギジはそのＩＭだったんじゃないかと僕は疑っている」

それを知りたくて、桐山はベルリンに来たのだ。

「ギジは何度か逮捕され、取り調べを受けたり公演を中止に追い込まれたりしているわりには、懲役刑を受けたこともないし決定的に演劇人生命を絶たれることもなかった。そこが不思議なんだ。何年も仕事がなくて困窮していた時期があったかと思えば、演出家として復帰したりもしている」

「ギジさんの新作である『Ｒ／Ｊ』は、それについて書かれた戯曲なんじゃないかって、桐山さんは言ってましたよね」

「うん。告解と懺悔《ざんげ》のための戯曲なのかもしれない。ギジがもし過去にＩＭだったことを隠していたなら、スキャンダルになる」

「どうしてです。東ドイツはもうこの世に存在しないじゃないですか。それの何がそんなに問題になるのか、正直、僕にはよくわかりません」

岳がそう思うのも無理はない。これはちょっと特殊な事情なのだ。

「考えてもみろよ。ギジは旧東ドイツでは、反体制的な劇作家の代表と目《もく》されていた。当然、それを慕《した》って同様の意志を隠し持った劇作家や小説家、演出家や評論家、俳優などの文化人たちが、ギジの周りには集まってくる。だが、当のギジ本人が密告者だったとしたら……」

まるで不穏分子を誘い集める餌《えさ》か罠のようだ。

「実際、旧東ドイツ時代のギジの関係者には、何人も逮捕者が出ている。作家生命や俳優生命を奪われた末に、自ら命を絶った者もいる」

その深刻さが薄々わかってきたのか、画面の向こうで岳が頷いた。

「統一後、何年も経ってからＩＭだったことが明らかになり、失脚した文化人や政治家は現実に何人もいる。今でもＩＭは、密告者であるがゆえに、場合によっては当局であるシュタージよりも忌《い》み嫌われている」

「ギジさんが失踪したことと関係があるんでしょうか」

「それはわからない。ギジ自身が、戯曲を書いてから考えが変わり、発表することを躊躇《ためら》ったのか、それとも誰か、戯曲を発表されると都合の悪い第三者でもいるのか……」

そんなことを考え始めると、今日、会ってきたハーゼすら、まったくの白とは思えなくなってくる。

「何か収穫はあったんですか」

いいタイミングで岳が聞いてきたので、桐山はベッドの上に寝転がったまま腕を伸ばし、サイドテーブルの上に置いてあった分厚いファイルを手にした。

「これが何かわかる?」

「さあ……」

画面越しにそれを提示する桐山に、首を傾げて岳が答える。

「シュタージ・ミュージアムの近くに、旧保安省の建物が並んでいた区画があるんだが、そこにガウク機関の中央記録保管所があるんだ」

「ガウク機関?」

「正式名称は……えーと、確か『旧ドイツ民主共和国国家保安省記録文書のための連邦機関』だったかな。長ったらしいから、普通は初代局長だったヨアヒム・ガウクの名前を取ってそう呼ぶ。ちなみにガウクは、今のドイツの大統領だよ。『シュタージ・ファイル』の話はしたっけ?」

「ああ、それなら……」

何かピンとくるものが岳にもあるようだった。

あの浅川という子がギーセンに来た時、日本語で読める資料をいろいろと持参してきたようだったから、ざっくりとシュタージについては岳も調べているのだろう。

シュタージは対象となった人間を、盗聴や尾行、密告などで執拗《しつよう》に調査し、それに関する詳細な資料を作成していた。『シュタージ・ファイル』というのは、それらの個人資料のことだ。

「本当は、ギジのシュタージ・ファイルがあれば閲覧したいと思って、事前にダメ元で問い合わせてもみたんだが、やはり本人か家族でないと難しいようだ。研究者やジャーナリストなら、稀《まれ》に許可が下りることもあると聞いたことがあるんだが……」

桐山は苦笑を浮かべる。

「『ヘルムート・ギジ』のファイルが記録保管所に存在するかどうかすらも教えてもらえなかったよ」

「もしギジさんのファイルが存在していたとするなら、シュタージの調査対象だったということですよね？」

「うん。それに、逮捕後にＩＭに転向していたなら、そのことも書いてあるだろうし、宣誓書のコピーなんかも一緒に綴《と》じられている筈なんだ」

　手元のファイルをぱらぱらと捲《めく》りながら桐山は言う。

「じゃあ、それは……」

「うん。シュタージ・ファイルだよ」

「えっ、でも、ギジさんのファイルは本人か家族しか閲覧できないって、今言ったばかりじゃないですか」

「その通り。これはギジのファイルじゃない」

「というと？」

「ミハエル・ハーゼ氏を調査対象にしたシュタージ・ファイルだ」

　それで岳も納得したようだった。

「几帳面《きちようめん》な人でね。わざわざ僕のために、ずっと以前に申請して手元にあったものを、コピーして用意しておいてくれた」

　わざわざガウク機関がある建物の近くをハーゼが待ち合わせの場所に指定してきたのは、単なるジョークか皮肉だろう。実際にそれをハーゼが手にしたのは、十年ほど前らしい。

「すごい量ですね」

岳が言う。クリップで綴じられたコピー紙の束は、二、三百枚はあり、びっしりとドイツ語で文字がタイプされている。

「いや、これでも少ない方らしい。ハーゼ氏は東ベルリンに住んでいたわけではないから、調査の対象になっていたのは入国していた間だけのようだ」

実際、ページを繰っていると、日付と時刻が箇条《かじょう》書きのように並んでおり、どれだけ執拗《しつよう》に対象者が身辺を探られていたかがわかる。

朝何時に起き、朝食に何を食べ、誰に電話し、何時にトイレに行ったか……。

インクが滲《にじ》んだタイプライターの文字で刻まれた無感情な記録の羅列《られつ》が、却《かえ》って鮮烈に、ある日のハーゼの東ベルリンでの一日を描き出している。

文中には、いくつも黒く塗《ぬ》り潰《つぶ》された痕跡《こんせき》があった。

ハーゼから受けた説明では、それは無実の第三者や、シュタージの被害者の固有名詞だという。

ガウク機関でファイルの閲覧を申請すると、事前に文書係が内容を確認し、そういった無関係者のプライバシーに関わる部分は黒く塗り潰されて渡されるということだった。無論、ファイルの調査対象者本人や、調査の指示を出したシュタージの職員、ＩＭのコード名などは伏せ字にはならない。

つまり、元のファイルがシュタージの手によって何らかの意図で隠されているというわけではなく、閲覧の際にプライバシーに対する最低限の配慮がなされて、そうなっているらしい。

「書かれている内容はわからないですけど……随分《ずいぶん》と細かいんですね」

画面越しに桐山が内容を示すと、びっしりと印字されている文字の列に、うんざりしたような様子で岳が言った。

「ああ。何時何分、どんな服を着て出掛け、どこの店で誰と会ったか、何を注文し、何を話したかまで細かく書かれている。ハーゼ氏の場合は東ベルリン滞在中の様子を監視されていただけだし、後ろ暗いところは何もないから、こうしてファイルを見せてくれたが、私生活を監視されていた場合は、例えば夜の何時何分から誰とセックスを始めて、ベッドの中で何を囁《ささや》いたかまで盗聴されて記録されたりしているらしいよ」

「本当ですか」

呆《あき》れたような声を岳が上げる。

「ここに、ハーゼ氏がギジと会っていた記録がある」

それは、ホテルに帰ってきた後、ざっと内容を改めていた時に見つけたページだった。

黒く塗り潰されている部分の横に、注釈を付けるように赤ペンで「Gysi」と書かれていた。他にも、ハーゼ氏自身が思い出せる限り書き込んでくれたのか、ファイル全体に亘って、塗り潰されている部分に会ったり話したりした相手の名前がメモしてあった。

「一九八〇年のその日、ギジと待ち合わせたハーゼ氏は、ベルリナー・アンサンブル劇場で、ブレヒト作の芝居を一緒に観劇している。その後、ハーゼ氏はギジの家に招待され、夕食を共にしている」

ファイルの行を指先でなぞりながら桐山は言う。

「ハーゼ氏を紹介するため、他にも作家仲間や俳優などを何人か招いていたようだが、ハーゼ氏も誰と誰がいたかは、はっきりと思い出せなかったらしい。伏せ字が多くて記録も錯綜《さくそう》している」

几帳面に会話の内容が記録されているため、却って伏せ字だらけで、黒く塗り潰される前の元のファイルを見なければ、誰が何を発言していたのか判別がつきにくい。

「ギジさんの家はシュタージに盗聴されていたということですか」

「これを見る限りは、そうかな」

「さっき言っていた、ギジさん自身がＩＭだったという線は」

「うーん……。それがよくわからないんだ。ギジ本人ではなく、ギジの身近にＩＭがいた可能性もある」

「例えば……自殺したというギジの奥さんとか？」

「ああ。その可能性は僕も考えている。だとすると、本当に自殺だったのかどうかも怪しくなってくるな」

　桐山はファイルを閉じた。とても一晩や二晩で読みこなせる量ではない。

「これからじっくりと読んで内容を吟味《ぎんみ》しなければわからないが……」

　ぱらぱらとファイルを捲りながら、桐山は言う。

「ギジ本人のファイルを閲覧するのが現実的でない以上、ギジと関係のあった人物のファイルをいくつか参照することができれば、ある程度、はっきりすると思うんだが……。さっきも言ったように、場合によっては、かなりプライベートな内容が含まれているから、ハーゼ氏のように赤の他人に見せてくれる人は少ないだろうな」

　実際問題、ギジが過去にシュタージの調査対象になっていたとしても、その記録がガウク機関の中央記録保管所に残されているかどうかはわからない。

　壁の崩壊後、旧ソ連に持ち出されたまま行方不明になったファイルも多数あると言われており、シュタージ本部が市民に占拠《せんきょ》されるまでの一か月ほどの間にも、職員たちの手によって大量のファイルがシュレッダーに掛けられた。細かな紙片になった書類が詰められた袋の数は、およそ一万五千にも及ぶという。

それらは現在、手作業での復元作業が続けられているが、今のままのペースだと、全てのファイルの修復が終わるまで三百五十年以上かかる計算になるそうだ。そちらにギジのファイルが含まれていたとしたら、閲覧が可能になるのはいつになるかわからない。

「シュタージについてギジと語り合ったことはないが、おそらくファイル公開に関する特別法が施行された後に、一度は閲覧の申請をしているんじゃないかな。無関心だったとは思えない。もしかしたら、ギジは自分のファイルのコピーを手元に持っていたかもしれない」

そこでひと先《ま》ず話題が途切れ、桐山はファイルの束をナイトテーブルの上に戻すと、置いてあったシュナップスの瓶《びん》を手に取った。

このところは眠りが浅くなってしまい、アルコールがないと寝付けない。

「ところで岳は、浅川さんとは別れたのか」

味も香りもあまりしない安い蒸留酒をショットグラスに少量注いで、ひと口で呷《あお》ると、桐山はそう問うた。ハーゼのシュタージ・ファイルと同じくらい、そちらの方にも関心があった。

「何ですか、いきなり」

咳《せ》き込むような口調で岳が答える。

「僕が浅川さんに取った態度に、あれだけ怒っていたくせに、彼女が帰国してからは話題にも触れなかったじゃないか」

「それは、例の公開稽古《げいこ》中の事件があったからで……」

「そっちに戻ってからは会ったのかい？」

「いえ……」

あからさまに岳は言い淀《よど》んでいる。やはり何かあったようだ。

「何なら話してみろよ。的確なアドバイスはできないかもしれないが、愚痴《ぐち》の聞き役くらいならできる」

「興味本位ですか」

「正直言ってそれもあるけど、浅川さんは君のカンパニーの重要なスタッフなんだろう？いずれ日本で一緒に仕事をすることになるかもしれないし……」

「どういうことです？」

「岳が『R／J』を日本で上演することになるとして、ドイツ語で書かれた戯曲を、いったい誰が翻訳するんだ。まさか自力でやるつもりじゃないだろうな」

「それは……」

すでに日本での公演のために動き出していると岳は言っていたが、具体的なテクストがまったく出てきていないので、そのことは失念していたのだろう。

「それを桐山さんが引き受けてくれるんですか」

「僕はそのつもりだったけど。ギジからも協力するように言われていたしね」

それは事実だった。

ギジの戯曲の上演を岳はかなりプレッシャーに感じているようだったが、実はギジの方は、さして大きなことだとは考えていなかった。よくある海外での自作の上演くらいの認識だろう。

ギジが日本で自分の新作戯曲を上演させようとしているのも、どちらかといえば岳ではなく、桐山に故国での実績を与えたくて行っている節《ふし》があった。実際、ギジは研修の資料として岳がドイツに送ってきた、彼が演出した舞台のＤＶＤにすら目を通していないようだった。

「でも、ギャラとかは……」

「そういう水くさい話は、全部後回しでいいよ」

どちらにせよ、ギジに関する研究や論文を纏《まと》めるためには、一度は自分で訳さなければならないのだ。岳が困っているなら、別にノーギャラだって構わない。

「桐山さん、初めて浅川に会った時、曲者《くせもの》っぽい子だって言ってましたよね」

ふと、思い出すように岳が言った。

「うん。ただの直感だけどね」

だが、桐山は割合に、自分の直感というものを信頼している。

画面の中の岳が、桐山に語り掛けてくるところでは、そもそも岳がドイツに研修に来ようと思ったのは、演劇とは少々距離を置きたいと考えていたからだという。

戯曲賞の受賞後、岳自身のミスで制作担当者だった友人と決裂したばかりで、ギジの下で学ぼうとしたのも、殆ど思いつきだったと岳は素直に告白した。

どれも、桐山は何となく察していた。

先ほど胃の中に入れた度数の強いアルコールが、急速に血液の中を巡っている。体温が上がり、意識がぼんやりとしてくる。

「腹に一物《いちもつ》あるタイプかと思っていたけど、大人しそうな顔をして、案外、本能で生きているタイプの女性なのかもしれないな、あの浅川さんという人は」

岳が研修で日本を留守にしている間に、あの浅川という女が、岳と対立していた戸丸という制作担当者と付き合い始めたという話を聞いて、桐山は素直にそう感想を述べた。

「はあ」

あまり納得がいかないような表情を浮かべて岳が言う。

「その戸丸さんという人は、仕事はできる人なの？」

「ええ、まあ。元々は大学時代から僕のカンパニーで制作をやっていたんですけど、今は自分で制作会社を起《た》ち上げて、他の劇団の舞台や、商業演劇の企画やイベントなんかも手がけています」

「へえ、やり手じゃないか」

どうも岳は、浅川に裏切られたことよりも、頼りにしていた制作担当者との関係がますます気まずくなってしまったことを懸念《けねん》しているようだった。

岳は自己愛主義者だと言ったギジの言葉が、桐山の脳裏《のうり》に甦《よみがえ》る。

「岳は、浅川さんに見限られたようだな」

急におかしみが込み上げてきて我慢できなくなり、桐山はそう言って笑った。

「そうなんですかね」

案外、素直に岳は桐山の意見を受け入れた。

「日本の演劇事情だと、劇作家なんて、かなり名前が売れていても食っていくのは大変だろう」

桐山にそう言われ、岳が頷いた。

現場での事情には疎《うと》い桐山でも、さすがにそのくらいは把握《はあく》している。

岳が受賞した日本戯曲文学賞は、演劇界の芥川賞だとか言われているようだが、それを獲《と》ったとしても、食っていくのはカツカツだと言われている世界だ。多くの劇作家は、テレビや映画の脚本を手がけたり、大学や専門学校、養成所の講師などの副業で、やっと生活できている。それでも、他に本業を持ったりバイトで食いつないだりせず、演劇に関連する仕事だけで食えているならマシな方だ。

「彼女、大学卒業間近で就活中だったんだろ？　それに失敗したら、その戸丸という人の制作会社で働くつもりだったんじゃないか」

「そういう打算的な子だとは思えませんけど……」

浅川の肩を持つような感じで岳が言った。

「だから本能でやってるんじゃないのって言ったんだ」

「でも浅川は、わりと名の知れた企業に就職が決まったと言ってましたが……」

「だったら今度は、そっちで恋人ができるかもな。その戸丸さんも捨てられるかもよ」

何となく意地の悪い気持ちになって、桐山はそう言った。

浅川への嫉妬《しっと》心が多分に含まれているのは自分でもわかったが、アルコールのせいでもう一つ自制が利かない。

「まあ、もしそうなったとしても、彼女は、岳とも戸丸さんという人とも、うまくやっていくんだと思うよ。むしろ仲違《なかたが》いしている二人の間を取り持ってくれるかもしれないね。両方の元カノとしてね」

「想像すると、何だか頭が痛くなってきました」

画面の向こうで苦笑いを浮かべる岳との通信を切り、ノートパソコンの蓋《ふた》を閉じると、桐山はシュナップスをもう一杯飲んで、ベッドに仰向《あおむ》けになった。

ふと、ナイトテーブルの上に視線を移す。

そこにはシュナップスの瓶と、ハーゼ氏のシュタージ・ファイルの他に、もう一つ、書類が置いてあった。

手を伸ばし、桐山はそれを手にする。

書類の表紙には『R/J』と、タイプライターで印字されていた。

もう何度も読み返しているその書類を、桐山はまた開く。

冒頭は、役名「男」とされた主人公らしき人物が、調査対象者であるギジの部屋を盗聴するシーンから始まる。

ト書きでは、舞台の上手《かみて》と下手《しもて》を使うように指示がしてあり、盗聴している男と、隣の部屋にいるギジの妻の様子が、同時進行で演じられる趣向のようだ。

こういう書き方は、今までのギジの戯曲とは、かけ離れていた。

旧東ドイツ時代に書かれたギジの戯曲は、群衆《モブ》などを多用して視覚的な効果を狙う一方で、科白《せりふ》は散文詩のような独白《モノローグ》が多く、従来の芝居によく見られる掛け合いなどは非常に少ない。

記述方法も特殊で、ト書きにまで本来は不必要な凝《こ》った描写を使うため、どこまでが科白で、どこからがト書きなのか曖昧な部分も多い。解釈次第でどうにでもなるので、演出家を悩ませ、試すようなところがギジの戯曲にはあった。

だが、この戯曲はギジらしからぬオーソドキシーなスタイルで、それが先ず、この原稿が本当にギジの筆によるものなのか、桐山が疑った点だった。

解釈はいくつかある。旧東ドイツ時代のギジの戯曲は、難解である必要があった。当局から追及を受けた際の言い逃れのため、当時のギジは、わざと観念的でわかりにくい手法を使っていた可能性がある。

三十年の時を経た現代で、同じ手法を取る必要はなく、ギジはシンプルなやり方を選んだのかもしれない。

続けてシーンは、かつて「潜水艦《ウーボート》」と呼ばれた、ホーエンシェーンハウゼン勾留《こうりゅう》所と思われるシーンに移る。シュタージに逮捕された未決囚を勾留していた施設だ。そこでもまた役名「男」が現れるが、これが冒頭シーンの「男」と同一人物なのかは戯曲が途中までなのでわからず、どのような罪状で逮捕されているのかもよくわからない。

戯曲前半のごく一部と思われるこの原稿を、桐山のところに持ち込んできたのは、ギジの運転手であるルドルフ・イエーガーだった。公開稽古中のニーナの事件があった数日後のことである。

「私では、これをどうしたらいいかわからない」

いつもの仏頂面《ぶっちょうづら》で、待ち合わせのカフェに現れたイエーガーはそう言うと、ギジ所有のアウディのトランクにあったという、その原稿を桐山に託《たく》した。

ギジは車の運転ができない。アウディは普段、ずっとイエーガーに預けっ放しで整備や管理を任せており、必要な時だけ、イエーガーは車ごと電話で呼び出される。

「芸術や演劇のことはよくわからないが、これは君やギジにとって、大事なものなんだろう?」

じっと桐山を見つめ、イエーガーは低い声でそう言った。

よく考えると、この男の声を聞くのは殆ど初めてだということに桐山は気づいた。

原稿を託されたのはいいものの、桐山はこれをどうするか迷った。

ギジ本人に確認が取れない以上、勝手に発表するわけにもいかず、ギジのアウディから見つかったというのが本当だとしても、本人が書いたものだという確証もない。

そして何故か、桐山はギジにはもう会えないような気がしていた。

2

イエーガーに渡された原稿の冒頭シーンに出てくるアパートメントと同じく、その建物の扉には緑色のペンキが塗られていた。

古い建物なのでエントランスのようなものはなく、その緑色をした両開きの木製ドアを開いて、直接、地上階に入る構造になっているようだった。

呼び鈴やインターホンらしきものも見当たらない。桐山は取っ手を握って捻《ひね》ってみたが、鍵が掛かっているようだった。

誰かが出てくるのを待つしかなさそうだ。

そう考え、桐山は上着の胸ポケットからジタンの箱を取り出すと、一本咥《くわ》えて火を点《つ》けた。

アレクサンダー広場の北、ベルリンの中央部近くに位置するプレンツラウアー・ベルクと呼ばれる地区に、かつてギジが暮らしていたアパートメントはあった。

この街は、緩《ゆる》やかな丘の中腹《ちゆうふく》に建つシオン教会を中心に形成されている。

周辺には、旧東ドイツ時代には修繕もされずに放置されていた古い建物が並んでいる。家賃の安さを目当てに、当時は学生や芸術家などが多く住み着いていた地域だ。

そんな場所柄か、壁の崩壊以前には、教会は民主化運動を進める反体制グループの拠点にもなっていた。いかにも若き日のギジが過ごした場所として相応《ふさわ》しい気もするが、実際に歩いてみると、現在はそんな過去の面影《おもかげ》はだいぶ薄らいでいる。

元はビール工場だった一帯を改装して作られたコンプレックス施設の他にも、通り沿いにはお洒落《しやれ》なカフェやブティックがいくつも店を開いている。街を歩いているのは若いカップルや小さな子供を連れた夫婦が多く、明るく活気に満ちた雰囲気があった。

それでも通りを一つ入れば、そこには戦災を免《まぬか》れた、旧東ドイツ時代以前から建っていた古いアパートメント群などが多く目に付く。

レゴブロックで作られたような、直線的なデザインのアパートメントが並ぶ通りの途中にある、五階建てのクリーム色をした建物が、目的のアパートメントだった。

もちろん、ここを訪ねてくるに当たって、桐山はどこにもアポなどは取っていない。ギジが住んでいたのは何十年も前だし、建物の現在の家主や管理人の連絡先などもわからなかった。もっと言えば、実際にアパートメントが残っているのかどうかも知らずに訪ねてきたのだ。

手掛かりにしたのはハーゼ氏のファイルに書かれていた住所である。通りの向かい側にある、綺麗《きれい》に刈り込まれた植え込みの傍《かたわ》らに灰皿付きのゴミ箱を見つけ、桐山はそちらに移動した。ベルリン市民には喫煙者が多く、路上喫煙も特に制限はない。その点だけでも、桐山は東京よりベルリンの方が気に入っている。

煙草を灰にしながら、根気よく桐山は待った。調査対象者を見張るシュタージの職員の気分も、こんな感じだったのだろうかと想像すると、苦笑いが浮かんでくる。

やがて、アパートメントのドアを内側から何者かが開く気配があった。

煙草を灰皿でもみ消し、桐山はそちらに向かう。

中から出て来たのは二十代と思《おぼ》しき青年だった。見たところインドか中東系だろう。留学生だろうか。

声を掛けると青年は困惑した顔を浮かべたが、桐山が名刺を渡して身元を明らかにすると一応は信用してくれた。

家主は別の場所に住んでいるが、一階の奥の部屋に管理人がいるらしい。それだけ伝えると、青年は急いでいたのか足早《あしばや》にそこから立ち去った。

鍵が開いたままのドアを押し開き、桐山は建物に入る。中は薄暗く、奥の突き当たりには鉄製の手摺りがついた階段があった。

青年から聞き出した管理人の住《す》み処《か》と思しき部屋の前に立ち、桐山はノックする。

返事はなかったが、中に人がいる気配があった。何度かしつこくノックを続けているうちに、不承不承《ふしょうぶしょう》といった感じでドアに付いている覗《のぞ》き窓の蓋が開いた。郵便の投函《とうかん》口ほどの大きさと形をした、古いタイプの蓋付きのガラス窓だ。

「突然に、すみません」

努めて明るい調子で、桐山はドイツ語でそう語りかけた。

目元しか見えないが、ドアの向こう側にいるのは老齢の女性のようだった。

「大学で演劇を学んでいる者なんですが、劇作家のヘルムート・ギジが若い頃に住んでいたという部屋を見たくて……」

アポなしで現れた東洋人を警戒しているのか、老婆は何も答えない。

「名刺があります。それにお礼もしますが……」

桐山がそう言うと、老婆の目に逡巡《しゅんじゅん》する色が見えた。

「いくら？」

老婆が食いついてきた。向こうから金の話にしてくれたのは、却《かえ》って助かる。

「百ユーロでどうですか。それから、部屋に住んでいる人にも同じ額の謝礼を払うので、交渉してもらえませんか」

「家主には内緒だよ」

「ええ、もちろんです」

「名刺と金を、郵便受けに入れて」

素直に桐山はそれに従う。

覗き窓が閉まり、ドアの向こうで郵便受けを探っているような音がした。だが、ドアが開く様子はなく、何のリアクションもないまま数分が過ぎた。

もしかすると、このまま取られ損かと桐山が懸念していたところ、上階から人の気配があった。

手摺りに摑まりながら階段を下りてきたのは、六十年輩の無愛想《ぶあいそう》な顔をした男だった。額《ひたい》がかなり後退しており、ポケットのたくさんついた、作業着のようなブルーの上着とズボンを身に着けていた。

ドアの前に立っている桐山を無視して、男は管理人が住んでいる部屋をノックした。再び覗き窓の蓋が開く。

「部屋を見たいっていうのは、こいつか」

桐山の方を見もせずに、男はドアの向こうの老婆と言葉を交わした。

おそらく、ギジの部屋の現在の住人だろう。管理人の老婆が電話を掛けて、下に降りてくるよう呼び出したのに違いない。

「お願いします」

横合いから桐山がドイツ語で話し掛けると、男は少しだけ眉《まゆ》を動かした。

「お前は中国人か？」

「いえ、日本人です」

桐山がそう答えると、男は鼻から息を漏《も》らし、付いて来いというような仕種《しぐさ》で促《うなが》した。隅《すみ》に埃《ほこり》の溜《た》まった階段を最上階まで行くと、男はポケットから鍵を取り出し、並んでいるドアの一つの鍵穴に差し込んだ。

男が手を差し出してきたので、桐山はユーロ札を財布から取り出して渡した。男はそれを、ちり紙でも丸めるようにしてポケットに突っ込んだ。

ここがギジの住んでいた部屋か。

中に足を踏み入れると、男はやもめ暮らしか、それとも失業中なのか、部屋はかなり散らかっていた。

キッチンのテーブルの上には瓶詰めの食品らしきものが並んでおり、壁紙は煙草の脂《やに》が染《し》み込んで黄色く変色している。床はべたべたした光沢があって、長らく磨《みが》かれていないことが窺《うかが》えた。

想像していたよりも、部屋はずっと狭かった。天井も低く、部屋の中を横切っている梁《はり》の出っ張りが、さらに圧迫感を与えている。

縦スライド方式になっている木枠の窓は開け放たれており、車の音や、どこかで行われている工事の音などが聞こえてくる。

覗き込むように桐山は外を見下ろした。視界の下方に映るのは、街路樹として植えられているプラタナスの青い葉と、路肩を埋め尽くしている自動車の列くらいだった。

桐山は再び、部屋の中に目を向ける。ダイニングキッチンの他には、奥に寝室らしき部屋が一つと、後はシャワーがあるだけのようだ。間取りや造り付けの家具以外は、ギジが住んでいた当時とはまったく様子が違うのだろうが、いるだけで息苦しく、気持ちも暗くなりそうな部屋だった。

「あまりじろじろと見るな」

迷惑そうに男が言った。

壁の一角には、腰くらいまでの高さの、造り付けの固定された棚があった。

妙に奥行きが浅い。おそらく書棚だろうが、今は本ではなく請求書の束のようなものや、ＣＤなどのケース、薬の瓶などの小物やがらくただが、脈絡もなく無造作に突っ込まれていた。

そこでふと、桐山はあの『Ｒ／Ｊ』と思われる原稿の中にあったやり取りを思い出した。

――本部にある、同志エーリッヒ・ミールケの部屋は、二階にあるのに『一〇一号室』なんだ。

役名「男」が言うと、役名「ギジ」はその冗談に笑う。

――するとシュタージは愛情省《Miniluv》ってわけだ。

あれはいかにもギジの戯曲らしい、わかりにくいユーモアだ。

旧東ドイツ時代に書かれた戯曲には、こういった皮肉が頻繁《ひんぱん》に出てくる。今となっては意味をカモフラージュする必要もないのだが、わざと当時の書き方を踏襲《とうしゅう》しているのだろう。

ミールケとは、シュタージの最高責任者だった人物だ。オフィスが二階にある一〇一号室だったのも事実だ。

愛情省というのは、全体主義的な近未来の管理国家を描いたジョージ・オーウェルの小説、『１９８４』に出てくる思想統制を管轄する省庁のことで、ちょうどシュタージとイメージが重なる。「一〇一号室」は、愛情省で拷問と洗脳に使われている部屋の番号。その小説を読んでいなければ、まったく意味が理解できず、笑いどころもわからない。

そして『1984』は、旧東ドイツでは禁書だった。

――あの本、読んだのか。

役名「男」が言うと、役名「ギジ」はウィンクしてこう答える。

――本棚の奥の奥に仕舞ってあるよ。

イエーガーに渡されたあの原稿に書かれているエピソードが事実に基づいたものなのかを、桐山は知りたくなった。

もしそうなら、あの原稿がギジの手による本物であるという確信にもなる。

「この書棚を調べたいんだが……」

「見たままだぜ」

うんざりしたような口調で男が言う。

「背板を壊してもいいか」

桐山がそう言うと、男はあからさまに怒りを含んだ声を上げた。

「そこまでするとは聞いてないぞ」

「もう百ユーロ払う。それでどうだ」

「二百ユーロだ」

「わかった。その代わり工具を貸してくれ」

あっさりと金額を呑《の》んだ桐山に、男の方が面食《めんく》らった顔をする。安い男だ。

棚の中にあったものを洗いざらい引っ張り出し、棚板を外す。

覗き込むと、棚の背板は等間隔《とうかんかく》でビス留めされていた。

男が持ってきた工具箱からドライバーを取り出し、桐山は一本一本それを外しに掛かった。

「何があるんだ？」

先ほどまでは迷惑そうな顔をしていた男が興味を示し始めた。

「金目《かねめ》の物だったら俺にも権利があるぞ」

面倒だったので男の言葉を無視し、桐山は作業を続ける。

ギジがこの部屋を出て行ってから、誰もこれに気づいていないのなら、実に四十数年ぶりに開かれることになる。

「何だ、その汚い本は」

背板の奥にあった隠し棚から出てきた本を見て、男がうんざりしたような声を出した。

湿気のせいで黴《かび》だらけになり、茶色く変色している。

表紙には『１９８４』とあった。おそらく西ドイツで出版されたものだろう。

ごわごわになったページを開くと、その間に無数の白いゴマのような虫が蠢《うごめ》いているのが見えた。思わず声を上げて放り出しそうになったが、我慢してページを確認する。

棚の中には、他にカセットテープが一本、入っているだけだった。

「片付けておけよ」

興味を失った男が、そう言って傍らを離れていく。

本には特に書き込みやサインのようなものは見当たらず、桐山はテープだけを持ち帰ることにした。


アパートメントを出ると桐山は腕時計を確認した。この後は約束があった。

ニーナの母親であるヘルガに、夕食に招かれているのだ。

桐山のスマートフォンに、ニーナから電話が掛かってきたのは、昨晩のことだった。

「キリヤマ？　今、いいかしら」

ニーナがドイツ語で問うてきたので、桐山もそれに合わせる。

「ああ。そちらも体の調子は？」

「もう大丈夫よ」

ニーナが退院する少し前に、ほぼ入れ替わりでベルリンに出て来たので、桐山は顔を合わせていない。

「ちょっとお願いがあるんだけど……」

改まった様子でニーナが言う。

「今、ベルリンにいるんでしょう？　うちのママがそっちに住んでいるんだけど、会ってくれないかしら」

「何で？」

「ママが会いたがってるのよ。私がルームシェアしている人に興味があるみたい」

「それは、何か誤解しているんじゃないだろうね」

つまり、桐山とニーナが男女として親密な関係にあると思っているのではないかということだ。

「違うわ。同居している人はゲイだって言ってあるもの」

「じゃあ、そのこと自体を疑っているのかもな」

本当に娘と何もないのか、自分で会って確かめようとしているのかもしれない。

「単にギーセンでの私の学生生活について聞きたいだけかもよ」

ヘルガは旧パンコウ地区に住んでいるという。ギジが居住していたアパートメントがあるプレンツラウアー・ベルクからは目と鼻の先だった。

「夕食でも一緒にどうかって」

「明日ならそちらの方に行く用事がある。それでいいなら……」

「オーケー。じゃあママに連絡を取って、後で時間と場所をメールするわ」

ニーナはそう言って通話を切った。招かれた場所はヘルガの自宅だった。

考えてみると、ニーナの母親と会うのは初めてだった。岳は確か、病院で会ったと言っていた。

時間もあるし、その気になれば歩いて行けるような距離だったが、桐山は地下鉄2号線《U2》を使って移動することにした。地上に出ると、駅前には人気《ひとけ》もまばらな広場《プラッツ》があった。

鉄橋の下をくぐるように路面電車の行き交うメインストリートが交差しており、駅前には店も多く、果物やジュースを売る露店なども出ていて、雰囲気は明るかった。

桐山はメインストリートに背を向けて西に向かって歩き始める。道幅は広いのだが、両側の路肩にはびっしりと車が路上駐車されていて、そのせいか実際より狭く感じられた。

二〇〇一年に行政改革による区画整理が行われ、隣接するプレンツラウアー・ベルクなども「パンコウ区」として合併したが、それ以前からの旧パンコウ地区には、ソ連占領当初に東ドイツの大統領府が置かれていた。後に大統領制が廃止になると、同じ建物が国家評議会の庁舎となった。

必然的に、パンコウ地区には東ドイツの支配政党だったドイツ社会主義統一党《SED》の幹部らが多く住んでいた。そのせいか、統一前の常に物資不足に悩まされていた時代でも、店が多くて比較的、物が手に入りやすい、東側では活気に溢《あふ》れた地域だったという。

ヘルガの住むアパートメントは、同じ旧東ドイツ時代の建物だとはいっても、ギジが住んでいた部屋よりも広かった。ドイツ統一後に建てられた新しい建物群とは、今となっては比べるべくもないが、当時としてはそれなりに良い物件だったのだろうと察せられた。

旧東ドイツ時代にヘルガはそこで生まれ、一時は日本に移り住んだものの、ニーナを連れて帰国してからも、ずっと同じ場所で暮らしているという。元々住んでいたニーナの祖母が他界し、進学のためにニーナがギーセンに移ってからは、ずっと一人暮らしらしい。

ヘルガは、あれこれと手料理を用意して待っていてくれた。

気さくに桐山は挨拶《あいさつ》をし、テーブルに着く。

「ニーナはね、あの岳という日本人を気に入っているみたいなのよ」

ひと通り食事を終え、コーヒーを飲んでいる時に、ヘルガがそんなことを言い出した。

「へえ、どんなところが？」

以前にいろいろとあって、もう男と付き合うのは懲《こ》り懲《ご》りだとニーナは言っていたが、桐山にはそんな素振りなどおくびにも出さなかった。

「たぶん、父親と面影が似ているところがあるからじゃないかしら」

ヘルガが苦笑いする。ニーナの父方は日本人だ。

「病院で、あの岳っていう子と会った時、ぴんと来たのよ。ニーナは、ちょっとファザコン気味のところがあるからね」

「そうなんですか」

「ドイツに来たばかりの頃は、パパに会いたいって毎日泣いていたわ」

今のニーナの感じからは、あまり想像がつかなかった。

「彼は日本に帰っちゃったの？」

「ええ、まあ」

桐山は頷く。

「あなたは同性愛者《ウールニング》なんでしょう。あの岳という子もそうなの？」

「いや、岳は違います。ただ、ニーナはそう思っていたようですが……」

苦笑いを浮かべて桐山は言う。

ヘルガのふくよかな胸元には、陶製のブローチが飾られていた。

「うちはずっと女ばかりなの。私も、それから私の母も、夫に裏切られたのよ」

つまりニーナの祖母の代からということだ。

「我慢ばっかりだったからね。私も、私の母も、それぞれ事情は違っていたけれど、夫には愛されていなかったから」

「つらく当たられていたということですか、それとも……」

例えばＤＶのようなことがあったのではないかと思い、そう言おうとしたが、失礼かもしれないと桐山は途中で口を噤《つぐ》んだ。

「いいえ、両方とも、とても優しかったわ。優しすぎるくらい。それが却って虚《むな》しかった」

ヘルガはそう言って寂しげに笑い、頭を左右に振った。

「小さい頃から、そんな空気を微妙に察して育ったからかしらね、ニーナは、恋愛や結婚に少し苦手意識を持っているんじゃないかしら。あの子、奥手だから心配で……」

「ええと、ニーナが生まれたのは……」

「統一後よ。夫は東ベルリン駐在のビジネスマンだった」

「結婚した後は、暫《しばら》く日本で暮らしていたんでしたっけ」

「お腹に赤ちゃんがいることがわかって、統一後の混乱で日本に帰国することになった夫に合わせて結婚し、移住したのよ」

「ニーナは、何歳くらいまで日本で暮らしていたんですか」

「十歳くらいかしら」

すると、ほんの十数年前まで日本に住んでいたということだ。

小学校の三年生か四年生くらいか。

「ニーナのドイツ語、日本にいる頃に私から教わったものだから、ちょっとイントネーションのおかしなところがあるでしょう？　それがあの子、コンプレックスらしくて」

それは桐山も感じていた。

ニーナは日本語はネイティブに近い喋《しゃべ》り方をするが、ドイツ語に関しては、実は桐山と同じく、少々片言めいた発音をする。桐山は東洋人だし母国語でもないからそれでもいいが、ニーナの場合は一見するとコーカソイドなので、余計に周りに違和感を与えるところがあるらしい。

そういえば、『ロミオとジュリエット』の稽古の時も、ギジが不在でリヒャルトが演出代理をしていた時は、やたらと科白の発音についてニーナはダメ出しを受けていたと岳は言っていた。

リヒャルトが手本に科白を言い、その発音をニーナに執拗《しつよう》にリピートさせる。リヒャルトはしつこくて、他の稽古を中断して一時間でも二時間でも同じ科白の反復をニーナに求めていたらしい。話を聞いているだけで、リヒャルトの得意そうな顔と、目に涙を溜めたニーナの表情が簡単に思い浮かんだ。アナウンサー並みの完璧で正確な発音と発声を俳優に求めるのがリヒャルトの流儀なのか、単に嗜虐《しぎゃく》的な趣味でもあってニーナを苛《いじ》めて楽しんでいたのかはわからない。

「でも、離婚することになって、それでドイツに戻ったのよ」

「そうなんですか」

どんな事情があったのかは知らないが、国際結婚にはいろいろと難しいことがあるのだろう。

「あの子の名前、日本でもドイツでも当てやすいようにつけたのにね」

「なるほど」

確かに、ニーナなら仁奈とか仁菜で字を当てられる。一方で、ドイツでも多い名前だから、将来、どちらの国で暮らすことになってもいいようにと考えられたのかもしれない。

桐山が聞いてもいないことを、ヘルガはよく喋った。

それも、聞いている方が返事に困るようなプライベートな内容だ。

「あれ、ラジカセですね」

ふと、ダイニングの壁の棚に置いてあるそれを見て、桐山は言った。

物を大事にする習慣がついているのか、かなり古い型のものだ。下手をするとドイツ統一前からそこに置いてあるのかもしれない。

「ちょっと借りてもいいですか」

ギジの部屋にあったカセットテープは、ケースに入っていたせいか、幸い、黴《か》びてもおらず、テープも切れていなかった。

だが、よくよく考えるとギーセンのアパートメントに戻っても、カセットテープを再生する機械がなかった。

「今は掃除をする時にラジオを聴くのにしか使っていないから……。動くかしら」

桐山がカセットテープを取り出したのを見て、困ったようにヘルガが言う。

椅子から立ち上がり、デッキにカセットテープを入れると、桐山は再生ボタンを押した。

「ビートルズね」

ヘルガが呟く。

テープはノイズが掛かっており、明らかにラジオか何かの放送を録音したものだった。

曲はたぶん、『I Want To Hold Your Hand』だ。

ビートルズのＬＰは東ドイツでも発売していたらしいから、禁止されていたわけではないだろうが、新曲などを思うように手に入れるのは難しかったのに違いない。

そういえば、あの原稿にも、ギジは西側のラジオ放送を聴いたり、音楽を録音するのが趣味だと書いてあった。

目を閉じて体を揺すり、リズムを取っているヘルガに断り、桐山はトイレに立った。

小用を足しながら、ふと桐山は妙に感じた。

何でニーナは、父方の姓であるイシハラを名乗っているのだろうか。ヘルガの話の流れを聞いていると不自然に感じる。

だが、その時は深く考えることもなく、桐山は六十分テープ一本分を聞き終えるまでヘルガの食後のお茶に付き合うと、アパートメントを辞した。

3

岳が日本に戻ってきて、二週間ほどが過ぎていた。

季節は春を過ぎ、五月に入っている。

隅田《すみだ》川の左岸を、岳は言問《こととい》橋から吾妻《あづま》橋に向かって歩いていたが、土手沿いの歩道の桜並木も、隅田公園の桜も、今はもう葉桜になっていた。

研修のためドイツへと発つ前に、高円寺に借りていたワンルームマンションは引き払っていたので、岳は一時的に東向島《ひがしむこうじま》で実家住まいをしていた。

歩いて行く方向の左手に、東京スカイツリーが見えた。

この界隈《かいわい》だと、どこからでも視界に入ってくる。子供の頃から知っている光景に、まるで割り込むように聳《そび》え立っているこの塔には、岳はどうも馴染《なじ》めなかった。

日本に帰ってきてからは、あらゆるプレッシャーから一気に解放され、その反動からか、だらだらと無為《むい》な時間を過ごしていた。思っていた以上に、研修生活は岳の精神に負担を掛けていたらしい。

だが、さすがに動き出さなければという気持ちになってきた。桐山から、『R／J』の一部だと思われる原稿を手に入れたと連絡があったからだ。

桐山は少し慎重になっており、どのような経緯で手に入れたものかは教えてくれなかったが、ベルリンへ行って、それがギジの筆によるものだと十中八九、確信したらしい。

作品中に示唆《しさ》的に現れる、ある書物とその隠し場所が、ギジがかつて住んでいたアパートメントで一致したからだ。

内容は、ギジとその協力者と思われる主人公、役名「男」による、ギジの妻殺害を暗示するシーンから始まっているそうだ。作品は、ギジがシュタージと関わりを持っていたことを強く匂わせているという。

だが、ギジ本人は、相変わらず行方《ゆくえ》が知れないようだった。

やらなければと思っていたことを、岳は行動に移すことにした。『R／J』の、日本での公演に関する下準備だ。

演劇というのは、企画が動き出してから作品が実際の舞台になるまで、一年から二年ほどの時間を要する。

劇場は一年以上前に手を付けておかなければ押さえられないし、助成金などの申請を考えているなら尚更だ。役者が集まって稽古を始めるのは、本当に企画が押し詰まってからなのだ。

劇団などのカンパニーを主宰《しゅさい》していれば、これはもう恒常的なことだ。次やその次の公演まで決まっている状態で、まるで泳ぐのをやめたら死ぬ魚のように続けていかなければならない。そもそも岳は、それが嫌で芝居から距離を置いた筈だったのだ。

一番に会っておかなければならない相手は、はっきりしていた。

戸丸慎也だ。

顔を思い浮かべただけで、何となく岳の足取りは重くなる。指折り数えてみたが、会うのは一年半ぶりくらいだろうか。

少し迷ったが、大事な用件だったのでメールで済ませるのは避け、直接、電話を掛けてみた。

戸丸は岳が日本に戻ってきていることすら知らなかった。驚いてはいたが感情的になる

 こともなく、会って話をしたい旨を岳が伝えると、時間と場所を指定してきた。

戸丸の会社が企画と制作に関わっている商業演劇の舞台の稽古が、この近くにあるスタジオで行われている。

腕時計を見ると、午前十一時半。約束した時間には、まだ少し早い。

歩調を緩め、岳は考える。

日本に戻ったら早いうちに戸丸に会っておけというのは、桐山のアドバイスだった。

ベルリンから戻る前に、ライプツィヒにも足を向けてみるつもりだと桐山は言っていた。そこにはギジが学生時代を過ごした大学がある。

戸丸から聞いていた住所と、スマホの地図アプリを頼りに歩いて行くと、元は小学校だったと思われる建物の前に出た。

フェンス越しに見える広い校庭に人の姿はない。正門には、小学校の看板があったと思われる位置にスタジオの名称が入ったプレートが付けられていた。

今は少子化が進んでいて、都内の小学校はいくつも廃校になっている。

そういう使われていない小学校の建物を利用するため、ＮＰＯ法人が行政と交渉して事業契約を結び、演劇の稽古場や、映画や写真の撮影用スタジオ、美術関係のアトリエなどにして有料で貸し出している施設だった。

同じような廃校の再利用施設が、都内には他にも数か所ある。

戸丸が関わっている公演の稽古は、体育館を借りて使用しているということだった。

岳は校庭を横切り、それらしい青いカマボコ型屋根の建物へと向かった。

出入口の前が喫煙所になっているようで、数名がスタンド型の灰皿を囲んで煙を吐いている。いずれもジャージとかスウェットのような、稽古着らしき軽装だ。

「内藤さん?」

適当に会釈しながらその前を通過し、体育館の中に入ろうとしたが、煙草を吸っていたうちの一人が声を掛けてきた。

野上真理恵だった。岳が主宰していたカンパニーに所属していた女優だ。会うのは日戯賞の待ち会の時以来か。

「いつ日本に帰ってきたんですか」

素《す》っ頓狂《とんきょう》な声を上げながら野上が近づいてくる。

「いや、二週間ほど前……」

野上が近づいてくる分だけ後退《あとずさ》りながら、岳はそう答えた。こういう時、舞台の役者は無駄に声がでかくて困る。

「予定じゃ今年の九月頃までドイツに行っている筈では? あっ、そうか。挫折《ざせつ》して帰ってきたんですね。そうなるんじゃないかって、みんなで話してたんですよ」

野上はどうも押しが強くて、昔から岳とは調子が合わない。

「今日はどうしたんですか」

「いや、戸丸に会いに……」

「だったら呼んできますよ。今、稽古は休憩中なんで」

返事も待たず、野上は体育館の中へと入って行った。

苦笑いを浮かべ、岳は喫煙所に残っている人たちともう一度会釈を交わす。

おそらく、戸丸がプロデューサーか演出家に紹介するなどして、野上はこの舞台に客演しているのだろう。基本的に他人のことはどうでもいい岳とは違い、戸丸にはそういう面倒見の良いところがあった。

体育館の入口になっている、ゲート状に左右に開くスチール製の扉には、遮光《しゃこう》のための厚手の暗幕が吊《つる》されていたが、今は休憩中なので出入りしやすいように脚立《きゃたつ》を使って大きく広げられていた。

体育館のフラットな面のど真ん中に、平台と箱馬で一段高くステージが組まれ、まるでスタジオセットのように舞台装置が作られているのが見えた。照明を吊す仮設のアルミトラスまで組まれている。おそらく、上演する劇場と同じサイズで、本番さながらの舞台稽古ができるようにしているのだろう。贅沢《ぜいたく》な稽古場だ。

その奥から、野上に腕を摑まれ、引き摺《ず》られるようにして戸丸が出てきた。黒いタートルネックにジャケットを羽織《はお》っている。

「久しぶりだな」

ばつが悪そうに戸丸が言った。

正直、岳はどんな顔をして会ったらいいか迷っていたから、場の雰囲気を中和してくれた野上にはお礼を言いたい気分だった。

「ここでは何だから、他へ行こう」

促すように戸丸が言って足を踏み出すと、どういうわけか野上も後から付いてこようとした。

「あと五分で稽古が再開するらしいぞ」

それを見て、鬱陶《うっとう》しそうに戸丸が言う。

「戸丸さんは、午後の稽古は見ていかないんですか」

「打ち合わせは済んだから、今日はもういいよ」

確かに、芝居の内容と直接関わる音響や照明などのスタッフとは違い、制作がまめに稽古に付き合う必要はない。

首にストップウォッチを下げた演出助手らしき女性が表に出てきて、喫煙所にいる人たちに稽古に戻るように促した。

渋々という様子を隠さず、野上はそちらに戻って行く。岳と戸丸が、何で会う約束をしているのか気になるのだろう。浅川の件を知っているなら、下世話な興味を抱いているのかもしれない。

歩いて行く戸丸の後を付いて岳は再び校庭を横切り、校舎だった建物の玄関に入った。てっきりスタジオの外に出て、どこかで飯でも食いながら話すのかと岳は思っていたが、どうやら戸丸はこの施設の中で済ませるつもりらしい。

かつては靴箱が何列も並んでいたのであろう小学校の玄関は、床のタイルや壁紙が新しいものに張り替えられており、エントランスが作られていた。戸丸は受付に行き、職員らしき女性からビジターカードを受け取ると、それを岳に手渡した。

靴のまま校舎に上がり込み、廊下を奥へと進んで行くと、内装の手を入れたのは玄関周りだけのようで、途端に古い小学校の雰囲気を色濃く残した風景になった。

ノスタルジックな気分に浸《ひた》されながら、岳は先を行く戸丸に付いて歩く。

いくつかの教室では、戸丸たちとはまた別の団体の芝居の稽古や、大道具や衣装の製作などが行われているようだった。机や椅子がそのまま残っている教室もあるのは、おそらくドラマや映画、写真などの撮影の用途に使われているのだろう。

廊下の突き当たりにある教室の引き戸を横に開き、戸丸が中に入った。壁沿いには自販機がずらりと並んでおり、丸いテーブルと椅子のセットがいくつか設置されていた。休憩室のようだ。

「ここでいいか」

戸丸に言われ、岳は頷いた。話す場所はどこでもいい。

ドリップ・コーヒーの自販機の前に立ち、戸丸は二人分のコーヒーを抽出させると丸テーブルの上に置いた。

「それで今日は、どっちの件で話をしに来たんだ」

警戒心丸出しで戸丸が言う。

「どっちの件って」

言っていることは察せられたが、わざと岳はとぼけてみせた。

「だから、ヘルムート・ギジの作品の公演に関する件と、浅川の件だよ」

「その二択なら、ギジの方かな」

岳がそう答えると、戸丸は小さく溜息をついた。

「個人的な感情を抜きにするなら、面白い企画だと思っている」

「うん。僕も個人的な感情は抜きにして、制作の面で助けてもらいたいと思っているよ」

挑発する気はないのだが、どうも頭よりも先に口が動いてしまう。

「日戯賞の時は、僕が全面的に悪かった。謝るよ」

岳はテーブルに手を突くと、戸丸に頭を下げた。その件は掛け値なしに自分に非があったし、きちんと謝っていなかったことに、少しわだかまりがあったのだ。

「あれはもういいんだ。結局は君の問題だしな」

戸丸が言う。それはそのとおりだ。受賞作は、未だに本にもなっていない。

「一昨日《おととい》、お前から電話をもらうまで知らなかったんだが、ギジは失踪しているのか？」

探りを入れるように戸丸が言う。どうやら概要だけは調べたらしい。

ドイツに渡ってから何か月かの間に起こったことを、岳は手短に戸丸に話した。

新作と連続上演される予定だった、『ロミオとジュリエット』の公開稽古の最中に事故があり、事件の可能性も疑われて警察が入ったこと。その被害者が、岳と同居していたニーナという女性だということ。ギジが失踪しているということ。

ギジの新作と言われている『R／J』という戯曲は、稽古場では一枚も出されていないが、桐山という人物が、その存在を確認しているということなど。

戯曲の背景に、旧東ドイツの秘密警察であるシュタージが関係しているらしい点などは、説明し始めると長くなりそうなので割愛《かつあい》した。
戸丸は黙って聞いていたが、岳がひと通り話し終えると、口を開いた。
「上演権とかについてはクリアできるのか」
「たぶん」
岳は頷く。
口約束ではあるが、岳はギジ本人から日本での上演に際しての演出を委《ゆだ》ねられている
し、そのことはギーセン小劇場の地下で行われていた稽古の際にも、既成事実として関係
者には浸透している。ギジ本人さえ見つかれば、契約書などに関しては桐山に相談すれば
大丈夫だろう。
「問題は、その戯曲が本当に存在するのか、するにしても完成しているのか、だな」
戸丸の言葉に、岳は頷いた。桐山の手元に、それらしい原稿の一部はあるようだが、そ
れだけでは上演はできない。よくよく考えてみると、どんな内容なのかもわからない作品
の上演について、二人は話し合っているのだ。
だが、企画の段階で何も決まっていないなんていうのは、この世界ではよくあること
だ。企画書や申請書で、適当にでっち上げたあらすじや内容に、後からすり寄せるなどと
いうことは珍しくない。

だが、来年中の公演を見越すなら、今から動いていないと始まらないのも事実だった。戸丸は腕組みしたまま、体を前後に揺らしている。

「世界的な劇作家の幻の新作。リハーサル中の不穏な事件に、作者の失踪……。うまく煽《あお》れば、宣伝になる材料ばかりだよな」

確かに、並べ立てると曰《いわ》く付きの舞台だ。

「ヘルムート・ギジの本邦未発表作品なら、行政から金を引き出したり、企業の後援や協賛を取り付けるのは、難しくないと思うんだ」

戸丸の頭の中で、何か具体的なプランなどが動き出しているようだった。これはもう性分だろう。

ギジの名前は、日本に於いては一般的な知名度は低いかもしれないが、それでもやはり、芸術文化方面でのインパクトは強い。

岳のような若手ではなく、大物演出家の手による上演なら、本来なら新国立劇場あたりで上演されていてもおかしくないくらいの格なのだ。

実際、以前に岳が観客として赴《おもむ》いた、『機械仕掛けのマクベス』の翻訳上演も、劇場こそさほど大きなところではなかったが、新聞社や食品メーカーなど、いくつもの企業が後援や協賛に名を連ねていた。

「あとは主演に名の知れた俳優を呼んできて、インタビューとかで曰く付きの舞台だってことを強調させれば……」

戸丸の言葉に、岳は眉根を寄せた。

古い考えかもしれないが、小劇場のちょっと売れた劇団などが、すぐに外部から芸能人などを客演に呼んできて、苦楽を共にしてきた劇団員を脇へ追いやって主演に据えたりすることには、岳は否定的な感情を持っているのだ。

「少し考え方を柔軟にしろよ。飽くまでも構想の話だ」

表情から岳が何を思っているのか察したのか、戸丸が宥《なだ》めるように言う。

「でも、ギジの作品は難解だぜ」

「だからいいんだ。そういう芸術っぽい作品の方が、出演すると箔《はく》がつくからな」

ギジが職業俳優を嫌う理由が、ちょっとわかるような気がした。

「実を言うと、自分の制作会社でプロデュース公演をやろうと思っていたんだ」

戸丸が言う。確かに、金の工面や出演者のことにまで言及し始めると、それは制作というよりはプロデューサー的な立場での構想だ。

岳が演劇界に距離を置き、足踏みをしていた短い間にも、戸丸は思っていた以上に、どんどん力を付けてきているようだった。

「大きな劇場《ハコ》でやるのは難しいかもしれないが、商業的に成功させる自信はある」

どういう形態で、どこから金を引き出し、どうやって公演を行うかも白紙だったが、戸丸にかかるとあっという間に話が具体化してきた。

「ギジの新作が見つからなかったら?」

「その時は、お前は当事者なんだから、『R／J』上演に関して起こった事実を構成して台本を書けよ。芝居でセミドキュメンタリーなんて面白いじゃないか」

こちらの気も知らず、適当なことを言ってくれる。

「金を出すかわりに口も出すと思うが、どうする」

「ちょっと考えさせてくれ。もちろん、前向きに考えるつもりだが……」

少し迷ってから、岳はそう答えた。

「わかった」

即答を避けた岳に、戸丸は納得したように頷いた。

「コーヒーは奢《おご》るよ」

そう言い残し、戸丸は休憩室になっている教室から出て行った。

4

「大学と警察から問い合わせがあったわよ」

桐山がギーセンのアパートメントに戻ると、自分の部屋から出てきたニーナが、早速、そう言った。

「何？　どういうこと」

「あなた、『R／J』の原稿を持ってるんでしょ？」

自分以外にそれを知っているのは、運転手のイエーガーと、日本にいる岳だけの筈だ。

これはイエーガーがどこかで漏らしたのかと桐山は思ったが、あの無口で無愛想な男が、うっかり口を滑《すべ》らせるような場面は想像しがたかった。いや、もしかするとギジや桐山の前ではあの調子だが、酒が入ったり、親しい友人知人が相手なら、よく喋る男なのかもしれない。

ラウイッシュホルツハウゼン城の野外に特設されている舞台は、公演の延期が決まった今も撤去されず残されている。大学としては面子《メンツ》もあり、原稿があれば『R／J』の上演を行いたいのだろうが、いつまでもそれを放置しているわけにもいかず、判断を迫られているのだろう。

警察の方は、ニーナの一件を事件の面でも捜査しているので、内容を知りたいから参考として提出して欲しいというようなことだった。

「あるのは冒頭の一部だけだよ。それに、本当に『R／J』の原稿か確信が持てなかったから、それを調べるためにベルリンに出掛けていたんだ」

ニーナがコーヒーを淹《い》れてくれたので、一緒に飲むことにした。

岳がやってくる以前の状態に戻っただけなのだが、二人きりになると、やはり少し寂しい感じがする。

「ライプツィヒにも行ってたんでしょう？」

「ああ。ライプツィヒ大学にちょっとした知り合いがいて、学生時代のギジの資料を探してもらっていたんだ。面白いものを見つけたよ」

桐山は、まだ荷を解《と》いてもいない旅行用のスーツケースを開き、中から書類入れを取り出した。

「何それ」

「ギジが学生時代に上演した芝居のフライヤーと台本だ。なかなか貴重なものだよ」

「へえ」

ニーナがそれを手にする。さすがに現物をもらってくるわけにはいかず、チラシも原稿もコピーだった。

フライヤーの方は、手書きの文字に、血に濡れたナイフと処刑台らしき簡単なイラストが添えられている。

台本の方は、キャストやスタッフ用に謄写版《とうしゃばん》で印刷されたものだった。

「えーと、『ヴォイツェック』ね」

チラシには、ひと際大きく『Woyzeck』とタイトルが飾り文字で書かれている。日本に於《お》いても、比較的、有名な戯曲だ。

「うん。この公演のことは僕も初めて知った。なかなか興味深いよ」

ビューヒナーの手による同作品は、ライプツィヒで実際にあった殺人事件をモデルにしている。

下級軍人であったヴォイツェックという人物が、情婦の浮気を疑って殺害するという内容だが、当時としては珍しく詳細な犯人への精神鑑定が行われており、作品はこれを下敷きにして描かれている。

「この戯曲は、実は未完なんだ。ビューヒナーの死後に発見された三十シーンほどの断片的なメモが残されているだけだから、上演する際には、あれこれと解釈や構成をし直す必要がある。これは、翻案という姿を借りたその後のギジの創作スタイルのルーツになっている可能性があるね」

「台本には執筆者の名前は書いてないけど……」

ぱらぱらと台本を捲りながらニーナが言う。

「でも、フライヤーの方には演出としてギジの名前がある。ギジの作だと考えるのが順当だろう？」

口調は冷静を取り繕《つくろ》っていたが、内心は慌てていた。ニーナの手から台本を受け取り、もう一度よく確認する。確かに、言われてみれば表紙だけでなく上演台本のどこにも、それを書いた人物の署名のようなものはない。学生時代にギジが上演した芝居だから、当然、ギジが書いたものという思い込みがあって、見落としていた。フライヤーの方には、作者は単にビューヒナーとしかクレジットされていない。

「主役を演じていたのは、このゲルハルト・ファジェーエフっていう人かしら」

そのフライヤーを眺めながらニーナが言う。出演者の一番上に書いてある名前だ。

「さあ」

少なくとも桐山が知る限りでは、ギジがその人物について語っていた記録はない。ギジが本格的にキャリアを出発させる以前のものだから、職業俳優でないのは確かだ。

おそらく同じ学生だろう。

「ざっと台本は読んでみたんだが、ラストには刀による公開処刑のシーンもある。ギジのこういう露悪的なところは、若い頃から変わってないんだな」

苦笑しながら桐山はそう言ったが、何だか胸騒ぎがした。

精神に異常をきたした殺人者ヴォイツェックを演じる、その顔も知らない男の姿を思い描いてみる。手には情婦を刺殺した、血に塗《まみ》れたナイフ……。

「ところで君は、『R／J』の内容については気にならないの？」

そのことについて聞かれないのが、少し不思議だった。

「そっちこそ、折角《せっかく》、手元に原稿があるのに発表しないの？」

むしろニーナはそのことを疑問に思っているようだった。

「作品はギジのものだ」

ギジが死亡したとかの事情ならともかく、本人の意志と無関係のところで、まるで自分の物のように作品を発見したなどと言えるわけがない。

「キリヤマって、もうちょっと野心のある人だと思ってたけど」

「どういう意味さ」

「だって、ギジとだって……」

言い掛けて、さすがにニーナも悪いと思ったのか、口を閉ざした。

「誤解しているのなら、僕とギジはそういう関係じゃない。もちろん、ギジが僕を口説《くど》こうとしていたのは否定しないが……」

ギジがゲイであるのは、関係者にとっては公然の秘密だ。

桐山が研究対象としてギジに興味を抱いたのも、そもそも作品やインタビューの内容などにその傾向が見られ、性的マイノリティと演劇というテーマから関心を持ったからだ。同じ性的指向を持つ桐山が、ギジを誘惑して近づいたと思っている関係者もいなくはないが、実際、ギジには手を握られたことがあるくらいで、それ以上のことは何もない。深い関係になってしまったら、本末転倒になってしまう。ギジもそれはわかっているらしく、プラトニックな関係を楽しんでいるようなところがあった。年齢からいっても、そのくらいの方が心地良いのだろう。

「ごめん」

「いや、別に構わないが……」

どちらにせよ、大学や警察から問い合わせが来ているのなら、手元にある原稿は渡さなければならないだろう。おそらく台本の一部と思われる原稿が出てきたことは、新聞などで報じられる筈だ。

「じゃあキリヤマは、ガクとも何もないのよね……？」

「岳はストレートだよ。知ってるだろ」

　今日のニーナは妙なところにばかり食い付いてくる。

「だったらいいんだけど……」

　岳がストレートであるということと、桐山が岳をどう思っているかということは別の話なのだが、それは敢《あ》えて口にしなかった。

「どちらにせよ、前向きに考えるなら原稿の一部が発表されることによって、ギジも姿を現すかもしれない」

　桐山は肩を竦めた。

「ところで、お腹の傷は？」

「今頃それを聞くの？　本当にキリヤマって私に興味ないのね」

　呆れたようにニーナが言う。

「内臓とかには影響ないけど、傷跡は残るみたい。まあ二、三センチくらいの小さい痕《あと》だけど」

「捜査の方はどうなってるんだ」

「わからないけど、あまり進展してないんじゃないかしら。事故ってことになるかも」

「リヒャルトはだいぶ疑われていたみたいだね」

桐山がその話題を出すと、ニーナはあからさまに眉を顰《ひそ》めた。

「自業自得じゃないの」

「まあ、何もしていないのなら、不憫《ふびん》ではあるがね」

公開稽古での一件の後、結局、『R／J』は延期になり、『ロミオとジュリエット』の上演のみで初日を開けた舞台は、散々な出来だった。

各国の演劇関係者や記者の前で行われた終演後のレセプションやシンポジウムでは、リヒャルトは批難の集中砲火を浴びており、新聞に載った記事でも例外なく酷評されていた。悪いのはどう考えても新作を一枚も出さないままいなくなったギジなのだが、延期や公演の失敗の責任は全てリヒャルトにあるような書き方をしている記事すらあった。

リヒャルトの話題が、あまり気分のいいものでなかったのか、ニーナは席を立つと、ジョブがあると言って出掛けてしまった。

桐山は警察とギーセン芸術大学の担当者に連絡を取り、原稿のコピーを渡すために出掛けて行くと、入手の経緯などを説明した。

その帰り、すっかり日が暮れた道をアパートメントへと急いでいた桐山の目の端に、見知った顔が映った。

通りを挟んだ向こう側、表に並べられたカフェのテーブルに着席して、何か食事を摂《と》っているイエーガーの姿を見つけた。

大学の関係者に原稿のことを話したのを、桐山は少し後ろめたく思っていたので、声を掛けようかどうか迷ったが、そのまま歩き去ることにした。

その時、店の奥から白い襟付きのシャツに黒いサロンエプロンを身に着けたニーナが出てきた。

桐山は一度も訪ねたことがなかったが、どうやらそのカフェは、ニーナが働いている店のようだった。

空のトレイを胸に抱えたニーナが、少し前屈《まえかが》みの姿勢を取り、座って食事をしているイエーガーに親しげに話し掛けている。見える範囲では、カフェの客はイエーガーだけのようだ。

妙な光景だった。ギジからもニーナからも、二人が親しいという話は聞いたことがない。それ以前に、顔見知りだったということすら意外だった。

そちらから目を逸らし、桐山は気づかれないよう、アパートメントへと早足で歩き始めた。何やら、見てはいけないものを見た気がしたからだ。

イエーガーは顔じゅうに皺《しわ》を寄せ、ギジや桐山の前では一度も見せたことのない、満面の笑みをニーナに向けていた。

5

浅川と待ち合わせをしたレストランで、残業で三十分ほど遅れるとメールで知らせてきた彼女が現れるのを待つ間、岳は日本語で書かれたギジの資料や、来日した際のインタビューなどに、もう一度目を通していた。

ライプツィヒの町の中心部にある聖ニコライ教会で、「東ドイツとソ連、およびNATO軍の武装強化反対の平和の祈り」と称するミサが始まったのは、一九八二年のことだった。

毎週月曜日に行われていたこのミサは、最初は小規模なものだったが、やがて「月曜ミサ」として東ドイツ全体にじわじわと広がっていく。『ライプツィヒの奇跡』と呼ばれるデモが行われたのは、東ドイツ建国四十周年の式典が行われた二日後、一九八九年の十月九日だった。

手に手に蠟燭《ろうそく》を灯《とも》し、教会を囲むように集まった民衆の数は約七万人。鎮圧のために動員された警察や治安部隊の数は八千人余りだったが、ぎりぎりの判断で武力行使は行われず、最悪の事態は避けられた。

　月曜デモは週を重ねるごとに三十万人、四十万人と規模が拡大し、ホーネッカーはドイツ社会主義統一党《SED》の書記長を解任されて退陣に追い込まれ、一か月後のベルリンの壁崩壊の布石となる。

　そのデモから遡《さかのぼ》ること五十年ほど前、この奇跡の町でヘルムート・ギジは生まれた。

　父親は町役場の職員、母親は縫製の仕事をしていたという。

　ギジが生まれる前、彼の父親は熱心な社会主義者だった。

　ドイツ社会民主党《SPD》から分派した左派政党、社会民主労働者党《SAP》の党員として活動していたが、一九三三年にナチスの突撃隊《SA》に逮捕されている。

　およそ一年後にギジの父親は釈放されたが、職を失ってしまった。

　ギジが生まれたのは、両親がそんな貧乏のどん底で暮らしていた頃、ポーランド侵攻があった一九三九年のことだった。

——難産だったんだよ。身体的な意味でも、経済的な意味でも、社会的な意味でも。

　ギジはインタビューでそう答えている。

　父親は逮捕後に親ナチスに転向したように見せかけていたが、家庭内では相変わらずの社会主義者で、表と裏の顔を使い分けていた。

イデオロギーに対する歪《ゆが》んでいて冷めた視点は、ギジのこの幼少体験に基づくものなのではないかと、以前に桐山は岳に語ったことがある。

第二次世界大戦が終了したのは、ギジが六歳だった一九四五年のことだ。ライプツィヒは、最初に一時的に米軍に占拠され、その後ソ連軍に占領された。やがて中断を余儀なくされていた学業を再開すると、青年になったギジはカール・マルクス大学と名を変えたライプツィヒ大学に入学する。

ヘルムート・ギジが本格的に劇作家としての活動を始めたのは、大学を放校され、ライプツィヒにあった地方新聞社で働き始めた頃からだった。

この頃のギジは作家同盟に所属し、戯曲の他にも短編小説やエッセイ、詩のようなものもいくつか発表している。

かねてよりギジと不仲だった父親が、母親を連れて西ドイツに移住したのもこの頃だ。ギジの父親は、今度は社会主義を捨てたのだ。

当時はまだ東西の行き来も移住も比較的自由だったが、数年後の一九六一年、突如、ベルリンに壁が建設され、東西の交流は分断される。それ以降、ギジは両親とは一度も会っておらず、本人の弁によると、知らぬ間に壁の向こう側で「くたばって」いたそうだ。

げっぷが出そうな気分で、岳は資料の束《たば》を閉じた。

現在の自分よりも若い年齢までの経歴だが、人生の濃度がすでに全然違う。

作品の雰囲気とはまったく異なる、ギジの明るくて無邪気なところや、時に見せるシャイな一面を思い出し、岳は溜息をついた。

「内藤さん、すみません。こちらに合わせていただいて……」

浅川が店に入ってきたのは、約束の時間から四十五分経った頃だった。

「いや、いいんだ。忙しいだろうに、すまないね」

座るよう浅川に勧めながら岳は言う。

研修でドイツに行く前に、学校の事務職員の仕事は辞めてしまっていたので、今の岳は、言うなればただの無職だ。

「ギーセンの時はすまなかった。せっかく来てくれたのに、つまらない思いをさせてしまって……」

「そんな……」

浅川は困ったような表情を見せた。彼女が勤めているオフィスは九段下《くだんした》にある。

比較的、緩やかな職場なのか、浅川は淡い色合いをしたビジネスカジュアル風のジャケットとスカート姿だった。学生時代とはさすがに少し雰囲気が変わっている。

会いたいという連絡をしてきたのは、浅川の方からだった。戸丸から何か伝わったのかもしれない。

　待ち合わせた場所は、浅川の職場から歩いて十分ほどの場所にある、カンボジア料理の店だった。五つほどしかないテーブルに着いているのは、自分たちの他は一組だけだ。

「あの……厚かましい申し出かもしれないんですけど……」

　アルコールを頼み、食事を始めたところで浅川が切り出した。

「ギジさんのお芝居の日本公演を内藤さんが手掛けるなら、また、手伝わせてもらいたいと思って……」

「それは構わないけど……」

　ちょっと意外に思いながら、岳は答える。

「まだ未確定要素が多すぎて、今後、どうなるかわからないよ」

「戸丸さん、とても乗り気でした」

　口に出すのを少し躊躇《ためら》ってから、浅川はそう言った。

「内藤さんと戸丸さんに、また一緒にお芝居をして欲しいんです。私なんかのせいで、ずっとこのままなのは心苦しいです」

「いや、戸丸と仲違いしたのは君のせいではないよ。日戯賞の時に僕の取った態度が悪かったからで……」

岳の脳裏《のうり》に、「曲者っぽい子だね」と言っていた桐山の声が、何となく蘇る。

「私、内藤さんのお芝居、好きですし、またやって欲しいです……」

浅川は元々、岳が主宰していた劇団の熱心なお客さんだった。同じ公演を何度も観に来ていたのを、受付の女の子が顔を覚えていて声を掛けたのが、確か、劇団と関わるようになったきっかけだった。

「いや、それは嬉しいけど、手伝うといってもなあ……」

以前、浅川には台本を書く上でのアシスタント的なことをしてもらっていたことがある。

だが今回は岳のオリジナルというわけではないし、今の段階で人に手伝ってもらうようなこともなかった。

そう思ったが、不意に岳は、昨晩、桐山から頼まれていたことを思い出した。

数日ぶりに、インターネットのビデオ通話システムで連絡を取ってきた桐山は、画面の向こう側で、岳にお願いしたいことがあると言い出した。

「何ですか。日本にいてもできることなら……」

深夜だったのと、今は両親の住む団地の部屋に居候《いそうろう》の身だったので、岳は開いたノートパソコンごと布団を被っている。

「いや、むしろ日本にいる間にお願いしたいんだ。ニーナのことなんだが……」

桐山は少し言いにくそうだった。

「彼女が日本にいた十歳くらいまでの間のことを、調べてもらいたいんだ」

「そんなのニーナに直接、聞いたらいいじゃないですか」

訝《いぶか》しく思って岳は答える。今も同じ部屋でルームシェアしているのだから、その方が簡単だろう。

「いや、ニーナには内緒でお願いしたい。僕の杞憂《きゆう》だったらいいんだが……」

妙な感じだった。桐山はニーナの何を疑っているのだろう。

「できる限りでよければ……」

「うん、それでいい。ニーナ本人にもだが、なるべく他の人には知られたくないんだ」

「わかりました。ところで、『R／J』の台本の一部なんですが……」

「ああ」

桐山が頷く。

「ネットでニュースになっていましたね。ドイツのサイトもいくつか見ました」

数日ごとにチェックしていた、ヘルムート・ギジの新作上演に関するウェブサイトに、追加の記事が掲載されていた。敷地に放置されたままの舞台セットが少し問題になっているらしく、台本の一部が見つかった件も含めて、ドイツ国内の新聞社系のニュースサイトでも数件のヒットがあった。

「日本でも、公演の準備がもう始まっているんですよ。できることなら、入手したいんですが……」

「手元にあるものを粗訳してから送るから、ちょっと待ってくれ。他にやらなきゃならないことがあって……」

「わかりました。忙しいのにすみません」

急《せ》かすつもりもなかったので、岳は納得して通話を切った。

「えーと……」

桐山から頼まれた件を、テーブルの向こう側にいる浅川にどう上手く伝えたらいいかわからず、岳は考えを巡らせる。

「ニーナのことは覚えてる?」

「あ、はい。あまりお話とかはできませんでしたけど」

「彼女、日本人とのハーフで、十歳くらいまで日本に住んでいたんだ」

「そうなんですか。確かに日本語は上手でしたよね」

急にニーナのことを岳が話題にし始めたので、浅川は不思議そうな表情をしている。

「でも、両親が離婚しているらしくて……。お父さんが今、日本でどうしているか知りたがってるんだよね」

何とか芝居の件と結びつけたいが、どうも苦しい。

「ニーナは日本語も堪能だし、日本でギジの作品を上演するなら、是非《ぜひ》、キャスティングしたい人材なんだ」

そんなこと、今思いついた。

「はあ」

浅川はきょとんとしている。

「ギジさんや桐山さんも同じことを言っていた」

仕方ないのでギジと桐山のせいにする。

「でも、何か事情があるらしくて、ニーナは日本に来ることに不安があるようなんだ。それでまあ……」

「えーと、それはギジさんの新作に関することではなくて、ニーナさんの事件やギジさんの失踪の方に関連しているわけですか」

ごにょごにょ言っている岳に向かって、単刀直入に浅川が言う。

「ニーナさんについて調べるのを手伝えばいいんでしょうか」

「ごめん。まあ、そういうことなんだ。実を言うと僕もよくわからない。今、桐山さんが、ギジさんや、新作の戯曲の行方について調べていて、ニーナのことも調べてくれないかって……」

結局、本当のところを口にすることになった。

「だったら、間接的には芝居とも関係あるってことじゃないですか。ニーナさんが稽古中に怪我《けが》をしたことと、日本でのことが何か関係あるんでしょうか」

「でも君、忙しいだろう」

「もちろん、できる範囲でやるつもりですから、大丈夫です。それに私も気になっていましたし……」

考えてみると、浅川もあの現場に居合わせたのだ。

「それから……」

食事はもう終わりかけていた。

「戸丸とはどう？　うまくいってるの」

「ええ、まあ……。私が就職して働き始めてからは、お互いに忙しくてあまり会っていませんけど……」

浅川は言いにくそうな様子だ。

そんな気はしていた。頻繁に連絡を取り合っているなら、岳がドイツから戻ってきていることを戸丸が知らなかったわけがないのだ。

その日は浅川の希望で支払いを割り勘にして別れ、まだ比較的早い時間に、岳は東向島にある実家に戻った。

「何かあんたに届いてるわよ」

団地の部屋の玄関ドアを開くと、寝間着姿の岳の母親が、歯を磨《みが》きながら玄関に出てきた。もう寝るところだったのだろう。

「誰から」

「わからん。英語なんて読めんし」

そう言って母親は玄関から去って行く。

苦労して大学まで卒業させたのに、芝居に入れあげた挙《あ》げ句《く》、結果的には無職になって実家に戻ってきた息子に、両親の態度はいずれも素《そ》っ気《け》ない。

狭い玄関の下駄箱の上には、確かに郵便物が置いてあった。

見たところ国際郵便だ。中身は書類か何かのようだが、かなり分厚い。母親は英語と言っていたが、表に貼られている伝票の綴《つづ》りはドイツ語だ。

桐山から何か送ってきたのかと思ったが、差出人を見るとニーナだった。

荷物が送られてくる心当たりはなかったが、どういうわけか気持ちがざわついた。

何だろう。

焦《あせ》る気持ちを抑えて、岳は封筒を手に、奥にある自分の部屋に入る。

畳の上に腰を下ろし、ハサミやカッターを探すのすら面倒で、手で千切《ちぎ》って封筒を開いた。

中身は、百枚以上はあろうかというタイプ原稿のコピーだった。

――『R／J』。

紙の束の表紙には、滲《にじ》んだタイプライターのインクで、そう印字されていた。

そして、その下には『Helmut Gysi』と手書きのサインがしてあった。

6

「あれ、本物なのか」

「うん。でも、詳しいことは聞かないで。話せるタイミングが来たら話すから。それにガクは、日本で公演するわけだから、早めに見ておいた方がいいでしょう?」

電話口に出たニーナの口調はいつもと同じだった。

送られてきた封書には、ニーナからの私信が入っていた。

簡潔には、とにかく岳の元でこのコピーは預かって欲しい、自分からの指示があるまでは桐山にもその存在は黙っていて欲しいという内容だった。

桐山は桐山で、ニーナには内緒で彼女の身辺を調べろというし、これでは、どちらとも秘密を持っていて、どちらにもそれを黙っているという板挟みの状態だ。

一緒に住んでいるんだから、自分を介さずに直接話せと電話口で言いたくなってくるが、どんな事情になっているのかわからないので我慢した。

「その『R／J』の日本での公演の件なんだけど、もう準備を始めているんだ。もしよかったらニーナにも手伝って欲しいと思ってるんだけど……」

あれこれと聞きたい衝動を抑え、慎重に岳は話をする。

探りを入れるために言っただけだが、受話器越しにニーナの動揺した雰囲気が伝わってきた。

「えっ、私に？」

「うん。もしかしたらドイツ側のスタッフも呼ぶことになるかもしれないし、ドイツのマスコミから取材を受けるかもしれないだろう？　ニーナなら広報や通訳をお願いしたりできるし……」

「ああ、役者でという誘いではないのね」

残念そうなニーナの言葉が返ってくる。

「いや、もちろんニーナがそうしたいならこっちだって願ってもないことだよ」

慌てて取り繕うように岳は言う。

「いいわよ、気を遣わなくても」

「とにかく、もしお願いすることになったら、ドイツからの渡航費なんかは、もちろんこちらで負担することになるけど、ニーナは日本に親戚とか親しい知り合いとかはいないの？」

何とか岳は、話をそれらしい方向に持って行こうとした。

「いたらどうなのよ」

受け答えするニーナに、話の内容を怪しんでいる様子はない。

「いや、もちろん滞在中のホテル代を負担してもいいんだけど、ほら、予算もどれくらい取れるかわからないし……」

「私だったら、ガクの家にホームステイでもいいわよ」

からかうような口調でニーナが言った。

「いや、僕は今、両親と同居だし……」

「冗談よ」

電話の向こうでニーナが声を出して笑った。

その笑顔が、ふと岳の脳裏に思い浮かぶ。まだ帰国して一か月ほどしか経っていないというのに、遠い昔の風景のように感じられた。

「そういえば、ニーナのお父さんは？」

いかにも今思い付いたふうを装《よそお》って、岳は言った。自然に装えたかどうかは、ちょっと自信がない。

「パパ？　もう十年以上、会ってないけど……」

困惑したようにニーナが言う。

「何しろドイツに移住してから、一度も日本には戻ってないしね」

「でもいずれは訪れるつもりだったんだろう？」

そうでなければ、今でもニーナが桐山と同居して日本語の勉強を続けたりする理由がない。

「そうね」

ニーナが短く答える。しんみりとした口調だった。

「パパがどこでどうしてるかは、私も知らないの。今も仕送りはしてもらっているみたいだから、ママに聞いておくわ」

　すると、ニーナの母親であるヘルガと、日本にいると思われる父親のイシハラ氏は、別れた今も切れずに繫《つな》がっているということだ。

「ニーナって、日本にいる時には、どこに住んでたの？」

　これ以上、しつこく聞き出そうとすると不審に思われると岳は感じたので、これを最後の質問にした。

「千葉の幕張《まくはり》だけど」

　短くニーナは答える。

「日本かあ……。ガクの舞台を手伝いに行けば、昔の友達にも会えるかな……」

　電話口で、ニーナは懐かしげに呟いた。

7

「……それだけだと、ちょっと漠然《ばくぜん》としすぎですね」

　下北沢のカフェのテーブルの向かい側で、ニーナと話した時の様子を聞いていた浅川が答える。二人とも、食事は終わりかけていた。

「戸丸さんとは、何時に待ち合わせなんでしたっけ？」

「午後一時に。まだちょっと時間があるな」

お店の壁に掛けられた時計を見ながら岳は言う。

来年以降の『R／J』の公演の打ち合わせという名目で、戸丸とも連絡を取っていた。

浅川と少し早めに待ち合わせをしたのは、先にニーナの件について、二人だけで話しておきたかったからだ。

三人で会うのは、新宿のホテルの地下にあるラウンジで口論になった時以来だった。もっとも、戸丸が現れたところで、話すのはビジネスのことというか、『R／J』の公演の件だけだ。少なくとも岳には、その辺りの割り切りはできている。

「そういえば、ドイツって離婚はなかなか難しいらしいですよ」

ランチプレートの食後のコーヒーが運ばれてくると、浅川はそう切り出した。

「難しいというと？」

昼時なので店内は混んでおり、テーブルは全て埋まっていた。

「まだざっくりとしか調べてませんけど、日本のように夫婦が合意の上で役所とかに届けを出せば受理されるってものじゃなくて、必ず裁判になるらしいです。他にも、別居期間が一年以上必要だとか、離婚後も元配偶者の生活を経済的に支えたりしなければならない場合があったりとか……」

「そうなのか」

ニーナの母親は仕送りを受けていると言っていた。

「国際離婚の場合は、もっと複雑になると思いますよ」

コーヒーをスプーンで掻《か》き回しながら浅川が言う。

「ニーナさんのご両親って、ドイツで結婚した後、日本に移住したんですか？　それとも日本で結婚して、大使館を通してドイツへ結婚の事実を報告したんでしょうか……」

「いや、そんな細かいことまではわからないよ」

「離婚した際、どういう形で親権が争われたのかもわかりませんよね。当時はまだ、日本は『ハーグ条約』の加盟国にはなっていませんし」

「『ハーグ条約』って何さ」

「国際的な子供の奪取に関する条約のことですよ。ニュースとかで聞いたことありませんか？　海外で離婚した人が子供を連れて自国に戻ってしまったせいで、元配偶者が子供に会う権利を主張できなくなったり、逆に相手から海外で誘拐として訴えられたりとか」

「ああ……」

そういえば、そんなニュースを聞いたことがあるような気がした。

「日本が加盟したのは二〇一四年なので、つい最近です。ニーナさんに関係するのかどうかわかりませんけど、ご両親はちゃんと離婚に関して同意しているんでしょうか」

「何でそんなことを思うわけ？」

「だって、ニーナさんってイシハラ姓を名乗っているんですよね。それって変じゃないですか」

言われてみればそうだ。

何か月か一緒に暮らしているうちに慣れてしまい、考えてもみなかった。

「それから、日独ハーフの場合、事情によって日本では日本人親の姓を名乗ったり、ドイツではドイツ人親の姓を使ったりとか、逆に日本でもドイツでも同じ名前を使ったり、ミドルネームにどちらかの名前を付けたり、ケース・バイ・ケースみたいですね」

「じゃあ、通称として使ってるってことかな」

「わかりません。ニーナさんの場合、日本生まれ日本育ちだったようですから、子供時代は日本語の名前を使っていたかもしれませんね」

テーブルの上に置いていたスマホが振動し始めたのは、そんな話をしている時だった。

戸丸からの連絡かと思って画面を見ると、インターネット電話のアプリ画面になっており、桐山のアカウントからの着信となっていた。岳は慌ててビデオ通話の受信ボタンを押す。

画面の向こう側に、白いカッターシャツの首元のボタンを外した桐山の姿が現れた。

「やあ、そちらは明るいな。外にいるのか」

少し疲れたような表情をした桐山が、髪を掻き上げながら画面を覗き込む。ギーセンのアパートメントからのようだ。

対面に座っていた浅川が、スマホの画面を見るために岳の隣の席に移動してくる。

「何で君が岳と一緒にいるんだ……？」

桐山が訝しげな声を出した。

以前に浅川とギーセンで対面した時と同じ、苛々《いらいら》したような口調だった。気持ちにあまり余裕がない時は、すぐに桐山は表情や態度にそれが現れる。

「ご無沙汰《ぶさた》しています」

だが、浅川は物怖《ものお》じせず画面の向こう側にいる桐山に頭を下げた。

「ニーナの件を調べる手伝いをしてもらっているんです」

岳が付け加える。

「なるほど」

桐山はどうでもよさそうに答えた。

「それから、昨晩、ニーナ本人と電話で話しました」

「何だって」

岳がそう言うと、桐山が眉根を寄せた。

さすがに、『R／J』らしき原稿のコピーがニーナから送られてきたとは言い出せない。

「探りを入れるためですけど、ニーナについて調べろだけじゃ、何をどうしたらいいかわかりませんよ。もう少し手掛かりをもらわないと……」

「確かにそうだな」

少し考える素振りを見せ、桐山はそう答えた。

「それに、あまりいい気はしません。ニーナの何を疑っているんですか」

「疑っているというか……ちょっと気に掛かることがあってね」

桐山は書類の束を手にしている。アパートメントから掛けてきているということは、ニーナは不在なのだろう。

「ミハエル・ハーゼ氏から借りたシュタージ・ファイルなんだが……」

浅川は首を傾げたが、話の流れを止めるのも嫌だったので、詳しい説明は後回しにすることにした。

「ハーゼ氏が、東ベルリンでギジとともに会っていた人物に、日本企業の駐在員がいたようなんだ」

桐山の話によると、この人物の名前はガウク機関の職員によってファイル上ではマジックで塗り潰されていたようだが、記録されている報告の前後の繋がりから、それが日本人であることは明白だった。

旧東側地区のポツダム広場の近くに現在も残っている、『国際《I》貿易《H》センター《Z》』ビル内にオフィスを所有していた日本企業の社員だったらしい。

壁の崩壊以前に東ドイツに営業所を持っていた日本企業はけして多くはなかったが、金融や建設などのいくつかの業種では早くから進出があり、当の『国際貿易センター』のビル自体も、東ドイツ時代に日本の大手建設会社が施工を手掛けている。

直感のようなものが働いた桐山は、ハーゼに直接連絡を取り、この人物が何者なのかを問うた。

ハーゼの記憶によると、この日本企業の駐在員は、当時、西ベルリンに在住しており、毎日、チェックポイント・チャーリーを通過して東ベルリンにあるオフィスに出勤していたという。当時としては、大使館の職員などを除けば、一般企業に勤める日本人が東ベルリンに住居を構えることの方が珍しかったようだ。

あまり定かではないハーゼの記憶を辿《たど》ると、この日本人は、ギジの友人の娘か誰かと婚約しており、そのためにギジの家で一緒に夕食を共にしていたという。

旧東ドイツでは国際結婚の許可がなかなか下りず、そのことで相談を受けた覚えがあるとハーゼ氏は言っていたが、ファイルに残された会話の盗聴記録の内容は、概《おおむ》ね、たわいないものだった。

「『イシハラ』という名の人物だったそうだ」

その人物の名前をハーゼは覚えていなかったが、まめにつけていた取材用の日誌の片隅にメモがあったようだ。

受け取っていた名刺も幸いに残っており、それによると『Ishihara Hiroshi』という人物で、勤めていたのは『菱川建設《ひしかわ》』という企業だったらしい。

「その会社って、今もあるのかな？」

傍らにいる浅川の方を見て、岳は問うた。

「確か、一昨年《おととし》くらいに同業他社に吸収合併されていた筈ですけど……」

さすがにこういうことは、最近まで就活生だった浅川は詳しい。

「このイシハラという人物、ニーナの父親なんじゃないかと思うんだが……」

桐山が言う。確かにイシハラという姓は、ありふれてはいるが、それほど多いものではないし、当時の東ベルリンに日本人が何人いたのかはわからないが、偶然とは考えにくい。

ニーナが以前にしていた話では、母親のヘルガと父親のイシハラ氏は、壁の崩壊以前に東ベルリンで知り合い、東西統一後に結婚して、日本でニーナが生まれたということだったから、話としては辻褄《つじつま》が合う。

「すると、ニーナの父親とギジさんは、ずっと以前から面識があったということですか」

岳がそう言うと、桐山は首を捻《ひね》った。

「そうだとしても別に構わないんだが、ニーナ本人が、そのことを知っているのかどうかなんだよ」

「ギジさんの方は、ニーナがそのイシハラ氏という人物の娘だってことは承知していたんですかね」

「わからない。ギジの友人の娘と婚約していたということだが、そのギジの友人というのが、どの程度、ギジにとって親しい人物だったかにもよるしね」

それはそうだ。たまたま、その時だけ付き合いがあったというような相手なら、ギジの記憶にも残っていない可能性だってある。

「ニーナが何か隠し事をしているかもしれないってことですか」

「まあね。ただ、それが彼女自身が危ない目に遭《あ》ったり、ギジが失踪した理由と関係しているのかどうかはわからない」

「その『イシハラヒロシ』氏の名刺のコピー、スマホで撮影した画像とかで構わないんで、送ってもらえますか」

隣で話を聞いていた浅川が口を挟む。

「ああ、そのつもりだが……」

桐山はどうも浅川が相手だと歯切れが悪い。

「さっき言った、『菱川建設』を吸収した会社に就職した友達がいます。社内に同様の名前の人物が在職しているか、調べてもらえないかお願いしてみます」

「頼むよ」

画面の向こう側にいる桐山が頷いた。

個人情報保護法があるから、外部の人間が問い合わせても同様の名前の人間が勤めているかを調べるのは困難だが、内部に知り合いがいるのなら、在籍の有無くらいはわかりそうだ。

「役員とかになっていないなら、もうすでに定年退職している可能性もあると思いますけど……」

確かに、浅川の言うとおりだった。

「隣り合わせに座って、一緒に何を見ているんだ」

聞き覚えのある声が耳に入ってきたのは、ちょうど桐山との通話を切断した直後だった。

見ると、戸丸が訝しげな表情を浮かべながら上着を座席に置き、岳と浅川の正面の席に座るところだった。

「いや、これは……。ドイツにいるギジの関係者から、インターネットのビデオ通話で連絡があったんだ。それで……」

何故か岳は弁解めいた口調になる。

小さな画面を一緒に覗き込んでいたために、肩を摺り合わせんばかりの近さで岳と浅川は寄り添っていた。

オーダーを取りに来た店員に、戸丸はコーヒーを注文する。

浅川が何も言わずに俯《うつむ》いてしまったので、三人の間に微妙な空気が流れた。

「君とも久しぶりだな。三週間ぶりくらいか。お互い、忙しかったからな」

その浅川に向かって、落ち着いた口調で戸丸が言う。

先ほどまで浅川が座っていた席に、戸丸が荷物を置いてしまったので、向かい側の席に戻るタイミングを浅川は失ってしまった。岳と浅川が並んで座り、戸丸と対面する、妙なポジションで話を始める。

「来年後半の、めぼしい劇場の空き状況を調べてきた。スタッフのスケジュールを先に押さえてしまいたいから、さっさと場所と日程を決めて仮押さえしてしまおう。お前に真っ先にやってもらいたいのは、助成金申請のための企画書の作成だ。書式はこれを見て参考にしてくれ」

畳《たた》みかけるようにそう言って、戸丸は持参してきたブリーフケースから、ホッチキスで留《と》めた数種類の書類をテーブルの上に並べ始める。

仕事の話しかしない戸丸に、岳は些《いささ》かほっとした。

いや、ドライなつもりでいて、自分の方が気にしすぎているのかもしれない。

戸丸が準備してきたプランは、これまでに岳の劇団が行ってきた公演の規模を考えると、劇場のランクとキャパシティが格段に上だった。尻込みしそうだったが、それでもギジの新作の本邦初公演だと考えるなら、控えめなプランなのだろう。

「おい、聞いているのか」

うわの空の岳に向かって、戸丸が言う。

「ああ、大丈夫」

考えなければならない些末《さまつ》な出来事の多さに、うんざりした気分になりながら、岳はそう答えた。

浅川が知り合いを通じ、調べてくれた結果では、菱川建設を吸収合併した大手ゼネコンに、「イシハラヒロシ」なる人物は、どうやらいないようだった。

定年か、または他の事情で会社を辞めたのか、それとも子会社や取引先などに出向しているのか、もしくは別の……例えば死亡しているなどの事情によるものなのかはわからない。

それ以上は浅川の知り合いに無理に調べてもらうわけにもいかなかった。現在、それらしい人物が在籍していないということがわかっただけでも上出来だ。

調べてみると、菱川建設は同業他社に吸収合併される以前にも何度か大掛かりなリストラを断行していた。イシハラヒロシ氏も、その際に会社を去るなどした可能性が高い。辞めたのが合併前なら、人事部にリストラ後の転職先などの資料が残っているかどうかも怪しかった。

「幕張に行ってきました」

手詰《てづ》まりかと思って途方に暮れていた岳のスマートフォンに、浅川から電話が掛かってきたのは、それからまた暫く経ってからだった。

「えっ、どういうこと？」

電波の調子が悪く、自宅にいた岳は居間からベランダに出た。

外に出ると、眼下には隅田川が見えた。公園のテニスコートからは、ボールをラケットで打つ音が、間断なく聞こえてくる。

「菱川建設を吸収した大手ゼネコンは関西系の企業なんですけど、調べてみたら千葉の支店が合併前の菱川建設の営業所と住所が同じなんです。関東より北にあった営業所は、そのまま支店として取り込んだということらしいです」

そんなことは岳は考えてもみなかった。

「ニーナさんって、千葉の幕張に住んでいたんですよね？　お父さんは、東京にあった本社ではなく、千葉に営業所があったなら、そちらの勤務だった可能性もあるんじゃないかと思って」

「それで？」

「問い合わせてみたら、支店長さんがご存じでした」

「どうやって聞き出したのさ」

「えっ？　普通に電話をして、こちらの身分を明かして、ドイツで知り合った女性がお父さんの行方を捜しているので、ご存じの方はいませんかって事情を伝えただけですけど」

当たり前のように浅川は言うが、身分を明かしたということは、自分が勤めている大手ＩＴ企業の名前も出したのだろう。加えて若い女性からの問い合わせだったから、相手の態度も柔らかかったのかもしれない。

これが、現在の岳のような社会的信用のない無職男だったら、同じ内容の電話をしても相手にしてもらえたかどうかも怪しいところだ。

「ちょうど会社の研修が幕張であったので、ついでにアポイントを取って先方にお会いしてきました」

この行動力は殆ど探偵並みだ。台本執筆時のアシスタントとしても優秀だったが、浅川に協力を頼んだのは正解だった。

「収穫はあったの」

「石原弘司さんは、合併前のリストラの際に、依願して早期退職しているらしいですね。支店長さんは石原さんの同僚だったそうで、いろいろと相談も受けていたらしいです」

「なるほど」

「当時の人事部が、退職後の再就職先も斡旋《あっせん》していたようで、石原さんは取引先だった資材メーカーに転職したそうですよ」

「その会社はどこにあるの」

「東京の足立《あだち》区に本社があったみたいですけど、調べてみたら昨年、自己破産の申し立てをして倒産しています」

淡々とした口調で浅川は言う。

それでは結局、足取りは摑めなかったということか。

自分では何一つ、この件に関して進展させられなかったことを棚に上げて、岳はそんなことを思った。

「その支店長さんの姪《めい》に当たる方が、ニーナさんと小学校時代に同級生だったらしくて、お会いできそうなんですけど、内藤さん、どうします？」

浅川はちゃんと次の手を打っていた。

「もちろん会うよ」

咳払いして岳は言う。

「では、私の方で先方と段取りを付けるので、内藤さんの都合の良い日程を、私のメルアドに送ってください」

「わかった。後でスケジュールを調べて送る」

日程など、この先、何週間もガラ空きなのだが、見栄を張って岳はそう答えた。

通話を切るとベランダから室内に戻り、公団住宅の畳敷きの居間に、岳はごろりと仰向けに寝転がった。ドイツでの忙しい日々から一転して時間が空いたせいで、ゆっくりと考える時間だけはあった。

この一連の出来事は、ギジが『R／J』を執筆したことに端《たん》を発しているように思える。

だとすると、三十年近くも劇作家としては沈黙を守ってきたギジが、何故に、このタイミングで新作を発表しようと考えたのかということが気に掛かった。

劇作家としての勘というか、岳が以前から妙に感じていたことがある。

ギジは本当に新作を発表したいと考えていたのだろうか。

大きく矛盾しているが、ギジはあまり『R／J』の発表に積極的でなかったような気がするのだ。少なくとも途中からは。

止むにやまれずというか、引っ込みがつかなくなってしまい、タイミングを見計らって姿をくらましたようにしか見えない。

では、それは何故か。

一番ありそうなのは、「原稿が書けない」という、よくある事態だが、実際には完成された『R／J』と思しき原稿のコピーが、岳の元に送られてきている。

もちろん、これが本当にギジの手による『R／J』の原稿なのかどうかはわからないが、仮にそうだとしても、やはり矛盾は残る。ギジには「書かない」という選択肢だってあり得た筈なのだ。

執筆に積極的でないなら、最初から新作を書くなどと言い出さなければいい。そうでなくとも、ギジはもう斯界《しかい》では地位を確立している劇作家だし、大学の教授職や演出の仕事、他にも批評など、劇作以外の仕事で十分に生計も名声も維持できていたのだ。三十年近く新作の発表がなかったことからも、抑えきれない創作への衝動があったとも思えない。

いや、客観的にそう見えるだけで、長い間、そういう気持ちが燻《くすぶ》り続けてきたということだろうか。それにしても……。

そこまで考えた時、ふと、頭の中に閃《ひらめ》きのようなものが浮かび、思わず岳は上半身を起こした。

もしかすると、『R／J』を書いていたのは、ギジではないのではないか？

8

「ねえ、キリヤマ、これ聞いてる？」

キッチンで朝食用のソーセージを炒《いた》めていた桐山の元に、新聞を手にしたニーナが近づいてきて声を掛けた。

差し出された新聞を手にすると、ニーナが端っこの方にある小さな記事を指し示した。

「どういうことだ」

思わず桐山の口からも、そんな言葉が出た。

短い記事だが、昨日、ギーセン小劇場で記者会見が行われ、延期されていた『R／J』の上演が決定した旨が書かれていた。

演出はリヒャルト。ギジから完成した原稿が手元に送られてきたらしく、その内容については伝えられていないが、ギジはこれを最後に表舞台から去るつもりらしく、主催者側も連絡が取れない状態が続いていると書かれている。

「ちょっと出掛けてくる」

ニーナはそう言うと、着替えもそこそこに、朝食にも手を付けず、部屋から出て行った。

桐山は名刺入れをひっくり返して、奥の奥から以前にもらっていたリヒャルトの名刺を探し出すと、携帯に電話を掛けてみたが、何度コールしてもすぐに切れてしまう。着信を拒否されているのかもしれない。

あまり乗り気ではないが、リヒャルトと直接会って事情を聞くため、桐山も出掛ける準備をした。

何故、リヒャルトなんだ？

アパートメントを出ても、その疑問ばかりが頭の中を巡っていた。『R／J』の完成原稿があって、ギジがそれを誰かに託《たく》そうとするなら、リヒャルトではなく自分ではないのか。

それは一種の嫉妬のような感情だった。

ギジは本当はリヒャルトの実力を認めていたのか？

いや、そんなことはない筈だ。

ギジと桐山が二人でいる時に、リヒャルトの話題が出たことは一度もない。興味のない相手には、批判的なことすら口にしないのがギジだ。

マツダ社製の自分の車に乗り込み、ルードウィヒ通り沿いのギーセン小劇場近くにあるリヒャルトの自宅に向かう。

親しい付き合いはないから、訪ねていくのは初めてだ。

築百年は経っていそうな古い建物《アルトバウ》の重い玄関ドアを開き、中に入る。リヒャルトは確か、一人暮らしだったから、ずいぶん贅沢《ぜいたく》な住まいだ。

名刺にある番号の部屋の前に立ち、ドアを叩く。不在の可能性もあると思っていたが、暫くするとドアが開き、ドアチェーンの間からリヒャルトが顔を出した。

「キリヤマか。何の用だよ」

あからさまに迷惑そうな表情を浮かべてリヒャルトが言う。

「新聞を読んだ。『R／J』を上演するっていうのは本当か」

「本当だ。じゃあな」

ドアを閉めようとするリヒャルトを、桐山は制止する。

「少しだけでいい。『R／J』の原稿を見せてもらえないか」

自分が手元に持っているものと冒頭部分が同じか、確認だけでもしておきたかった。

「公演初日まで関係者以外にはシークレットだ。それからキリヤマ、お前は稽古場は出禁だ」

そう言ったリヒャルトの口元が、得意げに歪《ゆが》む。

「ちょっと待ってくれ」

追い払おうとしてくるリヒャルトに、なおも食い下がる。

「しつこいと警察を呼ぶぞ」

「よくお前がそんなことを言えたな」

思わず桐山は鋭い声を上げたが、ドアは閉ざされた。

腹が立ったが、これ以上やると本当に警察を呼ばれるかもしれないので我慢した。

仕方なく表に出て、路駐していた車に乗り込む。

五分ほど運転してアパートメントに戻ったが、ニーナは先ほど出掛けていったまま、まだ戻ってきていなかった。

9

「仁奈《にな》ちゃんは、ご両親と一緒に社宅で暮らしていたけど……」

幕張で会った宮下《みやした》という女性は、思い出すようにそう言った。

「仁奈ちゃんっていうのは、ニーナさんのことですよね」

ファミレスの四人掛けの席に、岳と並んで座っている浅川が、開いた手帳にメモを取りながら言う。

「ええ」

宮下が頷く。ニーナと同い年だから二十代前半と思われるが、すでに結婚しており、二歳くらいの幼児を連れてきていた。

どうやらニーナは、「石原仁奈」という通称で小学校に通っていたらしい。当時は日本に住み続ける予定だったということだろうか。

「社宅になっているマンションに住んでいたから、私もたまに遊びに行ったりとか……」

「ニーナさんのご両親に会ったことは？」

「お母さんとは、家に遊びに行った時に何度か」

ヘルガのことだ。

「どんな方でした」

浅川がさらに問う。

「おやつとか出してくれて優しかった覚えがあるけど、日本語は全然話せないって仁奈ちゃんが言ってたかな」

「お父様の方は？」

「仁奈ちゃんのお父さんは、学童クラブに毎日、迎えに来ていたんだけど……」

そう言って宮下は首を傾げる。

「影の薄い人だったのかな。眼鏡を掛けていたってこと以外、顔とかもよく思い出せない。仁奈ちゃん、元気なの？」

今度は逆に宮下の方が問うてきた。

「ええ。今はドイツの大学で演劇を学んでいます」

岳が答える。スマートフォンを取り出し、アパートメントに同居していた時に桐山に撮ってもらった、ニーナと自分のツーショット画像を宮下に見せた。

「相変わらず綺麗ね。面影《おもかげ》あるわ」

それを見て感心したように宮下が言う。

「当時のニーナさんの感じはどうでしたか。例えばハーフで目立っていたから、苛《いじ》めがあったとか、孤立していたとか」

「そういうことは、たぶんなかったんじゃないかなあ……。明るい性格だったし、ブロンドに碧眼で、見た感じ丸っきり外国人だったけど、絡《から》んでくる男の子と摑み合いの喧嘩するような気の強いところもあったから、普通に馴染《なじ》んでいたと思う」

今のニーナの様子からも、そんな少女時代は容易に想像がついた。

「いきなり学校に来なくなったから、心配していたのよね」

「そうなんですか」

浅川が宮下に先を促《うなが》す。

「うん。普通はほら、転校するならするで、みんなに伝えたりお別れしたりするものじゃない？　それが急に来なくなったから、病気でもしたのかと思っていたら、仁奈ちゃんはドイツに移住しましたって、先生が。それも長い休みの前とか、きりのいいタイミングじゃなくて、学期途中の中途半端な時期だったから、何だか変な感じで……」

岳は浅川と顔を見合わせる。

「ああ、そうだ。うちに小さかった頃の仁奈ちゃんの写真、あるかも」

「本当ですか。もしよければ、拝見させていただければ……」

何かの役に立つかどうかはわからないが、岳もそれは見てみたい気がした。

「学童クラブの遠足で、保護者と一緒に潮干狩《しおひが》りに行ったことがあるのよ。牛込《うしごめ》海岸だったかな。うちの親が、カメラが趣味だったから、きっとその時の写真があると思う」

写真は後で、画像ファイルを浅川のメルアドに送ってもらうことにし、宮下に礼を言うと、岳が食事代を払ってファミレスの外に出た。

「石原弘司さんに会いたいですね」

早速、浅川がそう呟く。

もちろん、ニーナが去ってからの石原氏の動向などを宮下が知るわけもなく、そちらは空振りだった。

石原氏に会えば、いろいろなことが明らかになる予感がした。

ニーナも、桐山も、それからギジも、それぞれが何か隠し事をしている。

　すると、自分の存在意義はいったい何なのだろう。

　前に桐山が喩《たと》えていたように、ミダス王の髪を切った理髪師が秘密を叫んだ木の洞《うろ》のようなものなのだろうか。ドイツ語もよくわからず、旧東ドイツの事情にも疎《うと》い、でくの坊のような日本人には、確かに最適の役回りだ。

　そう考えると、岳は何やら腹立たしくなってきた。

「辿れるかな」

「石原さんの行方ですか？　今のところはちょっと、どう調べたらいいか……」

　社宅だったというなら、今も同じところに住んでいるわけがない。転職先の資材メーカーも倒産しているのなら、足跡を辿るにも糸は途切れてしまっている。

「悪いね。仕事も忙しいだろうに」

　浅川に頼りすぎなのはわかっていた。

「いえ。実はちょっと楽しいんです」

　だが浅川は、一緒に駅に向かって歩きながら、にっこりと笑ってみせた。

　それを見て、岳の胸がどきりと痛む。

　少しだけ付き合って、もう別れた、男女としては終わっている関係だというのに、まるで初めて浅川を女性として意識したような妙な感覚だった。以前にも、こんな感情を抱いたことはなかった。

「楽しいっていう言い方は、不謹慎ですね」

言ってからすぐに、浅川は慌てた様子でそう訂正する。

「いや、いいよ。でも、どういうこと」

「内藤さんのアシスタントとして、資料集めや取材のお手伝いをしていた時と似たような感覚というか……。お芝居とは直接、関係ないんですけど、不思議とやりがいを感じているんです」

「それはどちらかというと、本来の仕事に向けた方がいい意欲なんじゃない」

「そうですね。でも、依頼してきたのは内藤さんの方ですよ」

「ああ、そうだった。僕はお願いしていた立場だった。ごめんごめん」

状況とは裏腹の、妙に和《なご》やかな雰囲気が二人の間に流れる。

隣を歩いている浅川の手を握りたい気分だったが、さすがにそれは我慢した。

浅川と別れ、スカイツリーラインと名を変えた東武伊勢崎《とうぶいせさき》線を経由して、最寄りの東向島の駅に降りる。

日が暮れかけた道を、岳はとぼとぼと歩いて行く。

岳の実家がある団地は、地元の子供たちの間では「ゴジラ団地」と呼ばれていた。遠目に見ると、団地から突き出ている塔屋《とうや》が、何となく怪獣の頭っぽい形に見えるからだ。

合い鍵を取り出し、スチール製のドアを開いて玄関に入ると、醬油《しょうゆ》の焦《こ》げるような匂いがした。

「今日は遅いと思っていたから、あんたの分は作ってないよ」

岳がキッチンに入っていくと、夕食の準備をしている母親が、振り向きもせずに棘《とげ》のある感じでそう口にする。ドイツから帰国してきた直後は、あれこれ労《ねぎら》ってくれたりもしたが、そろそろ家の中での風当たりも強くなってきていた。

新しい仕事を探して、またアパートかマンションでも借りなければならない。

ドイツ行きを決める前は何とも思っていなかったが、そうなると学校の事務職員という堅い仕事を捨てたのが惜しく思えてくる。

「後で外に食いに行くよ」

短くそう答えて、岳は奥の居間に入った。

父は、まだ仕事から帰ってきていないようだった。

座布団を二つに折り曲げて畳の上に横になり、何の気なしにテレビのリモコンを手にして電源を入れる。ちょうど夕方からのニュースの時間で、どの局をザッピングしても、同じような内容の番組ばかり流れてくる。

その時、ふとポケットの中に入っているスマホが振動を始めた。

着信を見るとニーナだ。

思わず岳は、壁掛けの時計を見上げる。ドイツと日本の時差は八時間、日本の方が進んでいる。向こうは昼前といったところだろう。

「岳？」

耳を当てると、ニーナの声が聞こえてきた。掠《かす》れていて、妙な声だった。

「泣いてるのか？」

思わず起き上がり、キッチンにいる母親に聞こえないよう、岳はベランダに出た。

「桐山が今日、警察に連れて行かれた」

「えっ、どういうこと」

意味がわからず、岳は裏返った声を出す。

「リヒャルトが殺されたの。それで、疑われているみたい……」

まったく話が見えない。その件についても初耳だった。

「助けて……」

消え入りそうな声だったが、確かにニーナはそう言った。

どう返事をしたらいいかわからず、岳は暫《しば》し呆然とする。

「あんた外に食べに行くんじゃないの？　何だったらもう一人前チャーハン作るけど、どうする」

キッチンから母親の大きな声が聞こえてきた。

「いや、いい。ちょっと今、大事な話してるから黙ってて」

煩《わずら》わしく思いながら岳が返事をすると、「何よ」と不満そうな声がキッチンから戻ってきた。

「ごめん……。やっぱり岳に電話するべきじゃなかった」

電話口からニーナの声が聞こえてくる。

「いや、いいんだ。それよりも、桐山さんが捕まったってどういうこと？　それにリヒャルトが殺されたって……」

「ううん。もういいの。一人が怖かったから……。切るね」

「ちょっと待って……」

岳が止めようとする前に、先に通話が切れた。

慌ててこちらからかけ直すが、まったく出てくれない。

どうしたらいいかもわからずベランダに佇《たたず》んでいる岳の耳に、キッチンから米を炒める音が聞こえてきた。

三章

1

自分が今、ギーセン駅に立っていることが、岳には信じられなかった。

ほんの数日前には考えられなかったことだ。

この地を踏むのは二か月ぶりだったが、まるで何年もの時が経ったような気分だった。

あれから、ニーナにはまったく連絡が取れない。電話にも出ないし、メールを送ってもなしの礫《つぶて》だった。

かなり久しぶりに『R／J』の公演に関するウェブサイトも見てみたが、『404 Not Found』の表示になっていた。

これは何かあったと見るしかないが、余程《よほど》の大きな事件でない限り、ドイツのニュースが日本で報道されることはなく、詳しい事情は摑《つか》めなかった。

「桐山さんが籍を置いている大学の事務局と、在ドイツ日本大使館に問い合わせてみましたけど、桐山さんはヘッセン州警察で取り調べを受けたみたいです。逮捕ではなく任意同行の形みたいですね。もう解放されているようですよ」

例によって、岳がまごまごしているうちに、事情を伝えておいた浅川の方が確かな情報を引き出してきた。

「いったい何で？」

「わかりません。リヒャルトさんの件も、ちょっとわかりませんね」

ひと先《ま》ずは安心したが、桐山とはなかなか連絡が取れなかった。

「やあ、岳か」

やっと電話が繋《つな》がると、桐山の声は、すっかり憔悴《しょうすい》していた。

「やあ、じゃないですよ。警察で取り調べを受けたって聞きました。どうしたんですか」

「誰から聞いたんだ」

「ニーナです。かなり気が動転していたみたいですけど……」

「そうか」

桐山の声は億劫《おっくう》そうだった。

「リヒャルトが殺されたのは聞いたか」

「はい。どういう状況だったんですか」

「自宅のアパートメントで絞殺《こうさつ》されていた。僕はその直前くらいにリヒャルトのところを訪ねていたから、通報されたみたいだ」

「何をしに行ったんです」

「『R／J』の完成原稿が、リヒャルトに送られてきたらしいんだ。知っていたか？」

「いえ……」

岳の胸がどきりと痛んだ。自分のところにも原稿のコピーは送られてきており、そのことは桐山には伝えていない。

「そうか。それで一度は、延期されていた『R／J』をリヒャルトの演出で上演するという記事が新聞に出たんだ。その日だよ。リヒャルトが殺されたのは」

新聞を見て驚いた桐山も、事情を聞こうとリヒャルトの自宅に赴《おもむ》いたが、門前払いを食ったようだ。ドア越しに少し口論になったのと、東洋系の男だったということで怪しんだ近隣の人が、事件発覚後に目撃情報を警察に通報したらしい。

「『R／J』の原稿は？」

「そんなものはリヒャルトの部屋からは見つからなかったようだ」

自分の手元にも、それらしいものが、しかもニーナから送られてきていることを桐山に言うべきかどうか迷ったが、堪《こら》えた。

どうして自分がニーナとの約束の方を優先したのかは、よくわからない。

「ニーナはどうしてます？」

「さあ……」

気怠《けだる》そうな声が戻ってきた。こんなに張り合いのない桐山も珍しい。

「さあって、一緒にいるんでしょう？」

少しばかり苛立《いらだ》ちながら岳は言う。

「いや、今、僕はフランクフルト空港にいる」

確かに、電話口の向こうからは、ざわついた声や構内アナウンスのような音が聞こえていた。

「どういうことです」

「日本に戻るんだよ。大使館とか大学とか、方々《ほうぼう》に問い合わせてくれたお節介《せっかい》な人がいたらしくてね。さすがに警察に取り調べを受けたのはまずかった。両親にも連絡が行って、一時的に帰国せざるをえない状況になってしまった」

たぶん浅川のことだ。桐山が気づいていないのか、それとも知っていて皮肉で言っているのかはわからない。

「じゃあ、ニーナは一人きりということですか」

そのことの方が気に掛かった。

「そうだが、彼女も大人の女性だ。ショックは受けているようだったが、大丈夫だろう。それに僕も、この件に関わるのに少し疲れてしまった。手を引くことにするよ」

桐山が通話を切った後、暫《しば》しの間、岳は考え込んでしまった。

自分でも理由はわからなかったが、今、ニーナを一人にしてはいけないような気がした。


ギーセン駅からたっぷり二十分以上かけて歩き、桐山やニーナとシェアしていたアパートメントの前まで辿《たど》り着くと、岳は腕時計を見た。午後八時近くだった。

季節は七月に入り、日の入り時間が遅くなっているため、周囲はまだ明るい。

通りを挟んだ向かい側にある雑貨屋の前に立つと、外壁に赤い煉瓦《れんが》タイルを使用したアパートメントを岳は見上げた。階数と、角部屋からの窓の数を指先で数える。その部屋には、見覚えのある柄のカーテンが引かれていた。

本当なら、今頃はあの部屋で研修期間の満了を目の前にして、忙しく報告書の作成や帰国後の予定を岳は立てていたかもしれないのだ。

自分の中に眠っていた行動力に、我ながら岳は驚いている。

以前の研修の際は、渡航費も滞在費も国から金が出ていたが、今回は完全に自腹だ。現在の岳は、ただの無職で、これといった蓄《たくわ》えもなく親を頼るような余裕もなかった。

金を貸してくれたのは戸丸だったが、これで仮に『R／J』の日本公演が大成功して、岳に十分な演出のギャラが出たとしても、前借りの分で相殺だろう。

部屋のドアの前に立つと、少しだけ躊躇《ちゅうちょ》した後、ブザーを押した。

ニーナは大学の他にも、いくつかジョブを掛け持ちしていて、日中はアパートメントにいないことが多い。

もう一度、呼び鈴を押して、何もリアクションがなければ、一度ホテルに戻ってから出直そうと思っていたが、中でごそごそと人の気配がした。

ドア越しに、「誰？《Wer ist da?》」と、ニーナの声が聞こえた。

「僕だよ。内藤だけど……」

日本語で答えた方がすぐにわかると思い、岳はそう言った。

「ガク？」

困惑したような声が聞こえ、鍵を開ける音がした。

ドアが内側に開き、こちらの顔を確認するようなニーナの顔がドアチェーン越しに見えた。

「何でドイツにいるの？」

ニーナは当惑していた。電話には出てくれなかったし、メールでは一応、ギーセンに行くことは伝えていたが、見ていないようだった。

「心配だったんだ。ほら、あの電話……」

「それだけ？」

信じられないといった表情でニーナは岳の顔を見ている。

思っていたよりも、ニーナは平常に見えた。これならわざわざドイツまで飛んでくる必要もなかったかと思い、岳は拍子抜けした。

電話口でのニーナがあまりに弱々しかったから、何かあるかもしれないと思ったが、取り越し苦労だったか。

「入る？」

「いいの」

「何で？　ここにはガクの部屋もあるでしょう」

構わないようだったので、岳は中に入った。

ニーナは気を利かせてキッチンでコーヒーを淹《い》れ始めた。何となしに、岳は自分が住んでいた部屋のドアを開く。

中の様子は以前と同じままだった。クローゼットほどしかない広さの殆《ほとん》どを占《し》めている木製のベッドと、岳が作った吊《つる》しの本棚。後はサイドテーブル程度の小さな机が一つ。

「ガクが戻ってくるまで、そのままにしておこうって、キリヤマが」

背後からニーナが声を掛けてくる。岳は部屋のドアを閉め、ニーナと向かい合ってテーブルに着いた。

「リヒャルトが死んだらしいね」

「うん。一応、私もお葬式には行ってきたわ。嫌いだったけど、死なれるとやっぱりね。少しの間だけだったけど、お付き合いしてたこともあるわけだし……」

「えっ、そうなの」

「キリヤマから聞いてなかった？　じゃあ、言わなきゃよかったかな……」

コーヒーを冷ますために息を吹きかけながら、ちょっと困ったような顔をしてニーナは言った。

「リヒャルトの何がよかったのかと思ってるんでしょう？　私だって不思議よ。でも、ギジの演出助手のようなことをやっていて、才能があるように見えたし、私にも優しかったのよ。最初はね」

リヒャルトがニーナに妙に馴《な》れ馴《な》れしかったり、演出家として執拗《しつよう》にニーナに絡《から》んだりしていたのは、そのせいか。

「でも、だんだんリヒャルトの人間性というか、幼稚さや嫉妬《しっと》深さが透けて見えてきて嫌になって別れたの。そうしたら付きまとわれるようになって……」

肩を竦《すく》めてニーナは言う。

「私が住んでいたWG《ヴェーゲー》にまで押しかけてくるようになったから、キリヤマに頼んでルームシェアするようになったのよ。彼がゲイだっていうのは知っていたしね」

WGというのは、日本でいうところのシェアハウスのようなものだ。

「リヒャルトの演出で、延期されていた『R／J』を上演するっていう発表があったらしいね。日本では情報が少なくて、詳しいことは知らないんだけど……」

「ああ、それね」

ニーナが頷《うなず》く。

「演劇人としての名誉《めいよ》回復のために必死だったんだと思うわ。それであんなことを……」

「あんなことって？」

岳が問うと、ニーナは少し困ったような表情を見せた。

「今は話せないわ」

「リヒャルトのところに、『R／J』を送ったのも君か？」

「違うわ」

「そもそも、あの『R／J』は本物なのか？　本物だとして、何で君が持っていたんだ」

「それも今は話せない」

「じゃあ、いずれは話してもらえるのか」

「そうね」

そう答えたニーナの視線は、迷うように宙を泳いでいる。

「話せる時が来るならね」

どういう意味か問いたかったが、そうさせない雰囲気がニーナにはあった。

「話したくないところは答えなくていいよ。あの公開稽古《げいこ》の時の事故だけど、あれは君が狙《ねら》われたのか」

「そうね。たぶんそうだと思う」

「誰がやったんだ」

「もうそのくらいにしておいて」

溜息《ためいき》をついてニーナは答える。

「やっぱり弱気になってガクに電話するべきじゃなかったわね。ガクってもう少しドライな人だと思ってたから、まさかドイツにまで飛んでくるとは思わなかったわ」

「僕だって、自分が今ここにいることに驚いている」

岳がそう言うと、ニーナは少しだけ口を開いて笑った。

「今日はもう、そういう話はしたくないわ」

「わかった」

そう答えるより他なかった。

「……ところでガクは、この後、どうするの」

「実を言うと、はっきり決めていないんだ」

今回のドイツでの滞在期間がどのくらいになるのか予測できなかったので、割高だったが復路の航空券はオープンチケットにし、ホテルもひと先ず今日と明日しか押さえていなかった。

「じゃあ、ギーセン滞在中は、ここにいれば」

事情を伝えると、ニーナはあっさりとそう答えた。

「ホテルに荷物を置いてある」

「じゃあ、取りに行こうよ」

そう言うと、ニーナは着替えのために自分の部屋に入って行った。

「桐山がゲイなのは前に話したわよね」

ホテルの地階にあるパブで簡単な夕食を済ませると、ニーナの方から口を開いた。

「ああ」

岳は頷く。

「じゃあ、ギジもそうだったのは知ってる？」

「いや……」

そうなのではないかと察してはいたが、はっきりとそう聞かされるのは初めてだった。

「でも、ギジは旧東ドイツ《DDR》時代に結婚しているよね」

「奥さんは亡くなっているわよ」

「それは知ってる。君が送ってきた『Ｒ／Ｊ』の原稿にも書いてあったよね」

冒頭のシーンが、まさにそれを暗示させる内容だった。

「やっぱり、送った原稿はちゃんと読んでない？」

「僕の語学力ではとても……。桐山さんに協力してもらわないと」

忸怩《じくじ》たる気分だったが、正直に岳は言った。

「それはいいのよ。でも、そのこともあの原稿には書いてあるわ」

薄々、そうなのではないかと思っていた。

あれを読むことができれば、『R／J』を巡るあらゆることの答えが書いてあるような気はしていたのだ。

桐山が読めば、全てが解決するだろう。だがニーナは岳を選んでそれを送ってきた。悔《くや》しいが、そこにはきっと、岳ではすぐに内容を読み解くことができないだろうという意図があるに違いなかった。

運ばれてきたシュナップスを岳は呷《あお》る。桐山の真似をして注文してみたのだが、存外にアルコール度数が高く、急激に酔いが回ってきていた。

取るものも取りあえずギーセンまで来てしまったが、話しているうちに、岳はまたわからなくなってきた。ニーナのことを信用していいのだろうか。桐山も何かを疑っていたようだし、何かまだ隠していることがニーナにはあるような気がした。

「『R／J』の日本での公演の準備はもう始まってるんだ。その時は、ニーナにも協力して欲しいんだ」

だが、口から出てくる言葉は裏腹だった。

「前にも言ってたね。広報とか通訳として？」

「それもあるけど、できれば出演もお願いしたい。僕は、その……日本での知名度も今ひとつだし、正直、ギジの作品の上演は重荷だけど……」

「嬉しいけど、無理だと思うわ」

そう言ってニーナは微笑んだ。

「……そうか」

何だか愛の告白をして振られたような、気まずくて妙な空気だった。

気がつくと、ずいぶん遅い時間になっていた。

アルコールのせいで、旅の疲れが、どっと噴出してきた。

だが、ニーナをアパートメントまで送っていかなければならない。

「ちょっと部屋で休んでいってもいい？」

ニーナも少し飲み過ぎたのか、気分が悪くなってきたようだった。

炭酸水のボトルを二つ買って、岳はニーナを伴《ともな》い、ホテルの部屋に戻った。

酔いを覚ますためにシャワーを浴びたいとニーナが言い出したので、岳は何の味もしない炭酸水を半分ほど飲み干すと、靴を脱いでベッドに仰向《あおむ》けに寝転がった。

脳はアルコールで痺《しび》れてしまっており、こめかみの辺りを、ずきずきとした拍動《はくどう》が襲《おそ》い始めている。

気がつかないうちに、岳は眠りの深淵《しんえん》の中にいた。

元々、アルコールには弱い方なのに、強い酒を立て続けに飲んだせいだろうか。

疲れと酔いのせいで、鉛《なまり》のように重くなった体の上で、何かが蠢《うごめ》いているのに岳が気がついたのは、おそらく深夜のことだ。

ホテルの部屋の中は暗かった。ベッドサイドにあるランプが、ごく小さな明かりを点《とも》している。

その薄暗がりの中に、白い人影が浮かんでいる。金色の髪が上下に揺れていた。

最初のうち、岳はまだ自分が寝ぼけているか、何かの幻覚でも見ているのかと、朦朧《もうろう》とした気分のまま考えていた。

金縛りのようになった岳の体の上で、規則正しく、短く息を切らしながら動き続けているのは、全裸のニーナだった。

もうすでに始まっているというか、なかったことにはできないところまで事は進んでしまっているようだった。のしかかっているニーナの体の重さは心地良かった。ベッドの上に仰向けになった岳の両肩を、マットレスの上に押しつけるように両手を乗せ、ニーナは腰を動かしている。よく見ると、臍《へそ》のすぐ上辺りに、まだ新しい刺し傷の痕があり、それが妙に痛々しかった。

「うう……」

岳は短く呻《うめ》き声を上げる。何が起こっているのかわかりかけてきても、体は痺れたように動かなかった。

岳が意識を取り戻したことに気がついたのか、ニーナが前屈《まえかが》みになって岳の唇を塞《ふさ》いできた。上下の歯を押し開くように、舌が口腔《こうこう》に入り込んでくる。流れ込んでくる唾液《だえき》はアルコールの味がした。

そのこと自体は不快ではなかったが、岳は胃酸が込み上げてくるのを必死に我慢していた。いくら飲み過ぎたとはいっても、ベッドの上で嘔吐《おうと》などしたら最悪だ。それも口づけしている最中に。

岳が苦しげにえずいたせいか、ニーナが慌てて顔を離す。

そして小さく「ごめんなさい」と呟《つぶや》いた。

その戸惑《とまど》った様子と、声音《こわね》の優しさだけで、岳はもう、あれこれと考えずにニーナに身を任せる気になってしまった。

さらにニーナは耳元で何か囁《ささや》いたり問い掛けたりしてきたが、岳はそれが日本語なのかドイツ語なのかすらも判別がつかないほど前後不覚になっており、いつの間にかまた、気絶するように眠っていた。

翌朝、ベッドで目を覚ました岳は、天井でゆっくりと回っている扇風機《せんぷうき》を仰向けになって眺めたまま、猛烈な自己嫌悪に陥《おちい》っていた。

疲れと酔いの中で見た夢だったと思いたいところだが、周囲の状況からすると、どうもそうではないようだ。

岳は全裸で、ベッドの周りには脱いだ衣服が散乱している。岳のものだけではない。ニーナの着ていたものもだ。

部屋の中にニーナの姿はなかった。音がするから、たぶんシャワーを浴びているのだろう。

頭の内側をハンマーでがんがん叩かれているような酷い頭痛がした。

昨晩あったことが合意の上で行われたことなのかも、まったく思い出せない。ニーナの方も酔っていて、不覚を取ったのかもしれない。

少なくとも今までは、同じアパートメントで部屋をシェアしていたとはいっても、主に桐山を頼りにしていた岳と、ジョブや大学での授業、ギジの公演などで忙しかったニーナとの間には、それほど深い付き合いはなかった。

二人きりで話をしたのは、待降節《アドベント》の頃に稽古帰りのニーナに付き合ってクリスマス市へ買い物に出掛けた時と、彼女が入院した際に見舞いに行った時を含めても、数回程度だ。アパートメントで顔を合わせることがあっても、お互いに素っ気なく、本当にただの同居人という感じだったのだ。

どんな顔でシャワーから出てくるニーナと対面すれば良いかも岳にはわからなかった。ニーナが出てくる前にと思い、荷物の入ったスーツケースから新しい下着と衣服を引っ張り出して、岳は着替える。

ホテルに備え付けのバスローブを羽織《はお》ったニーナが、タオルで髪を拭《ふ》きながら出てきたのは、岳が服を身に着け終えた直後だった。

「起きた？」

ニーナは、割合にさっぱりとした表情を浮かべている。

笑顔ではないが、かといって怒ったり困惑している様子もない。どう思っているのかは、顔色からは読み取れなかった。

「着替えるなら、シャワーを浴びてからにすれば良かったのに」

「えーと……」

どう返事をしたらいいかわからず、岳は口籠《くちご》もった。

「ガクがシャワーを浴びている間に、私も服を着ておくから、その後に話し合いをしましよう」

「話し合いっていうと……」

「だから、昨晩のことについてよ」

そう言うと、ニーナはドレッサーの前に座り、髪の毛を乾かし始めた。

岳は観念してシャワーを浴びてくることにした。雰囲気からすると、甘い話にはならなそうだ。

一度着た服を、わざわざもう一度脱いで、岳はシャワー室に入った。扉の向こう側から、ニーナがドライヤーを使う音が聞こえてくる。

カーテンを閉め、ハンドルを温水側に最大に捻《ひね》っても、生ぬるい水しか出てこなかった。

まずいことになったと岳は思っていた。ニーナの周辺についても探らなければならないのに、これでは本末転倒だ。浅川にどう報告したらいいかもわからない。いや、暫《しばら》くは黙っているしかないだろう。

ニーナの冷静な感じが逆に怖かった。この後は、訴えるとか責任を取るとかの話になるのだろうか。

できれば永遠にシャワーを浴《あ》び続けていたいところだったが、そうもいかず、岳は腹を括《くく》って部屋に戻ることにした。

　ニーナは昨晩と同じ地味なカーキ色のカットソーにジーンズ姿でベッドの縁に腰掛けて脚を組み、スマートフォンの画面を眺めていた。

「長かったね」

　操作していた指を止め、ニーナが顔を上げて岳の方を見る。

「その……実を言うと、昨晩のこと、よく覚えていないんだ」

「ふーん」

　岳がそう言うと、ニーナは思惑《おもわく》を測るように、じっと見つめてくる。

「何をしたかは覚えてる？」

「何っていうと……」

「だから、セックス。まさかその記憶もないとか言わないよね」

「いや、覚えているよ。うん。確かにしたと思う」

　しどろもどろになる岳に、ニーナは軽く溜息をついた。

「えーと……。ちゃんと僕は避妊したのかな」

「ヒニンって？」

　ニーナがきょとんとした表情を浮かべる。

どうもその日本語は、ボキャブラリーに入っていないらしい。

「だから、赤ちゃんができないようにというか……」

かといって岳も、それに当たるドイツ語が思い浮かばず、慎重に言葉を選びながら言う。

「ああ、そのことね。私、ピル飲んでるから大丈夫よ」

ニーナはあっさりとそう答えた。

「カフェで朝ごはんでも食べない？　勝手に泊まっちゃったから、ホテルの人に怒られるかもね」

ベッドから立ち上がり、ニーナは軽く衣服の埃《ほこり》を払った。

「後で岳の荷物をアパートメントに運ばないと」

そして付け加えるようにそう言った。

岳は戸惑う。ニーナの住むアパートメントでの滞在はもう無理かと思っていたのだ。

「いいの？」

「昨日、いいって言わなかったっけ？」

そう言ってニーナは首を傾げてみせた。

2

「それ、何か盛られてません？　大丈夫ですか」

ノートパソコンの画面の向こう側で、呆《あき》れたような表情を浮かべて浅川がそう言った。

「そんなに泥酔した内藤さん、見たことないですよ。気をつけてくださいね」

「わかってるよ」

ばつの悪い気持ちで岳はそう答えた。

確かに芝居の打ち上げなどで痛飲することはあっても、記憶が吹っ飛んだり、前後不覚になるような酔い潰《つぶ》れ方は、今までしたことがない。

ニーナの態度は不可解だった。岳なりに、ニーナと関係を持ったことについては責任を取るつもりでいたが、ニーナの方から改めて追及もしてこない。昨晩のことが、本当に夢の中での出来事か記憶違いだったのではないかと思えてくるくらいだ。

アパートメントの部屋に戻ってきても、ニーナは以前と同じように自分の部屋に籠もって岳には干渉してこない。

ニーナが出掛けた隙に、岳は桐山との連絡手段に使っていたのと同じインターネット電話のビデオ通話機能を使って、日本にいる浅川と話していた。

もちろん浅川には、ニーナとの間に何があったかまでは話していない。一緒に食事をして酒を飲んだが、その後の記憶が殆どなくて、ホテルの部屋でダウンしていたと伝えただけだ。ホテルの部屋にニーナが来たことすらも言っていない。

「そちらの方の進展は？」

「進展というか何というか……」

浅川が、ごそごそと何かを探しているような動きをした。背景には白いクロスが張られた壁と、本棚があった。多肉植物の小さな鉢植えも置いてある。

下北沢にある浅川が一人暮らしをしているマンションから、ネットに繋げているらしい。そういえば、この部屋には日本戯曲文学賞の選考会の日の夜に、一度だけ行ったことがあったことを岳は思い出した。あれからもう、一年と八か月ほど経つのだ。

岳は自己嫌悪に襲われた。いくら何でもだらしなさすぎる。

「前に幕張でお会いした宮下さんから、小さかった頃のニーナさんの写真が送られてきました」

浅川の方はあっさりしたものだった。

「古いアルバムの中から探してくれたみたいです。後で画像ファイルにして送りますから、見てください」

その時、玄関のドアの鍵を開く、がちゃがちゃといった音が聞こえてきた。

岳は狼狽《うろた》えた。ニーナが出掛けてから、まだ三十分も経っていない。大学の授業か、ジョブにでも行ったのだと思っていたが、どうやら近所に買い物にでも出ていただけらしい。

共有スペースであるダイニングテーブルの上でノートパソコンを開いていた岳は、急いで浅川との通信を切り、シャットダウンしようと思ったが、ニーナの方が早かった。コーヒー屋のロゴが入ったタンブラーと、紙袋に入った何かの食料品を手にしたニーナが部屋に入ってくる。

慌ててパソコンの蓋《ふた》を閉じたりしたら、それこそ怪しい。

画面の向こう側にいる浅川に、「ニーナが帰ってきた」と岳は短く伝えた。勘のいい浅川は、それだけで状況を察したのか、小さく頷いた。

「あら」

傍《かたわ》らまで来たニーナが、液晶ディスプレイに映っている浅川の顔を見て、声を上げた。

「えーと、アサカワさん？」

「ニーナさんですね。ご無沙汰《ぶさた》しています」

礼儀正しく浅川が画面の中で頭を下げる。

考えてみると、この二人は、例のラウイッシュホルツハウゼン城での公開稽古の際に、ほんの挨拶《あいさつ》程度に言葉を交わしただけだ。

ニーナは手にしているものをテーブルの上に置くと、椅子を引き寄せてきて岳の隣に座った。

「ガクのガールフレンドだっけ？」

「いえ。もうお付き合いはしていません」

手の平を前に出し、きっぱりとした口調で画面上の浅川が答える。

「何の話をしていたの？」

ニーナが岳の方を見た。息の香りが感じられるほどに顔が近い。

その口調や表情に、何かを疑ったり訝《いぶか》しんだりしているような気配は、少なくとも表面上は感じられなかった。

「いや、ちょっと打ち合わせというか何というか……」

言い訳めいた口調で岳は言う。

「ニーナさん、日本語上手ですよね」

「ありがとう」

素直に笑みを浮かべながらニーナが答える。

「やっぱり、いずれはこちらに留学しようとか、暮らしてみる計画とかを立てているんですか」

何も事情を知らないような、自然な様子を装《よそお》って浅川が言う。

これは完全に演技だ。大根すぎて役者を諦め、劇作家に転向した岳とは雲泥《うんでい》の差だ。浅川が芝居を辞めてしまったのが、いかにも惜《お》しく感じられる。

「そうね。何となく考えてはいるわ。キリヤマとルームシェアしていたのも、なるべく日本語を話してボキャブラリーを鍛《きた》えておきたかったからだし……」

「私よりもニーナさんの方が、語彙《ごい》が豊富かもしれませんよ」

そう言って浅川は、にこにこと笑っている。

前に桐山が言っていた浅川の印象を思い出し、岳は背筋が粟立《あわだ》つ思いだった。

「ニーナさんって、小さい時は日本に住んでいたんですよね。こちらにお友だちとかいるんですか？」

浅川が仕掛けてきた。

「今も連絡を取っている人はいないわ」

ニーナが答える。

「じゃあ、ご親戚とかは？」

「パパが……」

言いかけたニーナが、ちらちらと岳に目配《めくば》せしてくる。

悪気がないふうを装って詮索してくる浅川に、少し困っているようだった。

岳は察しの悪いふりをして受け流す。そっぽを向いて口笛を吹きそうになり、慌ててやめた。これだから自分は役者に向いてないのだ。

「お父様がこちらにいるんですね」

「ええ。もう何年も会ってないけど……」

「ニーナさん、日本で『R／J』を上演する時にはいらっしゃるんですよね？　じゃあ、ご招待しましょうよ」

「そういえば、お父さんがどこに住んでいるか、ヘルガさんに聞いておくって前に言ってたよね」

少し迷ったが、岳はそうフォローを入れた。

「うん。ちょっと体を壊して、実家に戻っているみたい……」

「どちらなんですか」

すかさず浅川が口を挟《はさ》む。

「静岡だけど」

「じゃあ、東京までの交通費とホテル代は、制作に掛け合って私が出させます。任せてください」

浅川は、えっへんといった感じで胸を張ってみせる。

そんなキャラクターじゃないだろうと、画面に突っ込みを入れたくてうずうずしたが、岳は我慢した。

「段取りは私がやりますから、後で隣にいる内藤さんに、連絡先とか伝えておいてください。内藤さん、お願いしますね」

引き際も絶妙だった。これ以上、しつこく問い質《ただ》したら不自然になる。

「日本で会えるのを楽しみにしています」

そう言って浅川は通信を切った。

「アサカワさんって、可愛い感じの人ね」

溜息をつきながら、ニーナが呟く。

岳は無言でノートパソコンの蓋を閉じた。

「ランチを買ってきたんだけど、一緒に食べる？」

テーブルの上に置きっ放しの紙袋を見て、思い出したようにニーナが言った。

「僕の分もあるの？」

「うん。一応……」

ニーナは紙袋の中身を取り出し始めた。薄切りにしたハムや野菜やチーズなどを挟んだ、個別に包装されたベーグルが、三つ四つ出てくる。

「話した方が良かったかな」

「何を？」

「だから、その……」

「ああ、そのことね」

心なしか、ニーナは少し憂鬱《ゆううつ》そうだった。

浅川にあれこれと父親のことについて聞かれたからだろうか。

「ガクはどう思ってるの？」

「僕は……」

言いかけて、岳は困ってしまった。

ニーナがきちんとした形で付き合いたいと言うならそうするし、あれは間違いだったかならなかったことにしたいと言われればそうする。要するに、自分としてはどうしたいのか、よくわかっていないというのが正解だった。

ぎこちない雰囲気のまま、二人はベーグルを食べ始めた。

「お父さんに会えるといいね」

「さあ……いいのかどうか」

「会いたくないの？」

「少なくとも私から連絡する気はないわ。それに向こうが会いたがらないかもね。私、捨てられたみたいだし」

どういう意味だろう。

「まあ、向こうが会いたいって言ってくれるなら……会ってもいいけど」

何やらニーナは煮え切らない感じだ。

「そもそも、岳の公演の時に、日本に行けるかどうかもわからないし」

「まだ日程もはっきりしていないのに、そんなこと言うなよ」

岳は苦笑いを浮かべる。キャストやスタッフとして協力することも、やんわりと断られたから、興味がないということだろうか。

カフェでウェイトレスのジョブがあるとニーナが出掛けて行った後、岳は自室に戻り、ニーナから教えられた父親の連絡先を浅川に伝えるため、ノートパソコンを開いた。

ソフトを起《た》ち上げると、浅川からもメールが届いており、画像ファイルが添付されていた。

そこには、ハローキティがプリントされたピンク色のタンクトップを着た、まだ幼いニーナがいた。

写真の中のニーナは、金色の髪を三つ編みに結《ゆ》っている。

一見してコーカソイドだとわかる風貌《ふうぼう》だ。年齢は十歳くらいだろうか。

ピンク色のタンクトップに短パン姿でビーチサンダルを履《は》き、うっすらと水に覆《おお》われている灰色の砂の上にしゃがみ込んでいる。

傍《かたわ》らにはプラスチックの小さなバケツが置いてあった。手には熊手《くまで》が握られているから、やはり宮下が言っていた潮干狩《しおひが》りの最中のスナップだろう。

短パンから覗《のぞ》いている脚は、棒のように細かった。カメラを構えている相手を見上げ、笑顔を浮かべている。

撮影したのは写真を趣味にしていた宮下の父親らしいが、同じものを焼き増しして、ニーナにも渡している筈《はず》だということだった。

3

自分の部屋の狭いベッドで目を覚ました岳は、暫くの間、ぼんやりしていたが、壁を挟んだニーナの部屋からは、今日も人気《ひとけ》が感じられなかった。

カフェでウェイトレスのジョブがあると言ってニーナが出掛けていってから二日経つ。ラウイッシュホルツハウゼン城で泊まり込みで稽古をしていた時を除けば、今までニーナが外泊してきたことはなかった。

もちろん、お互いに大人だし、ルームシェアしているだけだから、わざわざ外泊すると断る必要もない。

それでも二晩連続となると、さすがに心配になってくる。岳が眠っている深夜の間に戻ってきている気配もない。岳は眠りは浅い方なので、物音などがすればすぐに目が覚める。

ベッドから起き上がり、岳は共有スペースであるダイニングに出た。

岳もこの二日ほどの間は、食料を買いに出掛けたりする以外は部屋から出ていないが、その間に出入りしている様子もなかった。

ニーナの私室のドアを岳はノックする。やはり中から返事はない。

岳は少し迷った。彼女の部屋の中を調べてみるべきだろうか。

留守中に勝手に部屋に入ったら、ルームシェアの重要なルール違反だ。岳の心配が杞憂《きゆう》だったら、ニーナは怒るに違いない。下手をすると、このアパートメントを追い出される。

ドアノブに手を掛けて回してみると、鍵は掛かっていないようだった。だが、それを押し開くのは泥棒《どろぼう》か覗《のぞ》きでも働いているようで躊躇《ちゆうちよ》があった。あと少ししたら戻ってくるかもしれない、正午まで待ってみようかなどと迷っているうちに、数時間が過ぎた。

後で文句を言われたら、誠心誠意、謝ればいい。そう考え、岳は実際よりも数段重く感じられるそのドアを開いた。

中は、岳の部屋の五倍くらいの広さがあった。とはいっても、岳の部屋が狭すぎるだけなので、標準的な間取りだ。

必要以上に緊張しながら、岳は部屋に足を踏み入れた。考えてみると、このアパートメントには何か月も住んでいたが、ニーナの部屋の中がどうなっているのかを見るのは初めてだった。

綺麗に片付けられており、ベッドにはモスグリーンの単色のシーツが掛けられている。

本棚にはドイツ語と日本語の本が半々。壁には造り付けのクローゼットがあった。ベッドサイドや棚の隙間、壁の空いている場所などには、小さな写真立てや鉢植え、動物や漫画のキャラクター人形などが飾られていた。思っていたよりも女性っぽい部屋だった。何よりも、いい香りがする。

枕代わりの大きなクッションの傍らに、ハローキティの縫《ぬ》いぐるみがあった。岳は何となくそれを手にする。色はくすんでいて、ところどころ縫い直した跡がある。かなり古い物で、大事にしている様子が見て取れた。

ベッドやクローゼットのある一角とは反対側の壁に、机があった。蓋《ふた》の閉じられたノートパソコンと、スマホなどを置いて使うタイプのドック型デジタルオーディオ。それに封筒が一枚、置いてあった。

表書きには、「ガクへ」と書いてある。

慌ててそれを手にし、岳は中身を開いた。

『もし、わたしに何かあったら、「R／J」は、キリヤマときょう力して上えんしてください。それから、ホテルでのことはごめんなさい。じぶんでもよくわからないけど、ガクと何かおもい出がほしくて、あんなことをしてしまいました』

書かれていたのはそれだけだった。

漢字は不得手《ふえて》なのか、まるで子供のような平仮名の多い文章が痛々しく感じられた。

もっと早く部屋の中を調べるべきだった。

そう思っても、後悔は先に立たない。もうかなり時間が経ってしまっている。

ニーナはどこに行ったのか。

他に手掛かりがないか、部屋の中を探してみたが、何もなかった。

ノートパソコンも起動してみたが、パスワードでロックされており、中身を確認できない。

ニーナがジョブで働いていたカフェに問い合わせてみようかと思ったが、よく考えると連絡先どころか店の名前も知らなかった。

わたしになにかあったら、とはどういう意味だろう。

嫌な予感がして、岳は自分の部屋に戻るとインターネットを使ってドイツのニュースサイトを調べてみたが、関連しそうな記事はない。考えてみると、ニーナの身に何かあって、身元が判明しているなら、このアパートメントに警察なり何なりから連絡がないわけがない。

迷ってから、岳は桐山の携帯に電話を掛けた。

ニーナの命に関わることだったら、すでに後手に回っている。

「ガクか。どうした」

桐山の声が出た。ガクはさっと時計を見る。日本はまだ、夜の八時から九時といったところの筈だ。

「今、日本ですよね？　連絡先を教えますから、浅川に会ってもらえますか」

「何だよ、藪《やぶ》から棒《ぼう》に」

「彼女に『Ｒ／Ｊ』の完成原稿のコピーを預けています。すぐに読めるような量じゃないかもしれませんが……」

こちらに来る前に、原稿は浅川に託していた。実家に置いておいたら、冗談抜きで古紙回収にでも出されそうな気がしたからだ。

「いや、待てよ。どういうことだ」

桐山が困惑するのも無理はない。だが、おそらくその原稿の中に、答えが書かれているに違いないのだ。

「僕も今ちょっと、うまく説明できません。また後で連絡します」

そう言って、ひと先ず通話を切った。

他にやれることはないか。

そう考え、苛々しながら岳は部屋の中を歩き回る。

十分と経たず、今度は浅川から電話が掛かってきた。

「何かあったんですか？　今、桐山さんから電話がありましたけど……」

「うん。悪いけど、桐山さんに会って、例の原稿、渡してくれないか」

「それなんですけど、今、出先で……」

「どこ？」

「静岡です」

「えっ、それはつまり……」

「はい。日中に石原弘司さんに会ってきました」

考えてみると、今日は週末だった。

「わざわざそっちまで行ったの？」

「はい。顔を見て話さないと、メールや電話では大事な話はしてもらえないと思って。静岡なんて新幹線に乗っちゃえば一時間くらいですしね」

浅川は飄々《ひょうひょう》と言うが、驚くような行動の早さとフットワークの軽さだ。

「それで、ついでなんですけど、早めに耳に入れたいことがあって……」

「手短に頼むよ」

「わかりました。ニーナさんの母親のヘルガさんですけど……」

病院で会ったヘルガの顔が岳の脳裏《のうり》に思い出される。

「やはり、ギジさんの大学時代の友人の娘さんのようです」

ハーゼ氏のシュタージ・ファイルに出てきた東ドイツ在駐の日本人とは、石原氏のことだったようだ。

「ゲルハルト・ファジェーエフ氏というそうですけど、ご存じですか」

名前が言いにくいのか、メモでも読み上げるような口調で浅川が言う。

聞いたことのない名前だった。桐山なら何か知っているだろうか。

「桐山さんとは、明日、東京駅で待ち合わせしましたけど、こういうことも伝えてしまっていいんでしょうか」

「うん。構わないよ」

浅川に礼を言い、ひと先ず岳は通話を切った。

ニーナの祖父とギジが大学時代の友人だったとするなら、そのことをギジは知っていたのだろうか。

そこでふと、以前に少しだけ心に引っ掛かったことが思い出された。

理由はわからないが、ニーナは父親である石原氏を避けている様子があった。苦手に感じているか、距離を置いているといった方が当てはまっているかもしれない。

両親が離婚していて母方に引き取られたにも拘わらず、どうしてニーナはイシハラ姓を名乗っているのだろうと浅川が疑問を呈《てい》したこともあった。

もしかすると、それはギジに対して素性《すじよう》を隠すためだったのではないか。

そんな考えがふと頭を過《よ》ぎった。

ニーナが、ギジが教鞭《きようべん》を執《と》るギーセン芸術大学の応用演劇学科に入学し、学生としてギジの周辺にいたのは、ただの偶然なのだろうか。

次々に新たな考えが巡り、頭がくらくらした。では、意図があってニーナがギジに近づいたとするなら、その目的はいったい何だったのか。

その時、部屋の玄関ドアを叩く音がした。

一瞬、ニーナが戻ってきたのかと思ったが、それならドアをノックする必要などない。鍵を開けて勝手に入ってくればいいだけだ。

玄関に行き、魚眼レンズ越しに覗くと、知っている顔が見えた。

ルドルフ・イエーガーだった。ギジの運転手だ。

岳はチェーン錠と鍵を外し、玄関のドアを開いた。

相変わらずの仏頂面《ぶっちょうづら》で、イエーガーは中に入ってもいいかと礼儀正しく尋ねてくる。

何の用かと思ったが、追い返す理由もなかったので岳はイエーガーを招じ入れることにした。

ダイニングに入り、コーヒーでも飲みますかと言いながら振り向いた時、強烈なボディーブローが鳩尾《みぞおち》にめり込んだ。

息が詰まり、岳は膝《ひざ》から崩れ落ちる。胃の中の内容物が込み上げてくる。明らかに素人のパンチではない。

イエーガーは懐《ふところ》からナイフを取り出すと、それを岳の顔に突きつけた。騒いだら舌を切り落とすみたいなことを言っているようだった。声が低く早口で、何を言っているのか完全には聞き取れなかったが、それが却《かえ》って岳の恐怖を煽《あお》った。口の中に布きれを突っ込まれてガムテープで塞がれ、手足を縛られている間も、岳は抵抗せず、なすがままでいるしかなかった。

それからの一時間弱は、異常に長く感じられた。

イエーガーは、各部屋を丹念に家捜ししている。収穫があったのかなかったのか、ニーナの部屋と岳の部屋にあったノートパソコンを持参してきたバッグに詰め、岳のポケットからスマホを奪って、これもバッグに入れた。

そして、縛られて床に転がっている岳の顔に再びナイフを突きつけると、ゆっくりとした聞き取りやすい発音で言った。

「抵抗せず、大人しく付いてくるならニーナに会わせてやる」

4

「抵抗せず、大人しく付いてくるならニーナに会わせてやる」

　ドイツ語があまり堪能ではないらしい、この岳という日本人に向かって、イエーガーはよく聞き取れるように簡単な言葉を選んでゆっくりと語りかけた。

　リヒャルトの時のように、ここで殺してしまってもよかったが、それではニーナが悲しむ。通報されると困るから、面倒でも一度、ベルリンまで連れて行くしかないだろう。

　どちらにせよ、この岳という青年もそこで死ぬことになるかもしれないが。

　ヘルガにせよ、ニーナにせよ、何故、こんな東洋人に魅力を感じるのか、イエーガーには理解できなかった。もっと言えばギジもだ。あの桐山とかいう、にやけた男のどこがいいのか。

　岳が頷いたので、手足を拘束している紐《ひも》と、口を塞《ふさ》いでいるガムテープをイエーガーは外した。瞳には恐怖の色が宿《やど》っているから、表に出た途端、騒ぎ出すようなことはないだろう。

騙《だま》して連れ出した方が遥《はる》かに楽だったが、ドイツ語が殆ど通じない相手ではどうにもならない。拉致や誘拐を一人で行うのが難しいのはわかっていたが、シュタージ時代のように協力者がいるわけではないから、これは仕方なかった。

必要以上に凶器を見せびらかして相手に恐怖心を植え付けるのは、流儀に反するのであまり好きではなかったが、いつでも刺せるぞというアピールで、ナイフを握ったままポケットに手を入れていることを何度か示す。

逃げ出さないように岳の手首を握り、イエーガーはアパートメントの外に出た。

表に停めてあったギジのアウディの後部座席に岳を押し込むと、イエーガーも同じく後部座席に滑《すべ》り込んだ。用意していた結束バンドを渡し、自分の足首を縛るように身振りで指示すると、岳は素直に従った。続けて後ろを向かせて手首も結束バンドで縛り、細工しておいたシートベルトで座席から動けないように固定する。少し迷ったが、猿轡《さるぐつわ》はやめておいた。車が走り出せば、大声を出しても無駄だ。それに、ナイフによる脅《おど》しよりも、ニーナに会わせてやるという言葉の方が効いたのか、岳は無駄な抵抗はせずにじっとイエーガーの様子を観察している。

この後は、休憩なしの数時間のドライブでベルリンに向かわなければならない。

人通りがないのを確認して後部座席から一度降り、イエーガーは運転席に座るとエンジンを掛けた。

　この先は破滅しか待っていないのに、旧東ドイツ時代のことを思い出し、どういうわけか気分は高揚《こうよう》している。国家にはずっと不満を持っており、最後は手酷《てひど》い形で裏切られたというのに、しつけの行き届いた犬のように、体にシュタージの職員だった頃の記憶が染《し》み着いているのだ。

　ウィンカーを出し、イエーガーは車を出発させた。安全運転はお手のもの。壁の崩壊後、ギジの運転手として雇《やと》われてからは、ずっと無事故無違反の模範ドライバーだ。

　一時間ほど運転して車がアウトバーンに乗って安定走行に入り、少し気分も落ち着いてくると、イエーガーの脳裏に、あのリヒャルトとかいう青年のそばかすだらけの顔が思い出された。

「あなたが何者だか知っていますよ」

　ルードウィヒ通りにあるリヒャルトの自宅を訪ねていくと、彼は少し狼狽《うろた》えた表情を見せたが、そう言ってイエーガーを歓迎した。

「心から同情します。あなたこそ本当の天才だ。それに比べて、あのギジとかいう老いぼれときたら……。どうりで、僕の才能がわからなかったわけだ」

　これまでにも、イエーガーはこういう面構《つらがま》えをした連中を何人も見てきた。

自惚《うぬぼ》れと不満。自信と嫉妬。媚《こ》びと自尊心。孤独に文章と対峙《たいじ》するより、サロンでビールやワイン片手に仲間と議論するのを好む輩《やから》だ。

初めて会った頃のギジも、こんな顔をしていた。

「手癖《てぐせ》の悪いことをしたことはお詫びします。でも、どうしても読みたいという衝動を抑えられませんでした。この戯曲は発表されるべきだ。そして僕には、それをやるだけの力があると自負しています」

イエーガーは頷いた。

「君のことを認めよう」

「僕に任せてください。ギジが演出するよりも、ずっといい舞台を作ってみせますよ」

リヒャルトはそう言ってのけた。都合の悪いことは忘れる性分のようだ。

ただのギジの運転手だと思われていた時に、何度、この若造に軽くあしらわれたことか。

「これを発表すれば、僕の演劇人としての名誉は回復される」

結局はそんなことか、とイエーガーは心の中で思った。

君の名誉なんかと釣り合いが取れるような安い戯曲ではないのだよ、リヒャルトくん。

「ワインがあります。乾杯しませんか」

仏頂面を崩さないイエーガーに、少々戸惑った様子を見せながら、リヒャルトがキッチンに向かおうとした。

その時、表からドアを叩く音がした。

冷蔵庫の中から瓶《びん》を取り出そうとしていたリヒャルトが、舌打ちをする。

「ちょっと失礼」

そう言うと、イエーガーの横を通り過ぎてドアの方へと向かった。

「キリヤマか。何の用だよ」

リヒャルトの声が聞こえてくる。

イエーガーは準備していた手袋を嵌《は》め、ポケットの中に用意している細身のワイヤーを確認する。

「新聞を読んだ。『R／J』を上演するっていうのは本当か」

ギジとべったりだった、あの日本人の声だ。

その新聞記事を見て、イエーガーもここを訪ねてきたのだ。

お気の毒様。ひと足遅かったたな。

君の手で発表されるのがベストだと思って、あの時はまだ書きかけで完成していなかった原稿の一部を渡したが、キリヤマ、君は慎重すぎた。

事情が変わったのだ。この戯曲は回収しなければならない。

テーブルの上に置かれている原稿の束に、イエーガーは一瞥《いちべつ》をくれる。

「参りましたよ。今、追い払いました」

「誰だ」

「ギジの周りに集《たか》っていた、蠅《はえ》のような日本人ですよ。ご存《こ》じでしょう」

気の利いた冗談でも言ったつもりなのか、リヒャルトが媚びた笑いを浮かべる。

ドア口で少し揉《も》めていたようだから、これは都合が良かった。初動で警察の目を逸《そ》らせるかもしれない。

再びキッチンへ向かおうとしたリヒャルトの背後から、イエーガーは襲いかかった。

音を立てたり血を流したりはなるべくしたくないと思っていたが、リヒャルトは思っていた以上に華奢《きゃしゃ》で、子供の頃、七面鳥を絞《し》めた時よりも簡単に息絶えた。

ニーナからどんな男かは聞いていたから、顔に唾《つば》を吐きかけたい気分だったが、それは我慢した。

証拠や手掛かりになるようなものを残していないか細かく確認し、手袋を着ける前に手で触れたところを念入りにハンカチで拭《ぬぐ》うと、テーブルの上の原稿の束をカバンに詰めてイエーガーはアパートメントの外に出た。古い建物だから、監視カメラがないのは確認済みだ。表通りも同様。幸い、部屋から出るところを他の住人に見られることもなかった。

これでギジは納得してくれるだろうか。

イエーガーはそう考えた。ヘルガは無事だろうか。

どうして自分はこの期《ご》に及んで、警察に駆け込むこともなく、ギジの言いなりになっているのだろうかとイエーガーは思った。

ギジには、何度、裏切られたかわからない。

だが、その度に、あの人懐《ひとなつ》こい笑顔に誤魔化されて許してきてしまった。

——誰に導かれてここに来たの？

——愛だよ。愛が君を探せと促したんだ。

アウディのハンドルを握りながら、イエーガーは、ロミオとジュリエットの科白《せりふ》を口ずさんだ。

気がつけば、目からは涙が溢《あふ》れていたが、運転している最中なので上手く拭うことができない。こんなみっともない姿は、誰にも見られたくなかった。

ルームミラーを使い、イエーガーは後部座席にいる岳を確認する。観念したようにじっと目を閉じており、動こうともしない。

イエーガーの頭に、若かった頃のギジの姿が思い浮かぶ。

「君は暗い男だな、ファジェーエフくん」

初対面の時、ギジにそう言われたことをイエーガーは思い出す。

そう、あの頃の自分は、まだゲルハルト・ファジェーエフだった。

ルドルフ・イエーガーという名前は、壁の崩壊後にギジに運転手として雇われてからの偽名だ。

ルドルフ《Rudolf》・イエーガー《Jaeger》。

――『R／J』。

スポーツに打ち込んでいて逞《たくま》しかったファジェーエフとは違い、ギジは背も低く、折れるように細く繊細な体をしていた。出会ったのはライプツィヒ大学の寮だ。相部屋になったのだ。

ドイツ社会主義統一党《SED》の幹部の家に生まれ、厳格に育てられたファジェーエフと違い、庶民の家に生まれたギジはいつも冗談ばかり言っていて、ファジェーエフの目には乗りの軽い、明るい男に見えた。演劇のような軟弱なものに没頭《ぼっとう》しているのも、当時のファジェーエフとしては理解し難いことだった。

だが、似通《にかよ》ったところが少しもない二人は不思議と気が合った。半年もすると、寮の部屋で真夜中に及ぶまであれこれと話し込むようになり、かなり際《きわ》どいことも打ち明け合うようになった。

ファジェーエフの主な話は、国家や党と、父親に対する不満だった。今思えば、まだ若く、そして青かったのだ。表立っては絶対に誰にも言えない不満を、ギジにだけは話すことができた。

ギジはファジェーエフの話を面白がった。それだけでも心が救われる思いがあったが、さらにギジは、それを芝居の台本に纏《まと》めることを勧《すす》めてきた。

ファジェーエフは躊躇した。それならば、ビューヒナーの『ヴォイツェック』を上演する予定があるから、それに沿って脚色すればいいとギジは提案してきた。問題が起こったら、戯曲の独自解釈であって党や政府への批判ではないと言い張ればいい。それでも渋るファジェーエフに、何かあったら自分が全ての責任を取ると請《う》け合った。いざとなったら、ギジが書いたということにすればいい。二人とも、事を甘く見ていたのだ。

台本の準備のために、深夜まで共同で作業をする日が続いた。

自分が同性愛者であるとギジが告白したのは、その過程でだった。こんなことを人に話すのは初めてだと、ギジは言った。

ギジの自分への好意に友情以上の気持ちがあることを知り、ファジェーエフは戸惑ったが、そう思ってくれるのは嬉しいと答えた。ファジェーエフが党や政府の不満をギジに話すことによって救われたように、ギジの心にも何かの救いがあったのか、彼は涙を流した。その時の涙には、嘘はなかったのだと今もファジェーエフは信じている。

二人がただの友人以上の関係になるまで、それからさほどの時間は要さなかった。それは党や政府への不満以上に、二人にとって、絶対に他者に知られてはならない大きな秘密となった。刑法一七五条で禁止されていた同性愛が、東ドイツで合法化されるのは一九六八年になってからである。それ以前は、同性による性交渉は犯罪だったのだ。

書き上がった台本を、まるで二人の間に出来た子供のように思ったことを、ファジェーエフは今でも鮮烈に覚えている。

その台本は、『ヴォイツェック』の形式を借りてはいても、まったく内容の異なる代物《しろもの》だった。ドイツ社会主義統一党《SED》への怨念にも似た批判や皮肉に満ちており、ヴォイツェックを断頭台に送る民衆は、当時の反ソ暴動の労働者たち、首を斬られる人物は、書記長だったヴァルター・ウルブリヒトを暗示していた。

自信を持って稽古場に提出されたその戯曲は、その日のうちに出演を予定していた学生の通報により大学当局に知られ、ギジは逮捕された。謄写《とうしゃ》版で刷られたフライヤーは全て無駄になり、出演者やスタッフに配られた台本は、ほぼ全てが回収された。それは幻の作品、幻の舞台となった。二人の子供である戯曲は堕胎《だたい》されたのだ。

　実際に台本の殆どを執筆したのはファジェーエフだったが、逮捕されたギジは自分が一人で書いた作品だと供述した。

　同室だったファジェーエフはギジが何を書いていたかは知らず、稽古場で台本が配られるまで、その内容を把握していなかったということになった。ギジに誘われて学生の遊びのような芝居への出演を気安く引き受け、迷惑を被ったような形だ。

　ギジが密告者《IM》の宣誓を行ったのは、この初めての逮捕の時だった。過酷な取り調べに加えて実刑をちらつかされ、釈放と引き替えに取り引きに応じてしまったらしい。

　ギジには、東ドイツに対する反政府的な思想など最初からなかった。ファジェーエフと親しくなりたい一心で、話を合わせていただけだったのかもしれない。

　社会主義者であったギジの父親は、ゲシュタポに逮捕された後、表向きは親ナチスに転向した。大戦後は再び社会主義に鞍替《くらが》えし、東側に留まったが、不満が募《つの》ると今度は西側に移住してしまった。本当のギジは、政治的なイデオロギーには無関心だった。馬鹿にして冷笑していたと言ってもいい。

　一方のファジェーエフは、党幹部であった父親に従って、大学卒業後は国家保安省に入省し、今度は自分が反政府的な人間を狩る立場となった。

二人は、国家の犬に成り下がったのである。

ポツダム法科高等専門学校、通称シュタージ大学と呼ばれる諜報《ちょうほう》学校を出たファジェーエフは、自らの希望で劇場や演劇関係者の検閲《けんえつ》などを担当するようになった。

その頃のギジは小さな新聞社に勤めており、作家同盟に所属して短編小説や詩やエッセイを細々と発表していたが、ギジが自分で書いた作品は、まったくの鳴かず飛ばずだった。ミューズの神はギジに才能を与えなかったのだ。

大学を放校された経緯から、ギジは反社会的な劇作家と目されていたが、それを慕《した》って仲間や同志のような顔をして集まってくる同業者や俳優、小説家や詩人などを、ギジは心から嫌っていた。IMだったギジは、ファジェーエフに手柄を立てさせるために、次々とそのような連中を密告した。

ファジェーエフが書いた戯曲を、ギジは自分の名前で発表した。ギジは何度か逮捕されたが、その都度、シュタージへの協力者だということがわかると釈放された。反体制的な劇作家だという名声が上がるほどに、ギジの周りには同様の芸術家たちが集まるようになり、密告によって次々に逮捕された。

ギジの存在は、少し特殊だった。言うなれば寄せ餌《え》のようなものだ。

何度も問題を起こしているギジが、旧東ドイツで作品を発表し続けられた背景には、そんな理由があったのだ。貧窮《ひんきゅう》した時代があっても、どこかで必ず目こぼしがあり、ギジは演出の仕事などで食いつないでいる。

あの頃のギジには、確かに自己犠牲の気持ちがあった。自分より遥かに才能がある、そして身分を明かすことのできない恋人が作品を発表できるよう、己がスケープゴートになろうという献身的な覚悟があった。そうでなければ、当局に目をつけられ、何度も逮捕されるような損な役回りを引き受ける筈がないのだ。あの頃は、ギジやファジェーエフだけでなく、誰もが東ドイツという国家がなくなるとは、夢にも思っていなかったのだ。

二人の間には、守らなければならない秘密が二つあった。一つは、ヘルムート・ギジの戯曲の本当の作者がファジェーエフであること。そしてもう一つは、二人が愛し合っているということだった。

だが、二人の蜜月も、そう長くは続かなかった。

親同士の取り決めで、ファジェーエフは党幹部の娘と結婚することになったのだ。

ギジも劇団の女優と偽装で結婚することにしたが、これが擦《す》れ違いの始まりだった。

ファジェーエフは女性を愛することはできなかったが、子供を作ることはできた。

心から妻を愛しているように振る舞える抜け目なさを持ち、妻との間に出来た娘……っまりヘルガのことだが、それを愛することもできた。ファジェーエフはそういう男だった。

一方のギジは、自分を偽《いつわ》ることのできない人間だった。芸術家たちが多く住むプレンツラウアー・ベルク地区にアパートメントを借りて夫婦生活を初めても、子供を作るどころか、妻には指一本も触れようとしなかったのだ。

その頃のギジは貧窮はしていたが、徐々にその名を西側でも知られる存在になっていた。

これも二人の間に溝をつくる原因となった。身代わりのつもりだったものが、そちらの方が注目を浴び始めてしまったからだ。

ギジには劇作家として名を成したいという野心があった。一度は諦めたその思いに、再び火が点《つ》いてしまったのだ。元々はギジがファジェーエフに気に入られたいがために始めたことが、その頃にはファジェーエフがギジに好かれるために原稿を書くような、主従逆転が起こりつつあった。お互いに妻を持つようになって以来、ギジの態度が徐々に冷たくなっていったからだ。

東側はもちろん、西側でもギジの戯曲は著作権管理局の許可が下りず、出版は難しい状況だった。噂《うわさ》ばかりが膨《ふく》れあがり、西側の人間もギジに会いに来るようになった。新聞記者であったミハエル・ハーゼ氏とギジが知り合ったのも、この頃だ。

ＩＭであったギジは、出会った者たちの言動や行動について密告を続け、自宅の盗聴すらシュタージに許した。

時にギジは、変装したシュタージの職員を自宅に招き入れたり、パブのような場所で会ったりもしていたが、その中には旧友であるファジェーエフの姿もあった。

ギジを監視し、時には密告を受ける立場だったファジェーエフがギジに会っていたとしても、それを他の何者かに監視され、密告される恐れはないように思えた。

だが、ギジの妻が、そんな二人の関係を嗅《か》ぎ付け、告発しようとしたのだ。


「つまらない夫婦ですよ。夜の営みすらない」

盗聴と録音機材の置いてあるギジの部屋の隣室にファジェーエフが入って行くと、シュタージの若い職員は、肩を竦めてそう言った。

「ギジは？」

「帰宅していません。今は部屋に細君が一人です」

ファジェーエフは頷いた。

「そのサンドウィッチ、食べかけでよければどうぞ」

そう言い残して若い職員が外套《がいとう》を羽織って出て行くと、ファジェーエフはヘッドホンを装着した。

サンドウィッチを頬張《ほおば》りながらデッキのスイッチを切り替え、ファジェーエフは録音されたギジの声と、テーブルの上に置かれたファイルの内容を確認する。

音声を再びギジの部屋に戻すと、盗聴用のマイクから、ギジの妻の鼻歌が聞こえてきた。掃除でもしているのだろうか。

ファジェーエフは腕時計を確認する。

正確を期するため、ギジとは前日に、時計の針を秒針まで同じに合わせておいた。

犯行はファジェーエフが監視のシフトに入った時間に確実に行われなければならない。

パサパサの黒パンで挟まれたサンドウィッチを、飲み物なしで苦労して喉の奥に流し込もうとしているうちに十五分が経った。予定通り、ヘッドホン越しにギジの帰宅が確認された。

「新しい台本が書けた。読み合わせをしたい。手伝ってくれないか」

ファジェーエフはオープンリールのボタンに手を掛ける。

ギジから渡された、タイプライターで打ち出された原稿を、妻が読み始める。内容は、ほぼ独白《モノローグ》だ。

「盗聴しているのね？　わかってるわよ」

それはファジェーエフが書いた科白だった。

「ＩＭだってことも知ってる。たくさんの仲間を裏切ったこともね」

反体制派の劇作家だと目されているギジが、いかにも書きそうな内容の科白だから、ギジの妻は疑う様子もない。ごく自然に演じている。科白を噛《か》んだり、読み直したりするようなこともなかった。

少しでも妙なところがあれば、この日の犯行は中止にするつもりだったが、今のところは百点をやりたいような完璧な演技だった。

「録音してるんでしょう？」

本人も、まさか本当に録音されているとは思うまい。

「でも、お生憎《あいにく》さまだったわね。私を逮捕しようったって無理よ。もう私はＤＤＲにさよならすることにしたの。永遠にね」

上出来だ。

ファジェーエフはオープンリールの停止ボタンを押した。

後は分担作業だ。

ファジェーエフは虚偽のファイルをタイプライターで作成し、ギジは妻に、梁《はり》にロープを掛けて首を吊る演技をさせ、椅子を蹴った。

5

どれだけの時間、イエーガーの運転する車の後部座席に座っていたのだろうか。

岳が運転席の時計を見ると、もう午後八時を回っているようだったが、日の長い時期に差し掛かっていたので、まだ空は夕刻のような色合いだ。

イエーガーは一度車の外に出ると、岳を乗せた時と同じように、後部座席に入り込んできた。また何か恫喝《どうかつ》めいたことを言っているようだが、ニーナに会えるまでは我慢するつもりだった。途中で逃げ出したり、人に助けを求めたりすれば、もうニーナには会えなくなるかもしれないと岳は感じていた。

シートベルトを外され、手足を拘束していた結束バンドをペンチで切られると、手首にはくっきりと赤紫色の痣《あざ》が浮かんでいた。

イエーガーがまたナイフをちらつかせてきたが、もうわかったという意味で岳が舌打ちして頷くと、それを引っ込めた。

そこがどこなのかはわからなかったが、腕を摑まれ、引っ張られるように歩道を横切って、旧態依然とした石造りの古い建物《アルトバウ》の共同玄関をくぐり、埃っぽい階段を上がった。踊り場にごく小さな窓がある他は、明かり取りのようなものもなく、階段は薄暗かった。四階に出て、廊下の突き当たりにある黄色いペンキが塗られたドアまで歩いて行くと、イエーガーは呼び鈴を押した。

魚眼レンズで来訪者を確認したのか、中から鍵を外す音がした。

ドアが開き、そこに立っている男の姿を見て、岳は思わず声を上げそうになった。

ギジだ。

イエーガーは岳を突き飛ばすようにして部屋の中に入れると、素早く玄関のドアを閉めた。

直後、後頭部を強《したた》かに殴《なぐ》られる感触があった。

岳は床に昏倒《こんとう》する。打ちどころが悪かったのか、そのまま意識が混濁《こんだく》してきた。

いつの間にか、岳はとてつもなく広い舞台の真ん中に倒れていた。

床にはダンスやバレエで使われる濃いグレーのリノリウムが一面に張られていた。見上げると天井には、照明や大道具の仕込み用のバトンと、通路であるキャットウォークが縦横に張り巡らされており、照明機材で隙間《すきま》なく埋《う》め尽《つ》くされていた。

奇怪なのは、どちらの方向を見ても舞台袖も客席もなく、ただステージだけが際限なく広がっていることだった。

ところどころ、巨大なカーテンを思わせる白いジョーゼットが吊されていて視界を遮《さえぎ》っており、風もないのにふわふわと揺れている。奥の方は暗くなっていて、ステージのどん詰まりがどこにあるのかもわからない。

白いジョーゼットの布の間から、ふと人影が姿を現した。

こちらには目もくれず、緩慢《かんまん》な足取りで奥の暗がりに向かって歩いて行くのはギジだった。

慌てて岳はそれを追い掛けようとしたが、どういうわけかどんなに急いでも、のろのろと歩いているギジとの十数メートルほどの距離の差は縮まらなかった。

ギジが歩いて行く先に、別の人物の影が浮かび上がる。

照明の丸い明かりが床の上に描かれる。そこに立っているのは、旧東ドイツの国家人民軍の制服に似たものを着用しているギジの運転手……ルドルフ・イエーガーだった。

岳は心の中で舌打ちした。今時、注目させたい人物に真上からサスペンション・ライトを当てるとは、何とダサい演出だろう。

そんな岳の気持ちとは裏腹に、妙な芝居は進行している。

ギジはイエーガーの元まで歩いて行くと、懺悔《ざんげ》するようにその前に跪《ひざまず》いた。

ただの運転手だった筈のイエーガーは、雇い主の劇作家を冷たい目で見下ろしている。

そして搔《か》き消すように暗転。

不意に、背後から群衆の上げる叫び声が聞こえてきた。

驚いて岳は振り向く。

素舞台だったところに、いつの間にか具象でベルリンの壁の装置ができている。モブの俳優たちが何百人も、壁の上や、その周辺に群がっていた。いや、この人たちは本当に俳優なのか。これは舞台装置なのか。

そちらに向かって岳が足を踏み出すと、風景はその日のベルリンになった。十一月。吐く息は白い。みんな厚手のコートや上着を羽織っている。

どこからか持ち込まれたハンマーやツルハシが、壁を砕《くだ》く音。その度に上がる歓声。殺到する人たちの向こう側で、群衆に破壊された壁が音を立てて崩《くず》れていく。

その先にあったのは、暗い色合いをした海だった。

誰もいない灰色の遠浅《とおあさ》の砂浜で、ピンク色のタンクトップを着た少女が背を向けて、ただ一人、手にした熊手で一心に砂を掻いている。傍《かたわ》らにはプラスチック製の小さなバケツ。

うっすらと海水で濡れている砂の上に足跡を付けながら、岳はそちらに向かって歩いて行く。少女は夢中なのか、気配には気がついていないようだ。

　少女のすぐ背後に立ち、岳はその姿を見下ろした。三つ編みに結われた金色の髪の間に、細い首筋と項《うなじ》が見えた。

「ニーナ」

　肩に手を置こうとした時に、少女が振り向く。

　同時に、岳の意識は現実に引き戻された。

　白いタイルの貼られた床に、岳は横たわっていた。

　口にはガムテープらしきものが貼られており、手首は後ろ手に縛られ、同じように足首も拘束されている。服は倒れた時のままだが、濡れた床に寝かされていたせいで水を吸っており、化繊《かせん》のシャツが肌に張り付いていて不快だった。

　ひと先《ま》ずは生きているようだ。先ほどまで見ていたのは、幸いに煉獄《れんごく》や冥途《めいど》への道筋ではなかったらしい。

「ガク」

　声がして、朦朧《もうろう》とした意識のまま岳はそちらに顔を向けた。

　タイル張りの壁に背を預け、膝を折るようにしてニーナが座っている。やはり同じように後ろ手と足首を結束バンドで縛られている。スウェットの上下を着ているが、岳と違い、口は塞がれていない。

岳は辺りを見回す。二人が押し込まれているスペースは一坪ほどしかなく、壁の高い位置にシャワーヘッドが固定されていて、その下に水量調整用のハンドルがあった。周囲はシャワーカーテンで囲われており、床の端には排水口があった。金色の髪の毛が蓋の隙間に絡まっている。

意識を失ってから、どれくらい経ったのかはわからない。三十分か、一時間か、それとも半日だろうか。

「ガク、ごめんね。こんなことになるなんて……」

ニーナは半べそをかいている。

質問したいことがたくさんあったが、生憎、口を塞《ふさ》がれているので、呻《うめ》き声しか出ない。

ふと、半透明のシャワーカーテンの向こう側に人影が浮かび上がった。カーテンが横に開かれると、立っていたのはイエーガーだった。シャワールームの床に転がっている岳と、座っているニーナを順に見下ろす。

手にはニッパーのようなものが握られていた。何をするつもりかと、一瞬、岳は恐怖に駆られたが、イエーガーはニーナに声を掛けると、手足を拘束している結束バンドを断ち切った。

イエーガーはニーナを立たせ、シャワールームの外へ連れて行こうとする。憔悴《しょうすい》していて抵抗する気力も体力もないのか、案外素直にニーナはそれに従った。

気が気ではなかったが、特に悲鳴や、何か不穏なことが行われているような物音は聞こえてこない。

ざわついた気分のまま十分ほど経った頃、再びイエーガーが姿を現し、岳を立たせた。ニーナとは扱いが違い、結束バンドは外してくれない。ぴょんぴょんと跳ぶような滑稽《こっけい》な足取りで、岳はイエーガーに誘導されて行く。

案の定、ダイニングと思われる部屋にはギジが待っていた。

テーブルに着き、新聞らしきものを広げていたギジがこちらを見る。

同じテーブルにはニーナも着いていた。両肘をテーブルの上に突き、頭を抱えるような格好で俯いている。

岳はざっと部屋の中を見回す。調度品は、まるでタイムスリップでもしたかと錯覚させられるようなオスタルギーに満ちていた。

古い建物なので、まず天井がやけに高く、そのために部屋が実際よりも広く見える。壁はクロスなどではなく、白いペンキが塗られていた。ところどころ、ひび割れを修復した跡もある。造り付けの壁の棚には、今時あまり見かけないデザインのラジオ・カセットが置かれていた。窓際にはスプリングの固そうなソファも置いてある。何十年も大事に使われていることがわかるものばかりだった。

6

「まず最初に、日本に送られた『R/J』の原稿のコピーがどうなったのか聞いてくれ」

シャワー室から連れてきた岳を椅子に座らせると、ギジが新聞を畳んでテーブルの上に置き、さっそくニーナにそう指示した。

ファジェーエフは頭を抱えてテーブルに突っ伏したままのニーナを見た。ニーナは動こうとしない。通訳に使われるのが嫌なのだろう。

「頼む、ニーナ」

ファジェーエフがそう促すと、ニーナが鋭い視線で睨《にら》み付けてきた。

「裏切り者」

小さな声で、テーブルの傍らに立っているファジェーエフに向かって、侮辱の言葉を投げつけてくる。

誰にどのような言葉で罵《ののし》られても何とも思わないが、ニーナの口からだとファジェーエフは胸が痛んだ。

もう以前のような心安まる関係に戻るのは不可能だろう。

「口を塞いでいるものを先に外した方がいいんじゃないの。息が苦しそうだわ」

ニーナが言う。言われてみればその通りだ。

「外しても大声を出すなと言ってくれ」

渋々といった様子でニーナがファジェーエフの言葉を岳に伝える。

岳が頷くのを確認して、顔に手を添え、ファジェーエフはぴりぴりと端からテープを剝《は》がした。無駄に粘着力が強く、顔の皮膚が引っ張られる。

酸素を求めるように岳は大きく息を吸い、困惑したようにギジとファジェーエフ、そしてニーナの顔を順番に見比べた。

「岳の方も、聞きたいことが山ほどあるって言ってるわ」

今度は岳が口にした言葉を、ニーナが伝えてくる。

「それは無理もないが、今の君は質問をする立場ではない」

低い声でギジが言った。いつもの明るい調子はどこにもない。

岳の正面に着席し、ファジェーエフはゆっくりと口を開く。

「最初に、私が何者なのか教えておこう。ルドルフ・イエーガーというのは偽名だ。私の名はゲルハルト・ファジェーエフといって……」

ニーナを通じてその名前を聞いたとき、岳が少し眉を動かしたのが気になった。

「私が誰だか知ってるのか、聞いてみてくれ」

「ギジの大学時代の友人。それ以上は知らないって言ってるわ」

ファジェーエフは、少々、この岳という青年に興味が湧いてきた。

自分で調べたなら大したものだ。

「誰から聞いた」

岳からの返事を聞いて、ニーナがはっとしたような表情を見せた。

「何だ」

「パパから……聞いたって……」

「あのイシハラとかいう日本人か」

ファジェーエフの元からヘルガを連れて行ってしまった男だ。

元々、ファジェーエフは日本人との結婚には反対だった。

「お前たちの家族のことなど、どうでもいい」

苛ついた口調でギジが言う。

「先ほどの質問に戻ろう。『R／J』の原稿のコピーはどうなった」

岳が、ニーナに確認するように目配せする。

ニーナが頷くと、岳は口を開いた。

「日本にある。こちらには持ってきていないって」

「もうお終《しま》いだ」

大きな溜息をつきながらギジが頭を横に振った。

「いや、まだキリヤマの手に渡っていなければ大丈夫だ。どうなんだ、ニーナ」

ニーナが通訳し、岳に質問する。

ファジェーエフは日本語はわからないが、岳からの返事を聞いたニーナの表情が一瞬、強《こわ》ばり、視線が泳いだのを見逃さなかった。

「日本にいるガールフレンドの元に預けているって言ってるわ。どういうものなのかはわかっていない筈だって……」

何百人もの尋問を行ってきたファジェーエフの目には、ニーナが嘘をついているのは明らかだった。

「ギジ、提案がある。このガクという男に、そのガールフレンドとやらに連絡を取らせて、原稿のコピーをこちらに送らせよう」

「無駄だ。ガクは他にもハードコピーを取っているかもしれない」

「だが、取っていないかもしれない。やるべきことをやってからでないと、仮にここにいる全員を殺して自殺しても、真相は闇の中というわけにはいかないぞ」

「そもそもお前があんな戯曲を書いたのが悪いんだ！」

追い詰められたのか、とうとうギジが大声を出し始めた。

「声を抑えろ。近所の者が警察に苦情でも出したら、それこそ終わりだぞ」

「お前は家族など愛していないと言っていたじゃないか。だのに何故、私を追い込む方を選んだ」

強《こわ》ばった表情でニーナがファジェーエフを見る。

「君がＩＭとして、私を密告したからだよ」

抑えた口調でファジェーエフが言うと、ギジが青ざめた表情を浮かべた。

「私の『シュタージ・ファイル』を見たのか」

ファジェーエフは頷いた。

「特別法が施行されてすぐに申請し、ずっと手元に置いてあったようだね。君が書斎の棚の奥に隠していたのを見つけてしまった。ギジ、君が西側に亡命する前に、密告で私を売ったことが記録されていた。理由は何となく察しがつくよ」

ギジは西側で認められることを望んでいた。ハーゼに相談し、亡命を企《くわだ》てたが、そんなことをファジェーエフに相談しても首を縦に振る筈がない。

ギジはファジェーエフを捨てることにした。シュタージに密告し、ファジェーエフが東側での立場を失ってしまえば、戯曲の本当の作者が誰だったのかも、わからないままだ。

「君は私が同性愛者であること、党への不満を抱いていることを密告した。一番悲しかったのは、私が君にプレゼントした『１９８４』のことまで密告したことだ」

ファジェーエフは肩を竦める。

「ギジ、あれは君が読みたがっていたんじゃないか。手に入れるのに、どれだけ苦労したと思っているんだ。君に喜んでもらいたい一心だったんだ」

「先に裏切ったのはファジェーエフ、お前じゃないか」

消え入るような声でギジが言う。

「愛は二人だけのものではなかったのか。密告しようとしていた私の妻を、自殺に見立てて一緒に殺すような真似までしたのに、お前がお前の家族を愛し、立派な家庭を築いているのが口惜《くや》しかった」

「妻のことは愛していなかったよ」

「だが、娘のことは愛していただろう！」

そう言ってギジは、奥にあるベッドルームを指さした。

「知っているぞ。お前は娘が日本人と結婚することに不満を持っていた。孫娘が生まれたら、その気持ちはさらに募った。お前、壁の崩壊直後にあったことを、あのイシハラとかいう日本人に吹き込んだろう。それで離婚してドイツに戻ってくるように仕向けたんだ」

「待て、ギジ。その話はニーナの前ではやめてくれ」

「……それ、本当なの？」

黙って二人の口論を聞いていたニーナが口を開いた。

「私、パパとママが何で別れたのか知ってるわよ。物心ついた頃から、ずっと変だと思っていた。日本人とドイツ人のハーフで、私のような金髪碧眼が生まれてくるわけないもの」

ニーナの言葉で、ギジもファジェーエフも押し黙ってしまった。

「頭が痛くなってきた。少し休んで、後でまた続けよう」

ギジが立ち上がり、洗面所へと歩いて行く。

「ニーナ……」

「触らないでっ」

ファジェーエフの手を振り払い、ニーナが鋭く言い放つ。

「奥の部屋に引っ込んでいればいいんでしょう？　言っておくけど、ママとガクがいなかったら、とっくの昔に大声を出して助けを呼んでるわ。警察が来る前にナイフで刺されて殺されるとしてもね」

困惑した表情でやり取りを見ていた岳を立たせると、ニーナは肩を貸すようにして奥の部屋へと連れて行った。

背凭れに体を預け、ファジェーエフは深く溜息をつきながら、指先で強く目頭を押さえた。

ニーナとヘルガ、そしてギジの間で板挟みになっているのは、自分の優柔不断さのせいだ。

そろそろ、どちらかを選ばなければならないが、どちらにせよ殺すことになる。

自分の手で。

「あの二人、何を揉めてたんだ」

「くだらない痴話喧嘩よ」

岳の質問に、ニーナが吐き捨てるように答えた。

奥のベッドルームに入ると、そこにはヘルガがいた。

ベッドに手足を括《くく》り付けられ、身動きができないようにされている。

ニーナが労わるような口調でヘルガに優しく語りかける。私が何とかするというような意味のことを言っているようだが、ヘルガは目で頷くだけで返事ができないようだ。

「まったく状況が把握できないんだけど」

ベッドの縁に背を預けるようにして並んで座り、岳はニーナに言った。

「ファジェーエフ、動揺してたわ。私の手足を縛ったり、口を塞いだりするの忘れてるみたいだもの」

話しているのがダイニングに聞こえないよう、ニーナは声のトーンを抑えている。岳もそれに倣《なら》って小声になった。

「逃げる?」

「ママを置いて? まさか」

「じゃあ、僕の手足を縛ってるこれ、外してくれないか。向こうは老人二人だ。取っ組み合いなら……」

「本気で言ってるの? ギジはともかく、ファジェーエフはシュタージの元職員よ」

言われてみれば、岳はあっという間にイエーガー……いや、ファジェーエフにノックアウトされてここに連れて来られたのだ。

「それに、ハサミかペンチがないと、外せないわ、それ」

確かに、普通の紐ではなく結束バンドではどうにもならない。

「イエーガーさんが……その、ニーナの祖父だってこと、ずっと桐山さんにも黙っていたの」

「うん」

「何でさ」

「ヘルムート・ギジの戯曲の本当の作者はファジェーエフよ。『R／J』を書くようにファジェーエフに勧めたのも、私とママ」

岳は絶句した。

「さっきの言い合い……わかるわけないよね」

「ああ。早口すぎて何について口論しているのか、さっぱりわからなかった」

「あのね、私やママにとって、ギジはずっと、『恩人』だったの」

「どういうこと」

「私が生まれる前の話だけど、壁の崩壊前、ファジェーエフはシュタージに逮捕されているの」

「えっ、でも、ファジェーエフ自身がシュタージだったんじゃないの」

「そうよ。でも、ＩＭだったギジの密告で、反政府的な思想を持っていることを疑われた。同性愛者だったのも、党員としてはまずかったんでしょうね」

「でも、それが何で恩人になるのさ」

「ファジェーエフが逮捕された時、その妻……つまり私から見たらお祖母ちゃんに当たる人や、ママも捕まって取り調べを受けた。ママは日本人であるパパとの国際結婚を考えていたけど、それで一度は駄目になった。その時はね」

「そんな話、お母さんの前でしていいの」

　すぐ後ろのベッドの上で、大人しくじっとしているヘルガが気になって、岳は言った。

「大丈夫。ママは日本語は全然わからないから」

　そう言ってニーナは頷く。

「でも、それからすぐに壁が崩壊して、ファジェーエフも釈放された。だけど、多くの元シュタージ職員がそうだったように、ファジェーエフも新しいドイツでは職を失った」

　シュタージが解散したのは、確かベルリンの壁が崩壊した翌月だった筈《はず》だ。その後も本部には元職員たちが残り、ファイルをシュレッダーにかける虚《むな》しい作業を続けていたが、それも年が明けた一月、建物を市民に占拠され、事実上、シュタージという組織はこの世から消えた。

「失業して苦しい生活を強いられていた時に現れたのがギジだったのよ。それで、自分の運転手としてファジェーエフを雇った」

「偽名を使っていたのは？」

「旧東ドイツでは反体制の劇作家だったギジが、元シュタージの職員を雇っているなんて、どう考えても変じゃない。素性を知られて、いろいろ勘ぐられたりするのを避けたんだと思うわ」

「それで恩人なわけか」

「うん。壁が崩壊したことで、一度は立ち消えになったパパとの結婚の話が、また持ち上がった。ファジェーエフは大反対していたらしいけど……」

「何で？」

「ドイツ統一の混乱で、建設会社の東ドイツ支社の社員だったパパが、日本に帰国することになったからよ。ママのお腹には、もう赤ちゃんがいたから……」

「つまり、結婚してドイツを離れてしまうことに反対だったわけか。お腹の中の赤ちゃんって、君のことだろ」

「うん」

どういうわけか、ニーナの返事は消え入りそうだった。

「これ……誰にも話したことないんだけど……」

少し迷ってから、ニーナは言葉を続けた。

「もし、二人とも生きていられたら、絶対に秘密にできる？」

「ああ」

むしろ、生きていられたらというニーナの言葉の方が怖かった。

その可能性が低いから、最後に誰かに話しておきたいという衝動に駆《か》られているように思えたからだ。

「私、パパの子供じゃないと思う」

「え……？」

「壁が崩壊した翌年、東ドイツで囚人の恩赦《おんしゃ》があったの。多くは政治犯だったけど、解き放たれた者の中には、それ以外の連中もいた。例えばレイプ犯とかね。特にこの辺り……旧東側では人民警察《DVP》の機能も麻痺《まひ》していて、一時的に治安がすごく悪化していた。……あとは察して」

何と答えたらいいかわからず、岳は無言を返した。

「やがて妊娠が明らかになり、ママはパパと結婚して日本に移住した。そこで生まれたのが私」

ニーナは頭を左右に振る。

「でも、結局、上手くいかなくなって、私とママはベルリンに戻ることになったの。ギジはもう大学の仕事のためにギーセンに移り住んでいた。私はギジとは面識はなかったけれど、ずっと一家を救ってくれた立派な人だと聞かされて育ってきた。小さい頃から彼の下で演劇を学ぶのが夢だったのよ。ファジェーエフの孫娘だからといって妙に贔屓《ひいき》されたり、逆に避けられたりするのは嫌だったから、いち学生として公平に扱ってほしくて、イシハラ姓を名乗って学生生活を送っていた。でも、こんなことになるなんて……」

奥の部屋からニーナと、あの岳という日本人が小声で話しているのが聞こえてくる。

だが、ファジェーエフは放っておくことにした。終わりはもう近づいている。

シャワールームが空いたので、ギジは体を洗っていた。

岳を連れ出しにファジェーエフがギーセンに戻っている間は、ニーナやヘルガから目を離せなかったので、シャワーを浴びる機会もなかったのだろう。

水の音と一緒に、ギジが鼻歌で『コーラスライン』を奏でているのが聞こえてくる。

ファジェーエフがギジのシュタージ・ファイルを見つけたのは偶然ではなかった。特別法の施行後、当然、ギジはガウク機関でファイルの申請を行っている筈だとファジェーエフは考えていた。折を見て探していたのだ。心のどこかで、自分が逮捕された理由にギジが関わっているのではないかと疑っていたのかもしれない。

それを知ってから、ファジェーエフは深く落ち込んでいた。

ギジの妻殺しから、シュタージ時代のこと、ゴーストライターであった事実、ＩＭだったギジの裏切り。それらを告発する物語を書くことを決めたのは、ニーナに背中を押されたからだった。

ギジ戯曲の本当の作者は自分であり、恩人と思っていたギジの密告で逮捕されていたことを打ち明けると、ニーナは我がことのように怒り、そして泣いた。

それを作品にして書くべきだとニーナは言った。ヘルムート・ギジ……いや、ゲルハルト・ファジェーエフの最後の作品として。

ニーナから話を聞いたヘルガも、そうするべきだとファジェーエフを奮《ふる》い立たせた。

それが三十年もの月日を経て新作を発表しようとした理由だった。

ギジには何度も裏切られ、捨てられた。ファジェーエフは初めて、自らギジを捨てることを決意したのだ。

ファジェーエフが新作を書くと言い出した時、最初、ギジはとても乗り気で、無邪気に喜んでいた。タイトルは『Ｒ／Ｊ』だと告げると、本当の意味も知らずに、勝手に『ロミオとジュリエット』の翻案だと思い違いをした。だが、徐々にファジェーエフが何を書こうとしているのかわかってくると、ギジは戦《おのの》いた。それで『ロミオとジュリエット』との連続上演を行うなどと苦し紛れに言い出したのだ。

新しいテクストが一行も出ないのでは、稽古そのものが成立しない。そこで別の戯曲をやることで、ギジは時間を稼ぎ、その間にファジェーエフを説得しようとした。

公演初日のリミットは刻々と無情に近づいてくる。ギジは自分では戯曲を書けない。だが、ファジェーエフは方針を変えなかった。

そんな時、追い詰められたギジに、あのリヒャルトという若造が、余計なことを吹き込んだ。

あの男がニーナに付きまとっていたのは知っていたが、桐山とルームシェアするようになってからは治まったと思っていた。

だがリヒャルトは、こっそりとニーナのストーカーを続けていた。そのために、ニーナが働いているカフェにファジェーエフが通ったり、月に一、二度、食事をしているところを何度も見ており、それをギジに告げ口した。あなたの運転手と、ニーナという学生が、秘密で何か相談事をしていますよ、と。

リヒャルトが、ファジェーエフの正体や、ニーナとの関係を知っていたとは思えない。

どのような勘違いをしていたのかは知らないが、おそらくはただの嫉妬によるものだ。

ニーナはイシハラ姓を名乗っていたから、ファジェーエフの孫娘だとは、ギジは気づいていなかった。

ファジェーエフに戯曲を書くよう促しているのがニーナだと知り、ギジは愚《おろ》かな行動に出た。思えば、あの時にはすでに、ギジは自分の名誉を守るために腹を括っていたのかもしれない。

ジュリエットの自殺のシーンで、刃の上に体重をかけて倒れ込むという危険な演出を決め、そのシーンをニーナに演じさせることにした。

公開稽古の準備が整った前夜に小道具をすり替え、リヒャルトに電話をして不可解な配役替えの指示を出す。

それはギジのいない現場で、リヒャルトの意見など聞き入れられるわけがないと踏んだうえでの策略だった。仮に狙っていたニーナではなく、他の者が犠牲になったとしても、リハーサル中に死亡事故が起これば公演は中止せざるを得ないから、どちらにせよ目的の半分は果たせる。

配役を変える指示を出して、本人が現場にいなかったなら、意図的にニーナを狙ったものだとは考えにくくなる。

だが、そう上手く事は運ばず、ニーナは怪我をするに止まり、ギジはそのまま行方をくらましてしまった。

公演は延期となり、ギジを通じて発表するのは難しくなった。

これでは、ファジェーエフが自らギジ戯曲の本当の作者は自分だと名乗り、『R／J』を発表しても、狂言のように扱われて終わってしまう可能性があった。

そこでギジの車で見つかったような形にし、桐山に託してみることにした。何しろ彼はギジの研究者で、親しかった間柄だ。戯曲の一部を渡し、お墨付きで発表された後、失踪中だったギジが観念して出てきたところで残りの原稿を発表すればいい。そう思っていた。

だが、桐山は慎重すぎた。ベルリンなどに赴いて内容の調査を行い、いつまで経っても原稿のことを世に公表しない。大学に匿名《とくめい》で電話を掛け、桐山が原稿を所持していることを知らせたのはファジェーエフ本人だった。

『R／J』を完成させたファジェーエフは、最初に読んで意見を聞かせて欲しいと、それをニーナに託した。

ちょうどその頃、桐山もギーセンに帰ってきて、『R／J』の一部が見つかったことが、公演のウェブサイトやニュースサイト、小さく新聞でも発表された。

ニーナの感想を聞くのも、世間が驚くのを想像するのも、ファジェーエフは楽しみにしていた。

作品の内容は、ギジだけでなくファジェーエフの社会的な生命も絶つものだったが、自分はもう年を取り過ぎていた。最後の最後に、日の当たる場所に出られるのなら、それでいいとすら思っていた。明るい光を求めて火の中に飛び込み、焼け死ぬ羽虫のようなものか。

だが、偽名を使って泊まっていた潜伏先のホテルで新聞記事を見たギジは、思わぬ行動に出た。ベルリンに住むヘルガの自宅に押し入り、『R／J』の原稿を破棄するようにニーナを脅迫したのだ。

ファジェーエフは『R／J』を発表するのを断念することにした。

『R／J』のタイプ原稿を持参し、ニーナと二人でベルリンに赴いて、ギジと話をつけることにした。ヘルガに手を出していなければ、ギジもまだ引き返せる。

だが、ここでまた問題が起こった。

ニーナに付きまとっていたリヒャルトが、カフェで相談していた二人の会話を、隣の席で盗み聞きしていたのだ。

原稿は引き続きニーナが預かることにし、ファジェーエフは先に会計を済ませて帰った。

ニーナは席に残り、『R／J』の原稿に目を通し始めた。やがてニーナがトイレに立った隙に、リヒャルトは原稿を盗んで店の外に出た。

リヒャルトは『ロミオとジュリエット』での失敗の挽回に必死だった。

原稿を紛失したニーナとファジェーエフは慌てた。

ハードコピーは、ファジェーエフの手元にはなく、間もなくリヒャルトは、自分の演出で『R／J』を上演すると発表した。

ギジを告発する内容の戯曲なので、本人の許可を得る必要はないと判断したのだろう。

だが、これはギジ以上にファジェーエフの怒りに火を点けた。自分の作品を汚し、ヘルガの身を危険にさらすような行為だ。しかも原稿は盗まれており、それはリヒャルトの個人的な名誉回復という、卑小な事柄が目的になっている。

ギジが何かしらのリアクションが起こす前に、ファジェーエフは行動した。その方が、ギジを納得させやすいだろうと思ったからだ。

リヒャルトを殺し、原稿を取り返したが、これはニーナの心を深く傷つけ、動揺させてしまった。

ニーナはリヒャルトのことを嫌っていたが、それでも殺人はニーナにとってあり得ない手段だった。

そこに現れたのが、あの岳という青年だった。

「ガクが来てくれるとは思ってなかった。巻き込みたくなくて……」

ニーナが言った。

ジョブに行くと言って出掛けたまま、ニーナが帰ってこなくなった時のことだ。

「何で警察に届けなかったんだ」

岳は言ったが、ニーナがそうしなかった理由も想像はできる。

「ママがどんな状態なのかもわからなかったのよ。警察が訪ねていったら、通報したってことがわかってしまう。ギジがママを殺すのなんて簡単」

「本当にギジがそんなことをするかな?」

「あの人、過去に自分の奥さんを殺しているのよ」

確かにそうだった。

「それに私、ファジェーエフも怖くなっていた」

「リヒャルトを殺したからか」

ニーナが頷く。

「リヒャルトの件がなければ、ファジェーエフと二人で原稿のハードコピーを手にギジに会って説得するつもりだった。『R／J』さえ発表しなければ、公開稽古の件は私が被害者だから目を瞑《つむ》れるし、ママに何もしていなければ、ギジは原稿が書けなくて逃げ出し、暫く失踪していただけってことにも、あの段階ではできたのよ」

そんな時に、岳はいきなりギーセンに戻ってきたのだ。

今思えば、ニーナが着信やメールの受信を拒否していたのも、岳を近寄らせないためだったのかもしれない。

「もしかしたら私、騙されているのかもしれないと思った。ベルリンの実家に戻ったら、ママはもう殺されていて、私もリヒャルトみたいに殺されるんじゃないかって……」

そんな中、岳とのホテルでの一件があったのだ。

「でも、ママのことを放っておくわけにもいかない。それに私、すごく怖くて……」

並んで座っているニーナは、床を見つめたままだ。

「僕じゃなくてもよかったってこと？」

「ガクだから、恥ずかしかったけど無理したのよ」

呟くようにニーナは言う。

「死んじゃったら、もう会えないと思ったから」

「『R／J』の原稿のコピーを僕のところに送ってきたのは？」

「何かあるんじゃないかって予感があったの。私が一人で抱えているのは怖かった」

実際、ニーナの予感は当たった。原稿を盗んだリヒャルトは殺され、ギジはこのヘルガの自宅に押し入り、岳とニーナは今、こんな状況に置かれている。

「何で僕なんだよ……」

「ごめん。迷惑だったよね。本当にごめん……」

ニーナは今にも泣き出しそうだ。

「もっと早く、いろいろなことを話してくれれば、力になれたかもしれないのに」

「ガク……」

自分は、そんなに頼りなく見えるのだろうかと岳は思った。きっとそうなのだろう。

「ガクに日本と連絡を取らせてみよう」

シャワーから出てきたギジは、髪をタオルで拭《ふ》きながらそう言った。

「やはり桐山にだけは軽蔑されたくない。もう望むのはそれだけだ」

「どうするのかは決めたのか」

「私もお前も、もう老いぼれだ。晩節《ばんせつ》を汚《けが》すことはあるまい」

ギジはすっかり着替えも済ませていた。クローゼットの奥から引っ張り出してきたのだろうか、ファジェーエフがこの家に置いておいた服だ。白いポロシャツに、地味なグレーのスラックス。そしてジャケット。

「ここはヘルガの家だ。ニーナはヘルガの娘。お前はヘルガの父親。ガクはニーナのボーイフレンドで、私はお前の旧友で雇い主だ」

キッチンを横切り、ギジは旧東ドイツ製の大きくてうるさい冷蔵庫を開いたが、中身は殆ど空だった。

ギジは溜息をついて、何も取らずに蓋を閉めた。

「ホームパーティの最中に、全員、火事で死亡なんていうのはどうだ」

そう言ってギジは笑った。少し自暴自棄《じぼうじき》になっている。

ファジェーエフは奥の寝室へと続くドアを開いた。

ベッドの上にいるヘルガは大人しく静かに息をしている。

ニーナと岳は、そのベッドの縁に背を預け、寄り添うように座っていた。

「さっきの続きを始めよう」

ファジェーエフが言う。

ニーナは、支えるようにして岳を立たせた。

「なあ、ギジ。私たちのやっていることは、もう無駄だ」

ニーナと岳が、ダイニングの椅子に着くと、ファジェーエフは早速そう切り出した。

「おそらくニーナは嘘をついている。日本にある『R／J』の原稿は、もう桐山の手に渡っていると思った方がいい」

「な、私は……」

思わずニーナが声を上げた。

「さっきは、ガクに日本に連絡を取らせて原稿を送らせたらどうだと提案したが、我々には日本語がわからない。ガクに連絡を取らせても、それがどういう内容なのか確認の取りようがない」

ファジェーエフはポケットからナイフを取り出した。

部屋の中に緊張が走る。

ニーナか、岳か、それともギジか、誰かが唾を飲み込む音が聞こえた。

「考え直さないか、ギジ。もう君は八方塞がりだ」

「お前、どういうつもりだ」

「ここにいる全員が死んだって、もう解決にはならない。むしろヘルムート・ギジの名を汚すだけだ」

言い聞かせるような口調でファジェーエフは言う。

「あれこれ迷ったが、たぶんこれが最良だ。一緒に死のう、ギジ。私たち二人だけで十分だ。ヘルガやニーナ、それにガクを道連れにする意味はない」

「これでは、積み重ねてきたものを何もかも失ってしまう」

「いいじゃないか、ギジ。死んだ後のことなんて。世間の評価など、どうでもいい。ヘルムート・ギジという劇作家も、その作品も、私たち二人だけのものだよ」

無念そうにギジは首を左右に振る。

「ファジェーエフ、君の才能が妬《ねた》ましかった。客席に座って観ていると、いたたまれなくなる。最後まで舞台を正視し続けられないんだ」

「つらい思いをさせたね、ギジ」

「違うんだ。君の戯曲を粗末に扱おうと思った。だが、できなかった」

「私の戯曲ではないよ、ギジ。君との二人の戯曲だ。君がいてくれなかったら、私は書き続けられなかった」

「そんなことを言わないでくれ。余計に自分が惨《みじ》めになる」

ギジは目に涙を浮かべている。

「『ヴォイツェック』の台本を書いた時のことを覚えているかい。二人で初めて一緒に書いた台本だ」

ライプツィヒにあった、当時カール・マルクス大学と言われた学校の寮で、二人は寝《しん》食《しょく》も忘れて何日も徹夜し、ビューヒナーの残したテクストと格闘《かくとう》した。

「完成したのは早朝だった。まず君から握手を求めてきて、私がそれに応じた。それから、やり遂げたことを讃《たた》え合って、二人で抱き合ったじゃないか。『R／J』を書きながら、私はあの時のことばかり思い出していた。あの頃の君が帰ってきてくれないかと祈りながら、私は書いていたんだ」

「だが、あの台本は上演されなかった」

密告により、二人の自信作は闇に葬《ほうむ》られ、ギジは逮捕された。

「今度はきっと上演される」

目の端で、ファジェーエフは岳の姿をちらりと見た。

「二人で始めたことだ。何もかも吐き出して、二人で終わらせよう。ギジ、私は今も、君のことだけを……」

「老人が言うような言葉じゃないなら、二人きりの時にしてくれ」

「そうだな。君の言う通りだ」

咳払いをして、ファジェーエフはギジに向けていたナイフを下ろした。

「ガクくん」

今度はきちんとそちらに向き直り、ファジェーエフは口を開く。

「『R／J』は、おそらく君が演出する舞台が初演になりそうだ」

ニーナがファジェーエフの言葉を伝えている。

「よろしく頼む。それから、ニーナのことも」

そう言うと、ファジェーエフはギジに促した。

「外に出よう。車に乗ってくれ」

7

品川駅を降りると、岳はタクシー乗り場には向かわず、旧海岸通りを天王洲に向かって歩き始めた。

この道を歩くのは、いつ以来だろうか。

ドイツでの一件が終わってから半年以上経っているから、二年と少しといったところか。

運河からは相変わらず生臭い潮《しお》の香りが漂ってくる。人気《ひとけ》のないデッキを歩いて行くと、やがて前方に、大きな倉庫を改造したロフトシアターが見えてきた。

以前、ギジの翻訳作品が上演されていた劇場だ。

思い返せば、あの時、この劇場に観客として足を運び、芝居の途中で退席しなければ、ギジや桐山と知り合うこともなく、ドイツに研修に行こうと思い立つこともなく、ニーナと出会うこともなかった。

あれこれと愚痴をこぼしながら、岳は劇団を続けていたかもしれないし、逆に、とっくにこの世界からは足を洗って、まともな仕事に就いて違う人生を歩んでいたかもしれない。

「あっ、内藤さん、どこに行っていたんですかっ！　戸丸さんが捜してましたよ」

岳が劇場のロビーに入ると、その姿を見つけた野上真理恵が、劇団出身俳優に特有の、無駄に滑舌《かつぜつ》が良くて大きな声を上げた。

たぶん、ギジが一番嫌いなタイプの役者だろうなと思い、岳は心の中で苦笑する。

ギジは素人役者を好んでいた。そして他人が演出する「ヘルムート・ギジ」の作品には、実作者とは思えないほどの無関心ぶりを見せていた。

あれはたぶん、ファジェーエフへの嫉妬だったのだ。本当はギジ自身が、ファジェーエフのような才能を欲していたのだろう。発表された戯曲の評価が高まれば高まるほど、虚しさだけが増していったに違いない。

自分が凡人であることを見せつけられることの辛さは、岳には容易に想像できる。

「戸丸さん、怒ってますよ！」

耳に響いてくる野上の張りのある声に、岳の抱いていた感慨は打ち破られた。

「少し劇場の周辺を歩いてきたんだ」

ロビーには、養生《ようじょう》のための青いシートが敷き詰められ、まだ小道具や衣装の作業が続いていた。

客席へと続く両開きの扉を押し開き、岳は中に入る。

舞台上のセットは、ほぼ仕込みが終わっていた。ラウイッシュホルツハウゼン城にあったセットを模《も》した、金属的なマテリアルを多用した、抽象的で無機質な舞台装置。いつもの岳の演出の舞台とは、少々、趣《おもむき》が異なっている。

舞台上では照明助手が、ブースからの指示に従って、五メートルくらいあるアルミの棒で灯体《とうたい》を下から突いて、明かりの当たる位置を微調整していた。

薄暗い客席の真ん中辺りに、仮設の演出用ブースが作られていた。光量を抑えるために青いゼラフィルターで覆《おお》われた卓上ライトの明かりで手元を照らし、台本を確認している戸丸の背中が見えた。

その隣には、制作助手の仕事に就いている浅川が座っている。三十分ほど前、ぶらぶらと岳が劇場の外の空気を吸いに出て行った時には、まだいなかった。

岳が座席に向かって歩いて行くと、その気配に気がついた戸丸が振り向いた。

「どこに行ってたんだ。もうゲネプロを始める時間だぞ」

「わかってるよ。だから時間通りに戻ってきたじゃないか」

野上が言うほどには、怒っているような様子はない。

「お疲れ様です」

戸丸の向こう側から、少し身を乗り出すようにして浅川が顔を見せる。

「君、仕事は？」

「今日は有休を取りました」

岳のようなフリーランスには、一生、縁のないシステムだ。

演出家用の席に座り、用意されているマイクを手にすると、岳はスイッチを入れた。

「予定通り十八時からゲネプロを開始します。十分前に客電消灯。あとは押さずに時間丁度から本番同様でよろしく」

劇場内に仮に仕込まれた演出用のスピーカーと、それから楽屋やロビーにも、今の指示は流れている筈だ。

劇場としては中規模レベルだったが、大声を出せば楽屋にも舞台裏にも指示が届くような小劇場でしか公演をしたことがない岳にとっては、演出でマイクを使うのすら初めてだった。

劇団で公演をする時のような手弁当のスタッフではないから、時間通りに物事が進行していることだけでも驚異だ。

岳は腕時計を見た。

十七時四十分。

照明助手が舞台上から去り、代わりに舞台監督がステージ上で霧吹《きりふ》きを始めた。役者が埃や乾燥などで喉を痛めないための配慮だ。

岳はマイクのスイッチを切って机の上に置いた。ゲネプロが始まったら本番同様の進行になる。ダメ出し用のメモを取る以外に、演出家の仕事はこれといってない。途中で止めるとすれば、余程のことがあった場合のみだ。例えば役者が怪我をして進行不能になる事故など……。

ブザーが劇場内に流れる。

客電がゆっくりと消え始め、やがて完全に暗転した。

俳優が立ち位置の目印にする蓄光性のテープの光だけが、暗闇の中にぼんやりと浮かんでいる。

その暗闇の中を、不意に気配が近づいてきた。ゆっくりと通路を進んできて、岳が座っている列の端で止まる。

台本を確認できるように準備されているライトは、極限まで光量を落としてあるので、蠢《うごめ》くような影しかわからない。

舞台上に、足下だけを這うように照らす白く淡い明かりが入る。

奥から客席側に向かってシュートしているために、役者たちはシルエットになって舞台上に浮かび上がり、その影は手前に向かって長く伸びている。

ステージに明かりが入ったため、客席側もそれに照らされて明るくなった。岳は先ほどの暗転中に列の端に現れた人物の顔を見る。

桐山だった。襟付きのシャツにジャケットを羽織り、列の端の席に足を組んで座っている。指先を顎に添え、真剣な眼差《まなざ》しを舞台に向けていた。岳の方には一瞥《いちべつ》もくれない。

日本版の上演台本の翻訳を手伝ってくれたのは、もちろん桐山だった。

桐山が粗訳し、それを元に岳が上演台本として文章をリライトして、また桐山のチェックを受けるという作業を繰り返した。

「なあ、岳」

作業の最後の方は、桐山の実家である鎌倉《かまくら》の屋敷に泊まり込みとなった。

何部屋あるのかもわからないほど大きな洋館風の家で、高台にあり、青い芝生で覆われた庭の遥か向こう側には、由比ヶ浜《ゆいがはま》が一望できた。

ギーセンで同居していた頃、もしかしたら桐山はとんでもない素封家《そほうか》の御曹司《おんぞうし》か何かなのではないかと岳は思ったことがあったが、そう遠からずといったところだった。

「若かった頃のギジとファジェーエフも、こんな感じだったんじゃないかな」

桐山が口にしたことは、岳も感じていたことだった。

稽古の初日に日本語版台本のテクストを間に合わせるため、ろくに風呂にも入らず、食事も摂《と》らず、桐山の書斎だという雑然と本が積まれた部屋に寝袋を持ち込んで、二人でギジ……いや、ゲルハルト・ファジェーエフの書いた戯曲と格闘した。

これで作業は終わりだとなった時、徹夜続きで妙に高揚《こうよう》していた岳と桐山は、早朝の太陽の光が差し込んでくる部屋で、まずがっしりと握手をし、それからお互いを讃《たた》えて強く抱き締め合った。

まるで二人とも、ギジとファジェーエフの亡霊に取り憑《つ》かれたような気分だった。

かつてのギジ戯曲らしからぬリアリズムで、妻殺しのシーンから始まる『R／J』の台本は、しかしやはり往年の筆致を思わせる観念的な世界へと移って行く。

一九八九年十一月、ベルリンの壁は崩壊せず、その後も東ドイツは残り続ける。壁はどんどん狭くなっていき、最後は一メートル四方ほどしか残らない。その中に今も二人はいる。役名「ギジ」と、役名「男」、作中の呼び名でいうなら、「R／J」は。

妙な意訳や脚色が入らないよう注意しながらの作業だったが、やはりドイツ語で書かれた戯曲を日本語にした段階で、どんなに原作に忠実であろうとしても別物になってしまう。

だが、それでもいいような気がした。これはこれで、岳と桐山の二人のものだ。

戯曲とは奇妙な文学だ。文学のいちジャンルではあるものの、それは舞台上で演じられるのが前提で書かれている。にも拘《かか》わらず、完璧な戯曲は、もうそれ自体で成立してしまう。そんなものは上演される必要すらないのだ。

それを実際の舞台として現実化するのは、同時に陳腐《ちんぷ》化する作業となってしまう。居たたまれない気持ちで、岳は舞台上で進行している、自分自身が演出をした芝居を眺めていた。これが他人の演出した舞台なら、退出しているところだ。

実際、ギジはいつもそうしていた。その気持ちが、今はよくわかる。

集中を削《そ》がれた岳は、列の端にいる桐山の方に視線を向けた。

桐山は同じようにこちらを見ていた。いつものような苦笑いすら浮かべず、桐山は頷いてみせた。岳と同じような心境なのだろう。

ヘルムート・ギジとゲルハルト・ファジェーエフは、ベルリン郊外のモーテルで死んでいるのが発見された。ギジは薬物を使った自殺で、ファジェーエフはナイフで胸を突いて死んでいた。その死に方が、『ロミオとジュリエット』を模したものなのかどうかはわからない。

「途中で、岳が演出を放棄して劇場から出て行くんじゃないかと思っていたんだがね」

ゲネプロが終了し、役者や裏方へのダメ出しを終えて岳が客席からホワイエに出ると、待ち構えていた桐山はそう言った。

明日の初日を控え、退出時間の迫る劇場では、スタッフたちが片付けに忙しく立ち働いている。

岳は初めてギジと、そして桐山と出会ったカウンターバーの傍らへと移動した。

適当なブランデーを選んで自分と桐山の分の二つの飲み物を作り、片方のグラスを桐山に手渡す。

「ギジさんの気持ちが、少しだけわかりましたよ」

カウンターバーの椅子に腰掛けながら、岳は言った。

「そうか。ギジもよく、さっきの岳のような表情をして自分が演出した舞台を見ていた。これが他人の演出だったら、一刻も早く外に出たいって顔だ」

「桐山さんは、今もギジさんを尊敬していますか。それとも軽蔑してます?」

「どちらかというと後者だね」

岳は頷いた。これもまた、ギジが恐れていた事態の一つなのだろう。

「不思議なんだ。ヘルムート・ギジの名義で書かれた原稿そのものは変わらない筈なのに、それがルドルフ・イエーガーと名乗っていた、あの運転手の作品だとわかったら、途端に興味が失せてしまった」

口ぶりから察するに、桐山本人が一番、困惑しているようだった。

「ゲネプロの最中、僕はニーナのことを思い出していました」

「心ここにあらずという感じだったのは、そのせいか」

「僕は彼女に、ここにいて欲しかった」

帰国してからは、一度もニーナとは会っていない。電話を数回した程度だ。

あんな事件があって、ニーナは大学を辞し、ヘルガと一緒に住むためにベルリンに戻ったという。

岳と、それから桐山とニーナが過ごしたあのアパートメントには、今は別の人が住んでいるのだろう。今となってはまるで幻のような日々に思える。

「約束したんですけどね。僕が日本でギジの戯曲を上演する時は、ニーナにも手伝って欲しいって……」

「いろいろと心の整理を付けるのに時間が掛かったんじゃないか」

　肩を竦めて桐山は言う。

「ギジが死んで、ドイツにいる理由もなくなったし、僕は当分、日本で大人しくしていることに決めたよ」

「……そうですか」

「君はずいぶんと芝居を続けるかどうか悩んでいたみたいだけど、どうするんだ？」

「まだよくわかりません。でも、もう少しだけ続けてみようかと」

「まあ、そのくらいの返事の方が君らしいかな」

　桐山は苦笑を浮かべる。

「それから、初日に来ると言っていたんだが、どうやら日にちを間違えたようだ」

　桐山が顎で示す方向を見て、岳は少しだけ驚いた。

　長かった金髪をばっさりとショートにしたニーナが、劇場入口のガラス扉を押して入ってくるのが見えた。

胸元には待降節《アドベント》の時に岳が買ってプレゼントした、雪の結晶を象《かたど》ったビーズ刺繡のブローチを着けている。

スタッフしかいないホワイエの様子に、困惑したような面持ちできょろきょろと辺りを見回している。

「じゃあ、僕はこれで帰るよ。また明日」

桐山はそう言って立ち上がると、こちらに気づいて歩いてくるニーナとすれ違うように劇場の外へと歩いて行った。

解　説――ハムレットはなぜマシーンなのか、あるいは機巧のイヴ

作家　円城《えんじょう》　塔《とう》

私はハムレットだった。浜辺に立ち、寄せては砕ける波に向かってああだこうだと喋《しゃべ》っていた、ヨーロッパの廃墟を背にして。

「ハムレットマシーン」ハイナー・ミュラー、岩淵達治・谷川道子訳『ハムレットマシーン』（未來社・一九九二）より

ハイナー・ミュラーは東ドイツ生まれの劇作家。一九二九年生まれ。いわゆる「前衛的」な演劇によって広く知られる。代表作に一九七七年発表の「ハムレットマシーン」。ただしこのほんの十ページほどの戯曲が東ドイツで刊行されることはしばらくなく、西側諸国においても公演はなかなか難しかった。ハムレットを大胆に解体し時代の中で再構築した脚本は、ハイナー・ミュラー自身が「上演不可能」と呼ぶ代物《しろもの》でもあった。

一九九〇年、東ベルリン・ドイツ座で、ハイナー・ミュラー自らの演出による『ハムレット／マシーン』が上演される。オリジナルの『ハムレット』の翻案中に『ハムレットマ

シーン』を劇中劇として持つという入り組んだ構成であり、上演時間は八時間ほどにも及んだ。ここに、オリジナルとその翻案、換骨奪胎《かんこつだったい》が渾然《こんぜん》一体となり、『Hamletmaschine』は『Hamlet/Maschine』へと生まれ直した。構図としては、切断されることによってかえって融合を成し遂げた『Hamletmaschine』である『Hamlet/Maschine』、略して『H/M』がハイナー・ミュラー『Heiner Müller』＝『H.M.』の姿をとって立ち上がり、「私はハムレットだった」と宣言したというあたりにでもなるだろうか。

本書を通読された方にはここまででもう、解説としての役目は十二分に果たした（というかやりすぎた）のではないかと思う。

本書の主要な登場人物の一人、内藤岳《ないとうがく》は劇作家であり演出家。その彼が東ドイツの伝説的な作家、ヘルムート・ギジ（Helmut Gysi）作の『機械仕掛けのマクベス』を観劇に出かけるところから話の筋は展開していく。偶然にギジの知己《ちき》を得ることになった内藤は、ギジが三十年ぶりに新作の戯曲を発表しようとしていることを知る。そのタイトルは『R/J』。ギジの作風からそのまま敷衍《ふえん》するならば、それは『ロミオとジュリエット』の変奏《へんそう》、解体再解釈ということになるだろう。なりゆきからその上演に関わることになった内藤なのだが、脚本はなかなか姿を現さず、そうするうちに発生していくできごと——については本文にじかに当たられたい。

本書は、ある意味では推理小説、ある意味ではラブロマンス、ある意味では現代劇、ある意味では社会劇、ある意味では古典劇、ある意味では歴史サスペンスであり、演劇というものをめぐる人間関係を描いた小説であり、演劇自体を考えていく小説でもあり、様々な読み方が想定されている。

たとえばくるくると変わる語り手はまさに、演劇での場面転換のようでもあるし、そうしてみるならこの小説の全ては劇であり、冒頭部分からの連続した上演のようにも見えてくる。冒頭部分でのギジの妻の自殺に、ハイナー・ミュラーの妻、インゲ・ミュラーの自殺を重ねるならば、それはハイナー・ミュラー伝の変奏を考えることになるであろうし、東と西をめぐる政治小説を読み込んでいくことになるだろう。

作中のギジの作品は、ハイナー・ミュラーの発表作品がそうであるように「玄人《くろうと》向け」のものである。なにげないひとつの単語が呼び起こす風景が前提とされていたりする。たとえば「ハムレットマシーン」でいうとするなら「地球に穴を開け、月まで吹きとばせ」という一節は、ジュール・ヴェルヌ『月世界旅行』におけるコロンビアード砲を呼び寄せるし、「グリーンランドをめぐる闘《たたか》い」という一節は、アルフレート・デーブリーンの

『山、海、巨人』における終末戦争を連想させる。

そうした種類の文章、小説、劇の読解はまず知識勝負からということになりそうであり、事実、時代の進歩が遅く、準拠するべき作品が決まりきっていた頃にはそれが可能であったのだが、現代を生きる我々にはそんな贅沢《ぜいたく》は与えられていないのであり、読解を前提とされる文章はまず、忘却をも前提とせざるをえない。その時代では誰もが知っている事柄《ことがら》が十年もしないうちに人々の記憶から拭《ぬぐ》い去られてしまうことも珍しくはないし、どこかの集団では常識である決まり事も別の集団では全く知られぬ習慣であったりする。そうしてさらに、隠された知識の鍵は、全く別の方向から読み解かれてしまうことになるかもしれず、読まれなくなることと同様に、奔放《ほんぽう》に読まれてしまうことにも意識的にならざるをえない。

たとえばここで、ギジという名の響きを考えるならそれは、民主社会党（PDS）の初代議長であったグレゴール・ギジへと繋がるのかもしれず、東欧革命の中でのベルリン・アレクサンダー広場での五十万人デモが呼び起こされて、「ベルリン・アレクサンダー広場」という連なりがまたデーブリーンの『ベルリン・アレクサンダー広場』を思い起こさせるなどということだって起こりうる。それとも、グレゴール・ギジの名前から、シュタージの非公式協力者の姿が浮かぶことになるかもしれない。あるいは『ライプツィヒの犬』というタイトルにおける犬についても、これもまた、ハイナー・ミュラーの、一九八五年、ビューヒナー賞受賞講演『ヴォイツェック傷痕《トラウマ》』における、「ヴォイツェックは生きている、犬が葬られているところで」の一節を示したくなったりもし、「犬が埋められている場所」とは「そこが核心だ」を意味するドイツ語でのことわざであるのだという。

およそ現代における文章とはこうした種類の過剰な読み込み、牽強付会《けんきょうふかい》、空気投げに対応するように作られており、対応などはしきれないことを想定して作られており、そうして、どこまで読み込もうと不足であるという前提のもとにつくられている。そうしてそこには、存在していなかった真実や、起こってなどはいない出来事、嘘の歴史に不実などが容易に紛《まぎ》れ込むのであり、作者がいかに目を配ろうと、解釈の自由の前に書き手の力などはせいぜい知れたものであり、現代における苦悩、というのが大袈裟《おおげさ》ならば巨大な徒労感の生じる源となり、ロミオとジュリエットの間には、どうしてお前はお前であるのかという疑念ばかりが積み上がっていくことになる。

さて、本作中のギジによる『R／J』の公演は、前半部が『ロミオとジュリエット』の翻案、後半部が新作である『R／J』という形で構成されることになる。前半分の演出は、多数の役者が入れ替わりながらロミオとジュリエットを演じていくというものである。

と、ここでようやく、本書を読み終えられた方へ向け、二つの問いを投げかける準備が整う。以下の問いを提示して、あまりに語りすぎたこの解説を終わりとしたい。

1. この物語におけるロミオとジュリエットは誰だったのか？
2. 不実であったのは、ロミオの方だったのか、それともジュリエットの方だったのか？

○参考文献

『監視国家　東ドイツ秘密警察《シュタージ》に引き裂かれた絆』二〇〇五年 アナ・ファンダー 著、伊達淳 訳（白水社）

『ファイル　秘密警察《シュタージ》とぼくの同時代史』二〇〇二年 T・ガートン・アッシュ 著、今枝麻子 訳（みすず書房）

『地下のベルリン』一九九八年 河合純枝 著（文藝春秋）

『ライプツィヒ　あるドイツ市民都市の肖像』二〇〇六年 浅岡泰子 著（鳥影社）

『'89東欧改革』一九九〇年 南塚信吾、宮島直機 編（講談社現代新書）

『ドイツ人の価値観　ライフスタイルと考え方』二〇一〇年 岩村偉史 著（三修社）

『観光コースでないベルリン　ヨーロッパ現代史の十字路』二〇〇九年 熊谷徹 著（高文研）

『ザ・シェークスピア　全戯曲（全原文＋全訳）全一冊』二〇〇七年 シェークスピア 著、坪内逍遥 訳（第三書館）

『ロミオとジュリエット』一九九六年 シェイクスピア 著、松岡和子 訳（ちくま文庫）

『マクベス』一九九六年 シェイクスピア 著、松岡和子 訳（ちくま文庫）

『マクベス』一九六九年 シェイクスピア 著、福田恆存 訳（新潮文庫）
『闘いなき戦い　ドイツにおける二つの独裁下での早すぎる自伝』一九九三年 ハイナー・ミュラー 著、谷川道子、石田雄一、本田雅也、一條亮子 訳（未來社）
『ユリイカ　詩と批評』一九九六年五月号（青土社）

（この作品『ライプツィヒの犬』は平成二十九年五月、小社より四六判で刊行されたものです。なお、この作品はフィクションであり、登場する人物および団体はすべて実在するものといっさい関係ありません）

一〇〇字書評

切り取り線

購買動機（新聞、雑誌名を記入するか、あるいは○をつけてください）	
□（　　　　）の広告を見て	
□（　　　　）の書評を見て	
□ 知人のすすめで	□ タイトルに惹かれて
□ カバーが良かったから	□ 内容が面白そうだから
□ 好きな作家だから	□ 好きな分野の本だから

・最近、最も感銘を受けた作品名をお書き下さい

・あなたのお好きな作家名をお書き下さい

・その他、ご要望がありましたらお書き下さい

住所	〒				
氏名		職業		年齢	
Eメール	※携帯には配信できません		新刊情報等のメール配信を 希望する・しない		

この本の感想を、編集部までお寄せいただけたらありがたく存じます。今後の企画の参考にさせていただきます。Eメールでも結構です。

いただいた「一〇〇字書評」は、新聞・雑誌等に紹介させていただくことがあります。その場合はお礼として特製図書カードを差し上げます。

前ページの原稿用紙に書評をお書きの上、切り取り、左記までお送り下さい。宛先の住所は不要です。

なお、ご記入いただいたお名前、ご住所等は、書評紹介の事前了解、謝礼のお届けのためだけに利用し、そのほかの目的のために利用することはありません。

〒一〇一‐八七〇一
祥伝社文庫編集長　坂口芳和
電話　〇三（三二六五）二〇八〇

祥伝社ホームページの「ブックレビュー」からも、書き込めます。

www.shodensha.co.jp/bookreview

祥伝社文庫

ライプツィヒの犬《いぬ》

令和2年5月20日　初版第1刷発行

著　者　乾緑郎《いぬいろくろう》
発行者　辻　浩明
発行所　祥伝社《しょうでんしゃ》
東京都千代田区神田神保町3-3
〒101-8701
電話　03（3265）2081（販売部）
電話　03（3265）2080（編集部）
電話　03（3265）3622（業務部）
www.shodensha.co.jp

印刷所　萩原印刷
製本所　積信堂
カバーフォーマットデザイン　芥　陽子

Printed in Japan ©2020, Rokuro Inui　ISBN978-4-396-34630-0 C0193

〈祥伝社文庫　今月の新刊〉

渡辺裕之
死者の復活　傭兵代理店・改
人類史上、最凶のウィルス計画を阻止せよ。精鋭の傭兵たちが立ち上がる！

白河三兎
他に好きな人がいるから
君が最初で最後。一生忘れない僕の初恋——。切なさが沁み渡る青春恋愛ミステリー。

南　英男
暴虐　強請屋《ゆすりや》稼業
爆死した花嫁。連続テロの背景とは？　一匹狼の探偵が最強最厄の巨大組織に立ち向かう。

柴田哲孝
DANCER
本能に従って殺戮を繰り広げる、謎の生命体〝ダンサー〟とは？　有賀雄二郎に危機が迫る。

数多久遠
悪魔のウイルス　陸自山岳連隊　半島へ
生物兵器を奪取せよ！　北朝鮮崩壊の時、政府、自衛隊は？　今、日本に迫る危機を描く。

乾　緑郎
ライプツィヒの犬
世界的劇作家が手がけた新作の稽古中、悲惨な事件が発生——そして劇作家も姿を消す！

宮本昌孝
武者始め
信長、秀吉、家康……歴史に名を馳せる七人の武将。彼らの初陣を鮮やかに描く連作集。

樋口有介
初めての梅　船宿たき川捕り物暦
目明かしの総元締の娘を娶った元侍が、悪を追い詰める！　手に汗握る、シリーズ第二弾。

吉田雄亮
浮世坂　新・深川鞘番所
押し込み、辻斬り、やりたい放題。悪党どもの狙いは……怒る大滝錬蔵はどう動く!?

武内　涼
源平妖乱　**信州吸血城**
源義経が巴や木曾義仲と共に、血を吸う鬼に決死の戦いを挑む波乱万丈の超伝奇ロマン！